外国文学研究丛书

E. M. 福斯特作品中的生态共同体书写

程孟利　著

The Writing of Ecocommunity in
E. M. Forster's Works

ZHEJIANG UNIVERSITY PRESS
浙江大学出版社
·杭州·

前　言

　　20世纪英国著名作家E. M. 福斯特（E. M. Forster，1879—1970）的作品风格多元，内容丰富。本书围绕其作品中作为关键要素的生态书写，探讨其如何承载福斯特对西方资本主义文明中物质进步、工业发展、道德、精神性、死亡、存在等诸多问题的思索和表达。聚焦福斯特小说中的生态书写，并深入挖掘其生态思想背后的深层逻辑，不仅有助于全面深入地把握福斯特的整体创作思想，拓展福斯特研究的现有领域，而且能够进一步启发对现代人类文明和存在中重大问题的反思。在细读福斯特作品中的生态书写、梳理福斯特思想发展过程的基础上，本书以"生态共同体"（ecocommunity）这一关键词来概括福斯特作品中蕴含的生态观，并将生态共同体思想作为基本理论框架，主要从浪漫主义生态共同体、扎根地方的生态共同体和解域化后人文主义的生态共同体三个维度对福斯特的小说进行考察与分析，从而揭示其生态思想的深刻性。

　　本书第一章作为理论框架，探讨从共同体到生态共同体的必要性和逻辑性。人类似乎天生就有追寻归属于某个共同体的需求，对认同和归属的追寻是深刻而真实的存在问题，因此，思考共同体是为了探索更好的公共精神和群体存在形式。目前学界对于共同体的热烈讨论大多局限于人类社会的范围内。但是，人类的存在离不开存在者所处的情境，对于共同体的

1

探究应当将范围扩展至人类所处的生态环境，即探讨一种生态共同体的可能性。生态共同体指向包括人类在内的世间万物之间的内在广泛联系，以及人类和其他生物的命运一体性，强调人类、非人存在形式及其栖居环境之间的整体性。我们在探究人类生存问题时，要以人类与栖居地其他万物的广泛关联作为前提，以人与其他生命存在形式之间的共生共存、普遍精神联系和共同命运为背景。本章运用生态批评相关理论，借鉴文化地理学、现象学、物理学等跨学科理论，对生态共同体思想的具体内涵和不同维度进行详细的梳理和总结，并指出福斯特作品与生态共同体思想不同维度的契合之处。

第二章以福斯特早期的《短篇小说集》《看得见风景的房间》以及《最漫长的旅程》等作品为中心，研究其中的浪漫主义生态共同体思想。在这一时期的创作中，福斯特承袭从古希腊罗马田园诗到浪漫主义文学的生态观，通过将绿色乡村世界和现代工业城市进行并置对比，缅怀正在消逝的自然共同体。本章着重解读福斯特对现代工业化社会中技术发展、进步观念、资本主义商业化扩张和英式理性主义的批判，分析这些因素如何割裂了人与自然之间的纽带，导致共同体的丧失。同时，福斯特通过自然书写和对潘神等希腊主义元素的综合使用，强调一种贯穿于自然万物中的普遍精神或有机生命的存在及其重要性，并以此作为整体性自然观或全一性宇宙观念的支撑。福斯特这一阶段的生态书写展现出一种超验的整体性浪漫主义生态共同体思想，不过，这种共同体思想中包含着强烈的主观唯心主义色彩和脱离社会现实的倾向。

第三章以《霍华德庄园》为中心，考察福斯特生态共同体书写的第二个维度，即扎根地方的生态共同体。在这部小说中，福斯特从隐遁于阿卡迪亚的浪漫主义生态想象转向直面城市居民的实际生活境况，揭示田园梦想的主观性以及真实自然背后的危险性与残酷性。本章围绕"空间"与"地方"这两个关键术语，解读福斯特在小说中的生态观。一方面，福斯特批判现代城市的空间规划，认为这种规划只强调地图符号与开发用途，会造成无根均质化空间的生产。现代城市的空间切断了人与自然的紧密联系，会不断导致现代人道德、审美、情感与精神上的危机。另一方面，福斯特强调人对地方的直接体验对于人类想象、情感、心理、记忆、精神以及根本存在的重要意义。在栖身霍华德庄园的生活方式中，人将熟悉的和谐生态圈纳入自我认同，满足了内心的情感依恋与归属感。同时，人不是将地方当作客观对象，刻意改造周围万物，而是守护它们，顺应它们本来的存在方式。由此，人与所栖身的一方水土形成小范围的生态共同体，从而实现了本真的存在方式。

本书第四章指出，小说《印度之行》体现了福斯特生态共同体思想的第三个维度：解域化后人文主义的生态共同体思想。福斯特在《印度之行》中通过描写印度大地迥异于英国的生态图景，深刻地反思西方文明的底层思想逻辑的局限性。由此，他从超越西方文明甚至人类文明的宏观视角思索联结与存在的问题，认为应该把包括全体人类与非人存在物的宏观生态系统作为思考重大基本问题的重要前提与情境。本章基于后结构主义、物质生态批评等理论研究方法，指出福斯特质疑西方社会文化运用理性主义二元论对世界进行殖民主义掌控的做法以及人类中心主义立场，反省作为这种思维基础的语言和逻辑的问题，并提出人类语言、逻辑在印度大地上的无效性。小说以马拉巴尔洞窟之行、庭审阿齐兹、印度教宗教庆典等情节的安排，揭示了人类与非人的纠缠性与互相渗透性。可以说，无论是人类还是其他存在形式都并非先在独立的，而是时刻在动态的内在互动中彼此构成的，这是一种更广泛意义上的整体生态共同体。

综上研究，福斯特通过生态书写表达了自己对社会文明模式和人类本真存在等重大问题的思考，展示出层层递进的动态生态共同体思想：从强调全一性和贯穿于万物之普遍能量流的浪漫主义整体生态观，到对抗资本主义工业化城市中异化生存的扎根地方的生态观，再到超越西方文明的万物广泛交融与关联的解域化后人文主义的生态观。在某种程度上，"生态共同体"思想乃是解决社会差异、文明冲突甚至异化问题的可行方案；唯有将生态共同体意识作为探索人类社会问题的前提与基础，才能建立更为理想的人类群体存在形式。在全球风险与命运一体化的当代社会，考察福斯特作品中的生态共同体书写有助于反思当代社会文明模式和人类生存现状，理解人类在生态恶化问题中应当承担的责任，因此，具有重要的社会现实意义。

目　录

绪　论

E. M. 福斯特（Edward Morgan Forster，1879—1970）是英国 20 世纪著名作家，一生著有 6 部长篇小说、2 部短篇小说合集，以及若干游记、散文等，其创作风格多元，思想错综复杂，很难进行简单归类。福斯特的写作风格可谓是现实主义、象征主义与现代主义的混合，作品中的元素更是包罗万象，因此极具吸引力。那么，如何能够把握福斯特如此多元、复杂的创作思想？笔者认为，应该仔细探究贯穿其大多数作品中的书写要素是什么，这些要素体现的思想是什么，从而更深入地思考其思想体系的根基是什么。只有这样，才有可能整合、理顺福斯特的创作思想。

在阅读福斯特作品的过程中，笔者注意到贯穿其作品的浓墨重彩的生态书写要素，比如，对渗透了潘神（Pan）精神的英格兰风光的描画，对业已失去的原始绿林的叹息，对被迫与大地分离的城镇居民的生存问题的关注，对英式文明之外的印度生态图景的描写。围绕这一主题，福斯特不仅在作品中深度反思西方资本主义现代文明，批判工业技术对自然风景的破坏，以及理性主义支配对人类心灵的戕害，而且将西方文明与印度文明对比思考，表达了反抗西方现代社会生存幻象、寻求本真存在模式的理想与愿景。生态书写是福斯特作品中的关键要素，这一要素也承载了他对西方资本主义文明中物质进步、工业发展、道德、精神性、死亡等诸多问题的思考，通过对这些问题的反思，他批判了西方现代文明的局限和人类存在方式的合理性。鉴于此，笔者认为，从生态批评的角度切入福斯特的作品，有利于整体把握福斯特作品的多元特征和深层思想。

第一节　研究综述与创新点

综观国内外的研究现状，关于福斯特作品的研究成果可谓不胜枚举。国外研究者的专著多从福斯特的生平事迹、创作特点，以及其作品中的自由人文主义、帝国主义政治、后殖民写作和现代性等角度进行解读。[①] 国内的期刊文章多集中研究《霍华德庄园》（*Howards End*）与《印度之行》（*A Passage to India*）两部作品。截至笔者写作时，知网上相关博士论文有3篇，其中1篇研究其小说中焦虑的本质与表征，另外2篇分别从心理、政治和文化旅行视野的角度解读《印度之行》。另外，国内关于福斯特的专著有5部，分别是索宇环、焦玲玲、李建波、陶家俊、张福勇从后现代叙事、边缘写作、互文性解读、文化身份、小说的节奏等角度分析福斯特的作品与思想。但是，之前国内的研究较少从生态批评的角度研究福斯特

---

① 关于国外有关研究，请参见：Beer, John. *The Achievement of E. M. Forster*. Penrith: Humanities-Ebooks, 2007; Edwards, Mike. *E. M. Forster: The Novels*. London: Palgrave Macmillan, 2002; Das, G.K. and John Beer. *E. M. Forster: A Human Exploration*. London: Macmillan Press, 1979; Bradshaw, David. *The Cambridge Companion to E. M. Forster*. Cambridge: Cambridge University Press, 2007; Shaheen, Mohammad. *E. M. Forster and the Politics Imperialism*. New York: Palgrave Macmillan, 2004; Carbajal, Alberto Fernández. *Compromise and Resistance in Postcolonial Writing*. London and New York: Palgrave Macmillan, 2014; Medalie, David. *E. M. Forster's Modernism*. New York: Palgrave Macmillan, 2002.

的作品。因而，深入系统地对福斯特的生态书写进行分析，并以此为基础整合福斯特的复杂文学思想，有助于加深对福斯特作品的理解，并丰富对福斯特的研究。

目前，国外尚无从生态批评视角研究福斯特的专著，仅有少量期刊文章或者相关著作的部分章节致力于从该视角研究福斯特的作品。塞尔比尔·奥珀曼（Serpil Oppermann）在《英国殖民小说中的生态帝国主义》（"Ecological Imperialism in British Colonial Fiction"）一文中简略提到《印度之行》，认为该小说是代表人类中心主义、生态帝国主义的典型之作。[①]约慕纳·阿尔－阿布达克雷姆（Yomna Al-Abdulkareem）在《〈印度之行〉：生态批评视角下的解读》（"*A Passage to India:* An Ecocritical Reading"）一文中分析了《印度之行》中的自然与空间在人物命运中的作用，以及人物与大地的关系。[②]威尔弗雷德·H.斯通（Wilfred H. Stone）认为，福斯特是一位环境主义者，他的小说表达了爱德华时代的担忧，在那个剧烈变化的年代，"资本主义的突飞猛进影响了一切事物——城市、文化、道德、阶级，尤其是影响了自然，或者用现在的话说，影响了环境或生态系统"[③]。詹森·芬奇（Jason Finch）注意到福斯特对于环境与地方的敏感与重视，不过，他主要关注的是福斯特作品中的地方塑造和真实的英国环境的互文关系。相比之下，凯利·苏尔茨巴赫（Kelly Sultzbach）对于福斯特作品中生态书写的解读还算详尽细致。他在2016年出版的《现代主义想象中的生态批评：福斯特、伍尔夫与奥登》（*Ecocriticism in the Modernist Imagination: Forster, Woolf, and Auden*）一书中，用一章的篇幅从田园、反

① Oppermann, Serpil. "Ecological Imperialism in British Colonial Fiction". *Journal of Faculty of Letters* 24.1 (2007): 179-194.

② Al-Abdulkareem, Yomna. "*A Passage to India*: An Ecocritical Reading". *Words for a Small Planet: Ecocritical Views*. Ed. Nanette Norris. Lanham: The Rowman & Littlefield Publishing Group, 2013, pp. 93-101.

③ Stone, Wilfred H. *The Cave and the Mountain*: A Study of E. M. Forster. Stanford: Stanford University Press, 1966, p. 172.

田园、后田园的角度对福斯特的部分作品进行了解读。他认为，福斯特的早期短篇小说承袭了古希腊诗人忒奥克里托斯（Theocritus）和古罗马诗人维吉尔（Virgil）的田园传统，将非人环境变形为人格化的个体；而《霍华德庄园》和《莫瑞斯》（Maurice）体现了反田园的书写特征，表现了回归绿色世界的理想和令人不安的社会现实之间的巨大张力；《印度之行》则表现为一种后田园的叙事，书中福斯特使环境作为生命体发声，揭示短暂的人类文明的局限性。[①] 笔者基本同意苏尔茨巴赫的以下观点，即相较于早期的短篇小说和部分长篇小说，福斯特的《霍华德庄园》和《印度之行》代表了他创作思想发展的新阶段。不过，不同于苏尔茨巴赫的观点，笔者认为，《莫瑞斯》隐遁逃离的结局设置仍然体现了与福斯特早期短篇小说相似的浪漫主义的田园理想，而非直面城镇化社会的现实问题。在此基础上，笔者将在本书中更深入地分析福斯特不同阶段作品的生态思想，试图挖掘福斯特思想中的解域化后人文主义维度。

首先，本书对福斯特的早期作品进行解读，比如《短篇小说集》（Collected Short Stories）、《最漫长的旅程》（The Longest Journey）和《看得见风景的房间》（A Room with a View）等所谓的意大利小说。通过重点分析田园诗传统对作品的影响，以及其中反复出现的希腊神话元素，笔者指出，他的早期作品表现出与田园诗传统一脉相承的浪漫主义生态思想。其次，在对《霍华德庄园》这部小说的解读中，笔者运用生态马克思主义理论和基于现象学哲学的文化地理学理论，指出福斯特从浪漫主义生态思想到关注现实城市空间生态问题的转向，并试图将其中的生态思想与他对人类存在问题的思考进行联系，以深入探索其文学思想的基础层面。最后，笔者分析了福斯特的最后一部小说《印度之行》，认为其中表现的生态思想深度超出了以往的任何一部小说。该小说从超越西方文明的解域化

---

① Sultzbach, Kelly. *Ecocriticism in the Modernist Imagination: Forster, Woolf, and Auden.* Cambridge: Cambridge University Press, 2016, pp. 25-81.

视角，对包括人类在内的生态系统的整体性和重要性进行反思，其生态思想在某种程度上跟后人文主义的生态批评理论有所契合。以上就是笔者对福斯特作品进行生态解读的三个主要维度。

在解读的过程中，笔者发现，在福斯特的书写中，无论是作品中描写的人与自然融合的田园生活、希腊神话中代表全一性的潘神形象，还是象征着人扎根地方的本真存在之所的霍华德庄园，抑或是印度大地上边界模糊的人与非人的存在形式，都有意无意地传递出一种整体性或者共同体式的生态观。因此，本书用"生态共同体"（ecocommunity）这一关键词来总结概括其作品中的生态思想，认为福斯特以此作为应对社会文明冲突与存在问题的理想方案或替代方案。

在某种程度上，现实中的诸多社会问题以及人类存在问题跟人与自然的关系密切相关，生态哲学致力于反思人与自然的疏离，批判人对自然的征服与控制，呼吁回归人与自然的整体性。西方自古代的犹太教、基督教文化起始，精神便与自然相分离，并从外部统治着自然。在文艺复兴运动中，从神的手中解放出来的人类意识到自身的力量，发现可以通过认识自然、理解自然，从而向自然攫取力量与财富。这种人与自然的关系随着近代认识论、科学技术的迅速发展得以推进。自勒内·笛卡尔（René Descartes）代表的近代哲学的发展以及工业时代的到来至今，自然日益成为人类观察、引导、计算、控制、利用的对象。如果说 18 世纪下半叶到 19 世纪初的谢林（Schelling）、歌德（Goethe）等人所关注的自然哲学还致力于把自然科学的操作原则与人类经验的其他观点如伦理学、美学结合起来，那么 19 世纪中期之后，人们对自然哲学的兴趣便低落了，转而愈发重视科学与技术，将包括环境问题在内的一切有关自然的问题都交给科学，而"科学的每一个成功都被看作进一步证实了"[1] 将自然作为统治对

---

[1] 威廉·莱斯：《自然的控制》，岳长龄、李建华译，重庆：重庆出版社，1996，第79 页。

象的观念。到现代，西方文化的影响扩展至全球，以工具理性为基础的科学技术意识形态统治了整个世界。在不断追求眼前舒适、奢侈生活的过程中，人类离自然越来越远，竭泽而渔式的生产与生活方式导致生态危机日益显现，人文主义与科学主义的局限也愈加凸显，生态主义思想试图在超越人文主义和科学主义局限的基础上探究问题的根源所在。如果说人文主义和科学主义备受重视与推崇的结果是人的个体形象变得愈发高大，人类将自己放置于同其他生命形式分离的高高在上的地位，那么，"生态哲学的任务就是要把人是整体的一部分这个通俗道理告诉给人们"[1]。生态批评旨在吸收生态哲学的理论观点，并以此研究文学与自然的关系。

福斯特的文学作品中充满了自然元素，通过解读这些自然元素，可以看出福斯特对于生态问题的关注与反思。福斯特赞颂人和大地的天然纽带，他在作品的字里行间批判现代西方社会文明对这种纽带的破坏。与此同时，他不断强调应当恢复人与自然的整体性，表现出一种强烈的生态共同体意识。

福斯特是一位具有强烈的地方感与家园意识的作家，或者说，福斯特是"对地方有着高度敏感性的作家"[2]。福斯特自幼年起就热爱大自然，热爱自己生活的英格兰乡村。从四岁起直至以后的十年，他跟随母亲生活在位于伦敦北部史蒂夫尼镇的村子中一座被称为"鸦巢"（Rooksnest）的房子里，房屋的神秘风格以及周围世外桃源般的环境深刻地影响了他，这个地方成为其日后重要作品《霍华德庄园》的庄园原型。后来，福斯特在剑桥生活、学习，那里的地貌特征象征着某种精神上的景观，让他感到自己发现了传统的根之所在，看到了真实的英格兰。再后来，漫步徜徉于威尔特郡等英格兰乡村的经历同样激起了福斯特内心无限的激情与诗意，使其

---

[1] 汉斯·萨克塞：《生态哲学》，文韬、佩云译，北京：东方出版社，1991，第47页。

[2] Finch, Jason. *E. M. Forster and English Place: A Literary Topography*. Abo: Abo Akademi University Press, 2011, p. 1.

产生了对大自然的无限崇敬之意和珍视之情。福斯特真实生活中的乡村景象一次次地出现在他创作的小说以及散文中，成为他记忆和想象的源头。

乡村使人忆起曾经依赖于大地的古老时光，那时，人类和自然保持着一致的步调，村庄和周围的广袤田野完美有机地结合。而在人类出现之前的久远年代，英格兰大地布满了原始森林。然而，工业发展驱动的所谓现代社会进步肆意侵犯破坏乡村的自然空间。工业扩张导致了人类对自然的践踏蹂躏，切断了热爱大地的人和大地之间的原初纽带，人们将无意识深处的依靠直觉与本能生存于自然中的那部分生命印记压抑得更深。在福斯特看来，毁坏自然的原初野性和广袤形态即是摧毁神性和精神赖以栖身的家园。在小说的创作中，他一再影射蒸蒸日上的工业文明发展和悄然而逝的有机生活方式之间的对立与冲突。他大部分的作品都渗透了对于往昔自然的哀悼和感伤，因为，"自然，哪怕只是记忆中的自然，仍然象征了永久性、完整性和美"[①]。可以说，对于人与大地的纽带和生态共同体的强调在福斯特的思想与价值观中占据着核心地位，这种生态共同体思想也是本书研究的要点与创新点。

第二节　本书框架与研究意义

第一章架构了用以解读福斯特作品的基本理论框架，并指出，在当前全球生态问题不断加剧、人类存在日益脱离本真的形势下，对生态共同体的探讨不应仅仅局限于人类社会的范围，而是应当充分考虑人类所处的全球生态系统的情境，从更为宏观的角度思考生态共同体的必要性和重要性。本书对生态共同体概念的梳理主要聚焦于三个维度，即浪漫主义

---

① Stone, Wilfred H. *The Cave and the Mountain: A Study of E. M. Forster*. Stanford: Stanford University Press, 1966, p. 14.

生态共同体、扎根地方的生态共同体，以及解域化后人文主义的生态共同体。这三个维度在某种程度上契合了生态批评思潮的发展阶段。英国生态批评家蒂莫西·克拉克（Timothy Clark）认为，早期的生态批评理论继承了浪漫主义生态观，这类生态批评文本中的自然"通常是一种无人工痕迹、与人为规划无关的观念"，它"跟荒野与旷野，或者前现代形式的农业风景有关"。① 然而，在城镇化、工业化的现代社会，人们越来越意识到，生态批评不能以这种浪漫主义作为解决问题的指导与纲领。因此，针对文学作品的生态批评与解读日趋复杂多元，生态批评家更加注意城市环境、社会集体处境、被压迫的少数群体、后殖民的社会与政治现实，以及污染与气候变化造成的全球威胁等问题。② 美国生态批评家劳伦斯·布伊尔（Lawrence Buell）区分了生态批评思想的两波思潮，其中第一波思潮区分了"自然"与"人类"，认为"人类典型形象是孤独的，而体验可以激发人与非人世界的原始联系"；而第二波思潮认为，应该充分考虑研究都市与偏远地区的相互渗透以及人类中心与生物中心议题的相互交叉等问题。③ 在此基础上，琼尼·亚当森（Joni Adamson）和斯科特·斯洛维奇（Scott Slovic）提出了第三波生态批评思潮的观念，他们指出，新一波思潮在"承认种族与民族特殊性的基础上，还要超越族裔与民族界限，从一种环境的视角探索人类经验的所有方面"④。在某种程度上来说，这三波生态思潮反映了浪漫主义视角的生态问题、城市环境问题，以及全球规模的生态问题这三个主要的生态批评维度。从福斯特的作品中，同样可以看到

① Clark, Timothy. "Nature, Post Nature". *The Cambridge Companion to Literature and the Environment*. Ed. Louise Westling. Cambridge: Cambridge University Press, 2014, p. 78.

② Westling, Louise. *The Cambridge Companion to Literature and the Environment*. New York: Cambridge University Press, 2014, p. 6.

③ Buell, Lawrence. *The Future of Environmental Criticism: Environmental Crisis and Literary Imagination*. Oxford: Blackwell Publishing, 2005, p. 23.

④ Adamson, Joni and Scott Slovic. "Guest Editors' Introduction: The Shoulders We Stand on: An Introduction to Ethnicity and Ecocriticism". *MELUS* 34. 2 (2009): 6-7.

这三个生态批评维度。

第二章分析了福斯特《短篇小说集》等早期作品中的浪漫主义生态共同体维度。其早期作品承袭了源于古希腊罗马时代的田园诗传统,一再展现诸如乡村与城市、自然与社会等两个世界的鲜明对比。在对比中,福斯特深刻反思了工业化、城镇化的现代社会中人与自然之间纽带的断裂,或者说原初自然共同体的丧失。在反思的基础上,福斯特赞颂人类融于自然、跟自然建立密切联系的生活方式,以此批判抽象主义的智性追求,反抗西方理性主义对真实自由人性的压抑。并且,他运用古希腊神话中的潘神等意象,表达了对逐渐消逝的前现代绿色世界的感伤与缅怀,并强调普遍渗透于自然万物中的统一生命或全一性精神。不过,浪漫主义的生态思想无法摆脱强烈的主体性色彩,而强调普遍精神也不免走向唯心主义的空中楼阁。

第三章分析了《霍华德庄园》中扎根地方的生态共同体,体现了福斯特生态思想从浪漫主义自然描绘到现实城市空间生态书写的转向。在《霍华德庄园》中,他将目光转向城市,试图从政治经济学的角度分析人的生活状况,游走于有形与无形、物质与精神之间。在这一过程中,福斯特反省了以浪漫主义方式对自然进行理想化的局限性,展现出复杂型田园主义的思想,并暗示人类应该以亲身体验、感知的方式扎根和融入自己所嵌入的大地共同体。唯有如此,才能回归本真的生存方式。

第四章分析了《印度之行》中解域化后人文主义的生态共同体。如果说《霍华德庄园》强调了扎根英格兰一方水土的重要性,那么在跨越重洋、经由埃及前往印度的旅行经历之后,福斯特的生态思想变得更加深刻,视域也更加宽广。在《印度之行》中,福斯特跳脱至西方理性主义文明之外,以前所未有的深度批判了基于语言与逻各斯的人类中心主义立场,从解域化的宏观视角指出,人与非人的万物都处于双向影响与构成的网络中,形成显明序与隐含序相互纠缠交织的生态共同体。

第五章"结语"总结了福斯特生态共同体书写的三个维度，即浪漫主义生态共同体、扎根地方的生态共同体，以及解域化后人文主义的生态共同体，并指出，考察福斯特作品中的生态共同体书写有利于反思当代社会文明模式和人类生存现状，同时可以为中国的生态文明建设提供启示。此外，该章反思了本书研究的局限和不足之处，提出可将生态共同体概念与中国的社会实际情况结合，引导我们进一步思考和解决当今的生态问题。

　　本书主要运用生态批评理论，结合文化地理学、现象学哲学、生态马克思主义、物理学等理论作为研究方法，对于福斯特的作品进行系统考察和分析。当然，对福斯特生态思想的研究不能简单地按照文本、体裁等进行整齐切割。将福斯特的作品进行分类，并从三个维度解析其中的生态共同体书写，只是为了研究与论述的方便，并不意味着这些文本所透露的思想维度之间没有交织与重合。

　　本书研究分析福斯特的生态共同体书写，有助于更全面地理解福斯特的作品，更深入地把握福斯特的思想，从而扩展福斯特研究的领域。此外，研究福斯特的生态书写与思想也会充实生态批评领域，并拓展社会生态问题的研究领域，因而具有重要的社会现实意义。

第一章

生态共同体概述

"共同体"是学术界的热门词，人类似乎天生就有追寻归属于某个共同体的需求，对于认同和归属的追寻是深刻而真实的存在问题，因此，对于共同体的思考是为了探索更好的公共精神和群体存在形式。本章将对"共同体"一词进行词源的追溯，并对学术界的共同体理论做一个大致的梳理，分析当前共同体理论的不足之处，从而指出对于共同体的探讨不应局限于人类社会范围之内，而是应当思考一种生态共同体的可能性。

第一节　从共同体到生态共同体

《牛津英语字典》（*Oxford English Dictionary*）和雷蒙·威廉斯（Raymond Williams）的《关键词：文化与社会的词汇》（*Keywords: A*

Vocabulary of Culture and Society）都对"共同体"（community）① 一词进行了词源的追溯，指出该词源于法文"communité"，后者又源于拉丁语"commūnitātem"，意思是"同胞或伙伴情谊，关系或情感的共同体"，而可追溯的更早的拉丁词源是"common"的拉丁文"communis"，意指"普遍，共同"。② 根据《牛津英语字典》对"community"的现代含义的解释，该词可以指共同拥有或享有某种事物与特征的"一种性质或状态"，比如共有产权、共同权益或利益，也可以指"由个体组成的群体"。③ 当然，后一种含义在现代社会中得到了充分的体现，这种意义上的共同体可以是居住在特定的一方水土中的人们组成的社区，可以是在政治层面上组成统一体的一国人民或民族国家，还可以是有着相同目标与共同权益的国家或民族的联合体。该词有着多重含义：有着共同的理解、语言、法律、习俗、传统的群体；一个居民或宗教集体；栖居在相同区域且有着互动关系的独立有机体群体等。

威廉斯指出，自16世纪开始，"共同体"一词的含义之一是有"相

---

① 西方思想中对"共同体"的探讨可以追溯到柏拉图的《理想国》，其中，理想的推崇正义的城邦被视为由真正智慧的哲学家所掌权，他们立法并非只为某一特定群体的幸福，而是为了城邦"作为一个整体的幸福"。因而，他们试图运用"说服或者强制"等方式，达到"公民彼此协调和谐"，"把他们团结成为一个不可分的城邦公民集体"（柏拉图：《理想国》，郭斌和、张竹明译，北京，商务印书馆，1986，第279页）。这种共同体的概念是理性推演的结果，城邦国家或者共同体代表了集已有城邦经验之共性的一般形式，而占多数的普通人为了维系共同体的正义，要不断克制自身欲望，并以发挥自身技能等方式服务于共同体。广为人们关注的康德、黑格尔等人的哲学也有触及共同体的概念，不过大体也是遵从了理性的运作和推崇的思路。与之相比，马克思从唯物主义物质生产的角度切入，提出了真正的共同体应当是消除了阶级剥削与私有制的"联合体，在那里，每个人的自由发展是一切人的自由发展的条件"（马克思、恩格斯：《共产党宣言》，中共中央马克思恩格斯列宁斯大林著作编译局译，北京，人民出版社，1997，第50页）。近年来，"共同体"成为国内学界广泛讨论的热门词，比如殷企平教授在《西方文论关键词：共同体》一文、周敏教授在《共同体的美学再现——米勒〈小说中的共同体〉简评》一文中都对该术语进行了专门的研究与论述。

② 雷蒙·威廉斯：《关键词：文化与社会的词汇》，刘建基译，北京，生活·读书·新知三联书店，2005，第79页。

③ *Oxford English Dictionary*, pp. 581-582.

同身份与特点的感觉的关系的人"，18世纪起，该词意指"一个地区的人民"。^①本尼迪克特·安德森（Benedict Anderson）在《想象的共同体：民族主义的起源与散布》（*Imagined Communities: Reflections on the Origin and Spread of Nationalism*）中写道，18世纪以来，由于认识论、技术手段、社会结构、语言等多方面的变化，民族成为人们一种主要的现代共同体的想象形式，想象的共同体并不是完全虚构的，而是关乎历史文化变迁，也"根植于人类深层意识的心理建构"^②。不过，这样一种现代形式的想象共同体以民族国家为边界，以主权作为衡量自由的尺度，却并没有给人们带来真正的自由与和平，而是一步步将人类赖以生存的地球带至危险的边缘。实际上，社会学家斐迪南·滕尼斯（Ferdinand Tönnies）早就区分了共同体和社会这两种不同的关系结合，认为共同体是"古老的、有机的、现实的"，而社会是"新的、思想的、机械的"；因而，"共同体是持久的和真正的共同生活，社会只不过是一种暂时的和表面的共同生活"。^③威廉斯也认为，从19世纪以来，"共同体"（community）比"社会"（society）与我们的关系更亲近直接，而且共同体一词"似乎从来没有用负面的意涵"。^④于是，文学家以及思想家们在对当下社会展开批判的同时，无不怀着对已然逝去的属于往昔岁月的共同体的追忆。让－雅克·卢梭（Jean-Jacques Rousseau）在思索社会不平等之起源时，曾经在圣日耳曼森林中沉思，试图追溯社会形成之前生活在原始大森林中的人类的存在状态。他指出，自然状态中的人只是在生理上不平等；然而，正是基于私有制的文明社会人

---

① 雷蒙·威廉斯：《关键词：文化与社会的词汇》，刘建基译，北京，生活·读书·新知三联书店，2005，第79页。

② 本尼迪克特·安德森：《想象的共同体：民族主义的起源与散布》，吴叡人译，上海，上海人民出版社，2005，第17页。

③ 斐迪南·滕尼斯：《共同体与社会：纯粹社会学的基本概念》，林荣远（译），北京，商务印书馆，1999，第52—54页。

④ 雷蒙·威廉斯：《关键词：文化与社会的词汇》，刘建基译，北京，生活·读书·新知三联书店，2005，第80—81页。

为地造成了人们精神与政治上的不平等。在他看来，人类理性概念化的能力"使人类脱离了它曾在其中度过安宁而淳朴的岁月的原始状态"，却也正因如此，"终于使他成为人类自己和自然界的暴君"，^①并一步步走到今天这个地步。威廉斯曾在《乡村与城市》（*The Country and the City*）中，对可追溯到古希腊罗马时代的怀旧的英格兰田园主义进行了详细分析与解读。他指出，当人们批评当今的资本主义社会，对庸俗的金钱秩序进行回顾时，"会秉持一种激进的态度，怀着一种仁慈、人道的情感，并通常将其依附于一个前资本主义的，因而也是不可能返回的世界"^②。

当然，在解读田园主义的时候，威廉斯犀利地指出了描绘人与自然和谐美好共同体的田园诗字里行间所反映出的社会问题与苦难，也揭示了看似美好的农业文明共同体背后所隐藏的意识形态。让‐吕克·南希（Jean-Luc Nancy）则在《不运作的共同体》（*The Inoperative Community*）中指出，我们"根据不同历史时期的社会形态所设想的共同体从未发生"^③。在历史的每个时刻，人总是沉湎于已然消逝的、更早期的共同体，哀叹往昔熟悉感、友爱与欢乐的丧失。那些逝去的由紧密、和谐、坚不可摧的纽带编织而成共同体，通过机构、仪式、象征等方式实现了自身的内在统一性，该共同体不仅意味着成员之间的亲密交流，也是与自身本质的有机交融。然而，在南希看来，我们应该对共同体丧失的意识持怀疑态度。因为，对共同体的渴望不过是为了对抗现代经验的艰辛而做出的一项晚近的发明，类似于基督宗教时代的神性生活，而作为神性本质存在的共同体本身是不

---

① 卢梭：《论人类不平等的起源和基础》，李常山译，北京，商务印书馆，1962，第84页。

② Williams, Raymond. *The Country and the City*. New York: Oxford University Press, 1975, p. 36.

③ Nancy, Jean-Luc. *The Inoperative Community*. Minneapolis: University of Minnesota Press, 1991, p. 11.

可能的。① 换句话说，这样的共同体设想其实预设了一种内在性本质，而这种内在性本质是值得怀疑的，并且这样的设想可能导致灾难性的后果。

前科学的宗教共同体借助某种超越尘世的秩序话语，预设了超出时间的灵性本质，却成功实现了与政治权力的联结，从而导致对人性情感的压抑，甚至对所谓的有罪生命的暴力伤害。而随着宗教的式微以及现代科学理性话语与政治体系的建立，民族国家作为超越个体生命的共同体主体，通过经济制度、技术运作以及政治领导等方式在自身中再现或者体现了一种预设的内在性本质。在以速度与效率为导向、以系统范式进行运作的现代社会中，个人的愿望与意志似乎无法得到尊重，个人只能"适应系统的目的"，因而，真正的共识也就成了"从未达到过的远景"。② 从生命政治的角度来说，这意味着自然生命也被"纳入国家权力的诸种机制和算计之中"③。实际上，吉奥乔·阿甘本（Georgio Agamben）指出，现代国家的实质跟人类共同体的原始结构有着紧密的联系。在阿甘本看来，现代政治主权的逻辑可以追溯到宗教神学式的人类共同体中：那些可以被杀死却不能被祭祀的神圣人被纳入性地排除出了神性世界，却确保了宗教共同体的成功运行；而现代政治主权以保护民众的权利的名义可以任意剥夺另一部分人的身份与生命也是承袭同一逻辑。正是通过这种分隔性与例外，政治共同体的正当性得以奠基。④ 罗伯托·埃斯波西托（Roberto Esposito）继承并发展了阿甘本"纳入性排除"学说，也指出，"保护生命以牺牲生命为前提，人们生活在一起，却又拒绝生活在一起。而拒绝的总和是主权建立的

① Nancy, Jean-Luc. *The Inoperative Community*. Minneapolis: University of Minnesota Press, 1991, p. 10.
② 利奥塔尔：《后现代状态：关于知识的报告》，车槿山译，北京，生活·读书·新知三联书店，1997，第131—132页。
③ 吉奥乔·阿甘本：《神圣人：至高权力与赤裸生命》，吴冠军译，北京，中央编译出版社，2016，第6页。
④ 吉奥乔·阿甘本：《神圣人：至高权力与赤裸生命》，吴冠军译，北京，中央编译出版社，2016，第12—13页。

基础。生命被献祭给了保护生命。"①。在现代西方社会中，人类主体将以"知识"为媒介对传播的所谓规范进行内化，作为个体的人在隐秘而高效的政治权力操纵下被规训、压迫以及否定。而且，这种生命政治可能导致的最为极端的后果已经在"二战"中得以显现，"正是纳粹主义和法西斯主义，把对赤裸生命的决断，转变为最高的政治原则"②。总之，建立于现代政治主权国家基础上的共同体无疑问题重重，这种看似民主自由的政治共同体很容易走向极权主义，其最终的结果就是自身的内爆或者在战争中被瓦解。

南希之所以指出共同体从未发生，是因为：一方面，如上所述，这种共同体总是基于一种预设的内在性本质，但这种内在性本质在现代社会中的投射非但不能引向一种积极正面的人类共同体，甚至会走向截然相反的负面甚至暴力结果；另一方面，作为内在性本质的终极履行方式的死亡同样是不可通约的。无论是宗教还是政治意识上的共同体丧失意识，都指向试图恢复那种位于一切可能经验界限之上的超验理性幻觉，或者说隐秘的内在性。而死亡总是与这种内在性的履行息息相关，受绝对内在性意志支配的共同体掌权者总是将死亡当作真理，那些为神性牺牲者或者为国家捐躯者也想象自己的死亡体现了共同体的内在性本质。然而，那种基于死亡的"即将发生的通约或交融不是远离了，也不是延迟了：而是它永远不会到来；它不会发生，也不会改变未来。而构成未来的，或者真正发生的，总是独体死亡"。③ 显然，这种独体死亡观跟马丁·海德格尔（Martin Heidegger）对死亡问题的思考有着紧密的联系，因为海德格尔也曾指出

---

① Esposito, Roberto. *Communitas: The Origin and Destiny of Community*. Stanford: Stanford University Press, 2010, p. 14.

② 吉奥乔·阿甘本：《神圣人：至高权力与赤裸生命》，吴冠军译，北京：中央编译出版社，2016，第15页。

③ Nancy, Jean-Luc. *The Inoperative Community*. Minneapolis: University of Minnesota Press, 1991, p. 13.

死亡的不可把握和不可通约性。

那么，这是否就意味着共同体之绝对不可能？作为不可通约的终极死亡是否对我们领悟人类存在和共同体问题毫无意义？答案是否定的。笔者认为，共同体并非不可能，只是我们不能将共同体建立于一种唯心和预设的内在性本质的基础上；死亡问题也并非毫无意义，恰恰相反，我们可以经由海德格尔对于死亡问题的思考通达一种本真的共同体存在形式。

在海德格尔的存在论中，死亡问题非常重要，它关系到存在的整体性结构。"此在的基本机制的本质中有着一种持续的未封闭状态"，或者说存在者总是朝向未来的下一个时刻而存在着，"只要此在作为存在者存在着，它就从不曾达到它的'整全'"。①唯有存在者经历了终结存在的死亡，存在的完整结构才能被把握。然而，没有人能够真正经历自己的死亡，因为没有一个死去的人能够把死亡本身作为经验来领会。对于存在者来说，他对于死亡的理解来自因目睹他者的死亡而产生的对死亡的联想；但是，虽然他能够试图感受死亡对于那个死者所意味着的痛苦或者失去等，可这并不会帮助他真正领悟与把握生存的完整结构，因为"我们并不在本然的意义上经历他人的死亡过程"②，也没有人能经历我们自己的死亡，或许这应该就是南希所说的独体死亡的含义。那么，如何把握死亡对于生存的意义？

一方面，唯有领会死亡才能把握生存的整体结构；另一方面，经历死亡又意味着处于生存之外。这似乎成了难以调解的悖论。为了解决这一难题，海德格尔指出，"问题在于追究临终者的死亡过程的存在论意义，追

---

① 海德格尔：《存在与时间》，陈嘉映、王庆节译，北京，生活•读书•新知三联书店，1987，第284页。

② 海德格尔：《存在与时间》，陈嘉映、王庆节译，北京，生活•读书•新知三联书店，1987，第287页。

究他的存在的某种存在之可能性的存在论意义"①，为此他运用了"向死而生"的策略。人终有一死，死亡不是一个普通事件。作为悬临于此在之上的一种生命现象，死亡呈现为一种最为本己且无法超越的可能性，"随着死亡，此在本身在其最本己的能在中悬临于自身之前"②。由此，虽然"死亡仍然处于直接的生存论（因此也在现象学）把握范围之外，但作为此在可直接把握之存在的无时无处不在的条件，它又显示为可在本质意义上被间接地把握"③。正是在跟死亡的关联之中，此在才开始思考何为最本真的存在。不过，强调与死亡的关系并非说要将死亡变为现实，而是说，作为不可把握、不可超越的可能性之死亡实际上构成了存在隐秘的条件，此在要从最深刻的意义上把生命跟死亡联系起来。当人意识到自己最终不可避免要走向死亡，甚至可能在生命尚未展开的时候随时随地被死亡毁灭，他就认识到，生命的持续存在并非必然，而是具有纯粹的偶然性。他此时回望人生的无数瞬间，会明白那许许多多的瞬间存在同样富有争议。由此，他才能不把现实中看似必然的东西看成是必然的，才能思考何为存在的本真状态。因为，生活是由他来选择与决定的，此在于是认识到自己应当对自己的生活与生命负责。

当然，海德格尔指出，人并不总能真正地面对这种与死亡的关系。实际上，现实中大部分人都会"以在死亡之前逃避的方式掩蔽着最本己的向死亡存在"④，从而在茫然失其所在的状态中陷入常人的受奴役境况。日常沉沦的此在不去承担可以选择本真可能性的责任，却说这终日的忙忙碌碌

① 海德格尔:《存在与时间》，陈嘉映、王庆节译，北京，生活・读书・新知三联书店，1987，第287页。
② 海德格尔:《存在与时间》，陈嘉映、王庆节译，北京，生活・读书・新知三联书店，1987，第300页。
③ Mulhall, Stephen. *Heidegger and Being and Time*. London and New York: Routledge, 2005, p. 128.
④ 海德格尔:《存在与时间》，陈嘉映、王庆节译，北京，生活・读书・新知三联书店，1987，第302页。

都是形势所迫或是现实的必然。于是，逃避向死亡而存在的态度使得此在纠缠于非本真的存在状态中。与之相对，唯有将死亡与生存紧密联系起来，唯有承认人之有限性与偶然性，存在者才可能听从"良知的召唤"①，看清自己在世界上的不在家状态，将生命的责任强加于自己，并探究生命中最为本真的可能性。如此看来，看似不能共享的独体死亡实际上成了探究生命本己、本真可能性的重要条件，也正是对任何存在者来说都不可避免、不可消除的独体死亡为人类更好的存在形式或者共同体之可能性奠定了广泛而深刻的基础。

那么，现代社会中的存在者为何总是处于不在家的状态？此在的本真存在应当是什么形式？这与共同体又有何联系？哲人学者们曾经从不同角度或以不同方式切入这些问题，试图剖析现代社会中到底是什么导致了非本真的存在形式。其中，许多学者不约而同地质疑作为西方文明基础的理性主义与逻各斯，甚至是整个形而上学结构。阿甘本说，"赤裸生命与政治之间的关联，正是人作为'拥有着语言的活着的存在'这个形而上学定义，在声音和逻各斯之间的关系中所寻求的那种关联"②。正是在语言中，拥有了逻各斯的人融入所谓的现代文明世界，宣布了对形而上结构的忠诚，其代价却是将自我进行分隔，并将赤裸生命排除在政治秩序之外。马克斯·霍克海默（Max Horkheimer）与西奥多·阿道尔诺（Theodor Adorno）则犀利地指出，现代资本主义社会中作为启蒙基础的理念与数字代替了事物本身，而这种以理性形式逻辑为基础的启蒙"带有极权主义性质"③，现代社会中的人们无一不受到抽象理性同一性的支配和奴役，因此

① 海德格尔：《存在与时间》，陈嘉映、王庆节译，北京，生活·读书·新知三联书店，1987，第321页。
② 吉奥乔·阿甘本：《神圣人：至高权力与赤裸生命》，吴冠军译，北京，中央编译出版社，2016，第11页。
③ 马克斯·霍克海默、西奥多·阿道尔诺：《启蒙辩证法——哲学断片》，渠敬东、曹卫东译，上海，上海人民出版社，2006，第4页。

无法获得真正的自由。海德格尔更是把矛头指向整个形而上学结构，认为那是"最后的存在者之存在离弃状态的基础"[①]。西方近代以来基于形而上结构的传统哲学运用语言概念、逻辑推理等方法，将存在问题当作对象进行思考与研究，却最终走向僵化与固化。与之相对，海德格尔要突出存在者嵌入情境的关联性与生成性，尤其是对重要的死亡问题的引入，又使得他对存在问题的思考具有了时间性维度。由此，他以"此在"代替传统哲学中永恒抽象的主体，并用动态与历史的目光审视此在之存在。并且，在思考存在问题的过程中，海德格尔以技术的追问揭示了以解蔽与事实为导向的科学之表象性本质，指出了正是以科技为导向的存在导致了大地毁灭与诸神逃逸。因此，存在者应该以泰然的态度守护万物不可言说的神秘幽暗本质，或者说本真存在就是与真正的栖居紧密相关。[②] 此处有两点尤为重要：一是对存在问题的探讨离不开存在者所嵌入其中的情境，离不开对存在者跟周围万物之关系的关注；二是此在的本真存在与其守护万物的本质及栖居大地密切相连。

综上所述，正是向死亡而存在的召唤使得存在者看到不在家的生存状态，转而探究本真存在的可能性。这种本真存在绝非基于抽象理性的内在性本质，而跟此在所嵌入的情境和动态关系密切相关。既然对存在问题的思考必须以主体所嵌入的情境为基础，那么，对作为人类集体存在形式的共同体的思考也离不开人类所嵌入的环境。基于此，本书提出，探讨共同体的时候，应该重新思考共同体的界限与范围问题。

现有的共同体理论主要思考在人类社会范围内的共同体的可能性；然而，鉴于前文的探讨，共同体的范围显然应当扩展至人类自身所嵌

---

① 海德格尔：《哲学论稿：从本有而来》，孙周兴译，北京，商务印书馆，2012，第447页。
② 海德格尔：《演讲与论文集》，孙周兴译，北京，生活·读书·新知三联书店，2005：第156页。

入的有机与无机环境。可以说，这是一种生态共同体（ecocommunity）。
"ecocommunity" 一词前缀 "eco-" 是 "ecological"（生态的）的缩写，源自
"希腊语 'oikos'，意指 '家，房'"；而自从德国生物学家恩斯特·海克尔
（Ernst Haeckel）于 1866 年创造 "生态学"（ecology）一词以来，该词又
带有了 "栖居地的意蕴"。[①] 生态共同体指向包括人类在内的世间万物之间
的内在广泛联系，强调人类与非人存在形式以及栖居环境之间的整体性关
系。在生态问题恶化的当今社会，生态共同体意味着人类和生态万物息息
相关，拥有共同命运和未来。我们在探究人类生存问题时，要以人类与栖
居地上万物的广泛关联作为前提，以人与其他生命存在形式的共存共生和
普遍联系为基础。因此，本书用 "生态共同体" 来概括福斯特作品中生态
书写所表现出的思想，以及隐含其中的对人类存在问题的思考。

　　实际上，"生态共同体" 一词曾出现在美国社会理论家莫里·布克钦
（Murray Bookchin）关于社会生态学的构想中。布克钦在对比现代社会文
化与前文字社群文化的基础上，试图指出，等级社会与不平等并非人类文
化的普遍特征，而是随着历史发展所产生的占支配地位的二元对立思维的
产物。因此，人们应当 "试图彻底根除内心的等级制倾向，而非仅仅消除
社会中体现支配性的制度"，应当以生态共同体取代自然与社会的对立，
并且 "开创一种新的文化"，使社会中的个体 "人人都被视为能够直接参与
社会政策的制定的主体，从而使得社会等级与支配失效"。[②] 这种优化的
个体参与和选择机制取代现有的基于工具理性的结构式管理，旨在保护生
态圈免受发达工业模式的破坏，打造以生态共同体为核心的平衡良善生态
系统，实现社会与自然的融合。布克钦从政治经济学的视角 "将生态推论

---

① Williams, Raymond. *Keywords: A Vocabulary of Culture and Society.* Oxford: Oxford University Press, 2015, p. 70.

② Bookchin, Murray. *The Ecology of Freedom: The Emergence and Dissolution of Hierarchy.* Palo Alto: Cheshire Books, 1982, p. 340.

用作批判性的社会理论，以此应对激烈的社会、政治、经济变革"①，呼吁重新创造一个基于生态科技的生态共同体。这种社会模式建立的操作可行性不免引发质问，其理想化色彩不言而喻。不过，在生态共同体概念的背后，布克钦试图指向作为社会环境危机源头的人类内心的等级制倾向，设想人们因地制宜地建立针对特定生态系统的生态共同体式社会，个体与社会积极参与总体环境的构造，顺应自然规律，这对于思索当前的生存模式仍然具有积极的重要意义。本书探讨生态共同体的概念，并不侧重于社会实践层面的操作，更多的是试图发掘这一概念在文学批评、哲学领域的潜力与价值，分析其不同维度的内涵以及这些含义在福斯特作品中的体现。

在生态学"研究动植物等生命体在生物层面的相互联系，以及它们之间通过有机物质与无机物质所进行的能量流交换"②的思想基础上，生态批评学家将文学作品中以往被视为背景的环境描写放置于前景中，试图解读生态书写背后所隐藏的意涵，并从文学作品走向现实世界，考察历史长河中人与生态环境之间关系的演化，对当下的社会存在展开研究与批判。"社会存在物不可能逃避他们在自然世界的嵌入性"③，或者说，人深深地嵌入其所生活的环境，并与周围环境之中的万物有着深刻而紧密的联系，这是所有生态批评理论的出发点。在生态批评学家看来，无论是对作为自然生命个体的人类主体的研究，还是对作为社会中个体的人类主体的研究，都不能止步于身体的边界，将与主体息息相关的生态环境要素囊括

① Luke, Timothy W. *Ecocritique: Contesting the Politics of Nature, Economy, and Culture.* Minneapolis: University of Minnesota Press, 1997, p. 177.
② Synder, Gary. "Ecology, Literature, and the New World Disorder". *ISLE: Interdisciplinary Studies in Literature & Environment* 11.1 (2004): 5.
③ 戴维·哈维:《正义、自然和差异地理学》，胡大平译，上海，上海人民出版社，2015，第 29 页。

进来至关重要。"人类世"（Anthropocene）[1] 这一概念的提出表明，随着工业革命的发展，人类活动对于地球的影响已经超越地表，达到了改变全球地质特征的程度，人类跟非人类已成为休戚相关的命运共同体，这是众所周知的事实。与此同时，针对人与环境紧密联系的具体内涵，人们通常将这种联系理解为效用性的、功利性的，而生态学家们批判了这一倾向。比如，美国生物学家蕾切尔·卡森（Rachel Carson）在《寂静的春天》（*Silent Spring*）一书中指出，人决定保护或杀害某种动植物的基本出发点就是其对人类的用途，然而，"土壤和生活在土壤上的任何生命体之间都是一种彼此依赖、互益的关系"[2]；因此，人对待动植物的这种态度是极其狭隘的。奥尔多·利奥波德（Aldo Leopold）的《沙乡年鉴》（*A Sand Country Almanac*）提议建立处理人与土地以及土地上动植物之间关系的土地伦理（land ethic），并提出了生物共同体（biotic community）的概念，这个生物共同体的界限被扩大了，包括"土地、水、植物和动物"等，而人只是这个"由相互依赖的部分所组成的共同体中的成员"。[3] 这就意味着，人在这

---

① Crutzen, Paul J. and Eugene F. Stoermer. "The Anthropocene". *Global Change Newsletter* 41 (2000): 17-18. 如果根据地质学的划分方法，目前人类所处的地质时期是显生宙新生代第四纪中的全新世。然而，自发明蒸汽机的 18 世纪至今，人类活动对地质的影响日益增强。为了强调人类工业活动对生态环境的强大作用，西方学者提出了一个新的标志地质学纪元的术语，即跟更新世、全新世并列的人类世。荷兰化学家保罗·克鲁岑（Paul Crutzen）曾在《人类地质学》（"Geology of Mankind"）一文中对人类世这一术语进行了溯源。他指出，早在 1873 年，意大利地质学家安东尼奥·斯托帕尼（Antonio Stoppani）用"灵生代"（Anthropozoic era）一词来谈及人类活动这种"在力量和普遍性上都更为强大的全新地球力量"。1926 年，V. I. 维尔纳斯基（V. I. Vernadsky）和其他两位学者共同提出了"人类圈"（noosphere）这一术语来标记人类脑力在塑造自己以及周围环境的未来方面的巨大作用（Crutzen, Paul J. "Geology of Mankind", *Nature* 415.3 (2002): 23）。而"人类世"这一术语的正式提出则是在克鲁岑和另一位美国生态学家尤金·斯托默（Eugene Stoermer）共同撰写的《人类世》（"The Anthropocene"）一文中。该文指出，"人类活动已经对地球与大气造成日益剧烈的冲击，在接下来的成千上万年，甚至上百万年中，人类仍然会是主要的地质推动力量。

② Carson, Rachel. *Silent Spring*. Beijing: Science Press, 2007, p. 73.

③ Leopold, Aldo. *A Sand Country Almanac*. New York: Oxford University Press, 1968, p. 203.

个共同体中绝不应该以征服者、凌驾于客体之上的主体的形象出现，而是与动物、植物平等的一员。当然，从伦理层面出发的共同体理论并非没有问题与局限，可这些观点与理论启发我们从更深刻的层面思考人与万物之间超越因果关系的真正内在联系性。

关于生态共同体，还有一个问题至关重要，就是我们要避免将其视为一个静态的乌托邦式的图景。根据关系辩证法，万事万物并不具有某种一成不变的绝对本质，而总是处在流变、生成的状态。在这种情况下，怀着一种关系与过程优先的想法再去思考这个问题，就可以为共同体找到一个更为坚实的基础。根据马克思（Karl Marx）的理论，正是通过人类生存所必需的劳动，人与自然进入了紧密纠缠的互动过程，人积极主动地发起这种活动，并在自身与自然的交互影响中调整与控制物质交换互动，在这样的过程中，人"通过劳动作用于外部自然并改造它的同时，也改变了自己的自然"[①]。换句话说，人类与周围环境及万物的关系并非静止的部分与系统的关系，而是一种螺旋式的生成关系。而共同体之基础不可能是主体自身所具备的某种内在本质，也不会是政治话语中的某种预设或目标。在这方面，埃斯波西托那种从免疫（immune）动态过程的角度对共同体进行的思考非常具有启发性。他认为，免疫范畴重要到可被当作整个现代共同体范式的关键，"'免疫'不仅仅是简单区别于共同（common）的存在，而是它的对立，能将它的后果乃至预设条件清空直至它呈现完全赤裸的状态"[②]。免疫作用正是通过纳入性的排除使入侵物成为生命机体的一部分，也唯有通过抵抗外来因素，生命机体才能避免自身免疫系统的瓦解，避免机体走向毁灭，从而实现共同体的维持。这种共同体之中有保护生命与否

① Marx, Karl. *Capital: A Critique of Political Economy.* Vol. I. Harmondsworth: Penguin Books, 1976, p. 283.

② Esposito, Roberto. *Communitas: The Origin and Destiny of Community.* Stanford: Stanford University Press, 2010, p. 12.

定生命的双重逻辑，于是暴力合法化的执法通过剥夺部分人的生命来保护另一部分人的生命。共同体的前提是通过暴力排除否定威胁其身份认同的一部分人的生命。正是不断地通过排除与纳入的动态过程，共同体才得以存在。

如果我们对事物的理解总是由它一时所呈现的形式及其在关系网中暂时的位置决定的，如果我们将这种流变与过程论放置于优先地位，那么任何关于共同体的观念"必然会因为缺乏对维持它的复杂流变与过程的认识而遭到弱化"[①]。但是，这并不意味着我们不需要思考共同体这样的概念，因为无论如何，我们还是会受到身边各种各样相对固定的观念、话语、制度等力量的影响，思考共同体恰恰是为了探索自我实现以及实现更本真的栖居，以共同体为导向的生态话语也可以成为建设更美好的现实世界的思想基础。

第二节　生态共同体之不同维度

事物总是先于概念存在，布克钦在讨论生态共同体的时候，认为原始的有机社会或部落群体中个体之间不存在等级和支配观念，个体与共同体之间是真正的统一性关系，"从个体与共同体的统一感中又衍生出共同体与周围环境的统一感"；虽然人对自然世界的依赖也会导致恐惧感和崇敬感的产生，"但是在有机社会的发展过程中，在某一刻，人们之间会产生共生感以及相互合作和依赖的感觉，这种感觉超越了原始的恐惧感和敬畏感"，那时，他们的那种共同体，比如一个森林共同体或者土地共同体，

---

① Harvey, David. *Justice, Nature and the Geography of Difference*. Cambridge: Blackwell Publishers, 1996, p. 25.

会成为平衡自然的一部分。[①] 布克钦的生态共同体概念在某种程度上参照了原始社会中已经存在的生态共同体形态，生态共同体的观念也渗透于20世纪70年代以来的生态批评以及当代文学批评理论中。本节将梳理文学作品与生态批评理论中不同维度的生态共同体观念，并指出福斯特的作品在某种程度上体现了生态共同体观念之不同维度。

一、从田园牧歌到浪漫主义生态共同体

英国生态批评学者特里·吉福德（Terry Gifford）在《田园诗》（*Pastoral*）一书中梳理了田园诗的历史演变。他认为，这种文学形式经历了从诗歌、戏剧到小说等的变化，而在现代更广泛的意义上来说，它甚至超越了体裁的限制，可以用来指向所有文学中将乡村与城市进行并置对比的内容，从城市隐遁到世外之所的消极逃避性和回归社会现实的批判性构成了持久的内在张力与魅力。说到田园诗，人们最先想到的通常就是维吉尔的《牧歌》（*Eclogues*，或 *Bucolica*），他在这部作品中塑造了充满诗情画意并具有重要象征意义的世外桃源"阿卡迪亚"（Arcadia）。该地以古希腊伯罗奔尼撒半岛中部某地为原型。由于周围大山的阻隔，该地形成了封闭纯净的地理环境，那里有"茂林芳草，幽涧寒泉"，"堇菜开黛紫的花，越橘结青碧的果"，[②] 还有羊群的守护者和收葡萄的田间汉吟唱生活，消磨似锦年华。正是从维吉尔开始，阿卡迪亚成了田园牧歌式生活的代名词。而实际上，牧歌的源头可以追溯到古希腊。维吉尔明确表明，他的牧歌承袭了忒奥克里托斯的田园传统。忒奥克里托斯跟随自己的赞助人，即公元前3世纪殖民埃及的一名古希腊将军，在埃及亚历山大任职宫廷学者的时候，创作了《田园诗集》（*Idylls*）。诗人基于自己家乡西西里的

---

① Bookchin, Murray. *The Ecology of Freedom: The Emergence and Dissolution of Hierarchy*. Palo Alto: Cheshire Books, 1982, p. 46.

② 维吉尔:《牧歌》，党晟译注，桂林，广西师范大学出版社，2016，第141页。

牧羊人吟唱比赛，在诗歌中描绘了田园式的静谧优美风光以及牧人的放牧场景，表达了诗人的思乡怀旧之情以及融入大自然的简单生活之愿景。[①]
这部诗集中的部分篇章正是维吉尔《牧歌》的蓝本。忒奥克里托斯的牧歌又是在回望与致敬被称为"古希腊第一位个人作家"的赫西俄德（Hesiod）的作品《工作与时日》（*Work and Days*）。公元前 9 世纪的《工作与时日》生动而全面地描绘了关于早期古希腊农业、贸易、动植物生长、自然风景、四季气候以及农村生活的广阔多彩画卷。[②] 不过，到了忒奥克里托斯那里，就主要侧重描绘悠闲宁静的放牧场景，这种场景似乎成了田园诗的固定模式，并且经由忒奥克里托斯与维吉尔的思乡怀旧之情被赋予了"黄金时代"的神秘意义。古罗马作家奥维德（Ovid）曾经在作品《变形记》（*Metamorphoses*）中栩栩如生地描绘过造物主创世之初所建立的黄金时代之景象：这个时代并无法律，但会自动保持公正信义；人们不需耕耘，便可心满意足地获取浆果、橡子等食物；山上的树木还从未遭到砍伐，"土地不需耕种就生出了丰饶的五谷，田亩也不必轮息就长出一片白茫茫、沉甸甸的麦穗"；"溪中流的是乳汁和甘美的仙露，青葱的橡树上淌出黄蜡般的蜂蜜"。[③] 显然，神话般的世外桃源代表了大地尚未遭到人类技术与文明改造破坏之前的富庶丰饶图景，人不需遭受劳作之辛苦和剥削之压迫，全身心地与如画的大自然融为一体。

当然，这样的田园诗般的黄金时代似乎从未真正存在于历史现实中，而只存在于文学建构的世界里。早期田园诗的受众基本上是宫廷或上层受过良好教育的知识文化群体，像忒奥克里托斯的田园诗中，时而忧伤时而喜乐的乡村风味爱情以其特有的喜剧色彩，为宫廷人士以及世故老练的城镇知识群体提供了田园式的娱乐。而 17、18 世纪的田园诗更是把世外桃

---

① Gifford, Terry. *Pastoral*. London and New York: Routledge, 1999, p. 15.

② 赫西俄德：《工作与时日·神谱》，张竹明、蒋平译，北京，商务印书馆，2009。

③ 奥维德：《变形记》，杨周翰译，北京，人民文学出版社，1984，第 4 页。

源移到了实际存在的私人乡村庄园中，此时的田园诗仍然履行着一种奉承赞美的功能。诗歌会描述庄园主人非常自然地被赋予美丽的庄园或者自然地拥有产权，能够轻松自如地实现对产业的周到管理，并以慷慨无私的态度对待下人及周围事物，当然，这里的庄园主人很可能影射了诗人的赞助人。这样的田园诗中所隐含的意识形态已经广受质问，封建社会中阿卡迪亚的塑造以贵族自然而然地拥有产权和富庶物产掩盖了现实世界下层农业劳作者被剥削压迫的事实。田园诗以文学形式阻止了社会权力结构受到质问，从而起到了巩固土地产权制度和维护现有社会结构与秩序的作用。但是，吉福德和威廉斯都指出，田园诗中自始至终都存在一种反作用力。吉福德将之称为"反田园诗"（anti-pastoral）[1]，威廉斯则称之为"对抗田园诗"（counter-pastoral）[2]。在反田园诗中，"自然世界不再被建构为'梦想的大地'"，而是充满残酷竞争、神圣旨意缺席的生存斗争场地。[3] 反田园诗的创作者试图呈现辛苦劳作者而非外部观察者视角下的乡村，揭露基督式慈善的虚伪以及经济技术发展所导致的乡村价值的式微。无论是田园诗还是反田园诗，都指向当下充满困苦与混乱的形势与处境，从而表达对于人与自然和谐融合的生态共同体的憧憬与向往。

美国生态批评家布伊尔用"田园主义"（Pastoralism）[4] 一词指田园诗所具备并引发的多元批评框架，认为在对待田园诗话语上，生态批评者们既要看到田园式愿景的妥协性、逃避性，又要正视其所具有的建设性力量。田园话语运用理想化的语言手段在文学世界中建造一个已然逝去的往昔黄金时代的隐遁之所，其背后则隐含着回归现实、对当下社会进行批判

[1]　Gifford, Terry. *Pastoral.* London and New York: Routledge, 1999.

[2]　Williams, Raymond. *The Country and the City.* New York: Oxford University Press, 1975.

[3]　Gifford, Terry. *Pastoral.* London and New York: Routledge, 1999, p. 120.

[4]　Buell, Lawrence. *The Environmental Imagination: Thoreau, Nature Writing, and the Formation of American Culture.* Cambridge: The Belknap Press of Harvard University Press, 1995, p. 32.

的正面意义。面对城镇化、工业技术化所导致的人类疏离大地的异化生存局面，田园话语试图将乌托邦式的世外桃源图景投射到理想化的未来，从而建立一套替代性的可能话语，以恢复人与大地的亲密统一关系。田园诗作为一种常青的语言，具有永久持续的力量，诗中人与自然和谐交融的共同体观念被浪漫主义诗人所承袭并发扬，比如，威廉·华兹华斯（William Wordsworth）就是贺拉斯、维吉尔等人的转译者与模仿者①，他们会在自己的作品中再现牧羊人式的简单有机生活，回归自然也成为浪漫主义的根源性思想之一。

浪漫派诗人强调以敏锐的眼睛观察自然，以栖居融入自然，认为通过这种方式可以发现最深刻本质的东西。浪漫派诗学的诗意不仅存在于诗歌语言中，更存在于自然世界中，存在于人和自然进行的即时直接的情感交流中。对于当代的生态批评家来说，浪漫派作家在绿色生态运动中的先驱作用是毋庸置疑的。他们认为，浪漫派作家"对待自然世界的方式根本上就是生态的"，因为他们"关注的是关系性、彼此依赖性和整体性"。②现代生态科学研究地球整体生态系统中的生命体彼此之间以及生物与环境之间的复杂内在关系，可以说就是"对浪漫派观念的回顾性认可支撑"③。英国生态批评学者乔纳森·贝特（Jonathan Bate）更是提出了"浪漫主义生态学"（Romantic Ecology）的概念，用来概括浪漫派作家将自然的本质视为所有存在物进行联结互动的整体性生命能动体或精神的观念。在贝特看来，"浪漫主义生态学"崇敬绿色地球。这种绿色生态观表明，存在一种

---

① Gillespie, Stuart. "Literary History and Critical Historicism: Reading Wordsworth's Juvenal". *Romans and Romantics*. Eds. Timothy Saunders et al. Oxford: Oxford University Press, 2012, p. 128.

② Worster, Donald. *Nature's Economy: A History of Ecological Ideas*. New York: Cambridge University Press, 1994, p. 58.

③ Clark, Timothy. *The Cambridge Introduction to Literature and the Environment*. New York: Cambridge University Press, 2011, p. 16.

"将我们的内部与外部连为整体的'统一生命'（one life）"①，而我们正冒着被毁灭的风险把这一整体性宏大生态系统置入混乱的境地。浪漫主义生态学观念跟现代生态学的观念不谋而合，现代生态学也认为地球上的所有生命存在形式构成了一个整体性的生态系统，其中所有的动植物等生命体无论在自然世界中的物理距离有多么遥远，它们都深深地依赖彼此，并在同一个复杂网络中紧密相连。如果说像达尔文、海克尔这样的生物科学家们强调人类的生理生存离不开生态系统中的其他生命体，比如植物光合作用产生人类必需的氧气，动植物为人类提供不可或缺的食物，那么，浪漫主义生态学认识到，人的精神生存更加不能离开绿色的大自然。浪漫派诗人热衷描绘优美的自然风光，强调其作为人类所共有的内心深处的喜悦、共情、想象的源泉的重要性。威廉·华兹华斯就曾经指出，处于静谧的乡村生活中，人类情感融入美丽、永恒的自然存在形式中，心灵似乎也得到了更好的可供生长的土壤，从而更能够达到成熟睿智的状态。②浪漫主义生态学十分重视由自然美所激发的渗入人类情感之中的思想性，正是在这样的情境中，人类体悟着共同的情感与命运。

英国浪漫派作家，如华兹华斯、塞缪尔·泰勒·柯尔律治（Samuel Taylor Coleridge）等，注重在平凡、常见的环境中发现自然之美与诗意。他们认为，感知自然不必一定处在广袤、荒凉、崇高的自然环境中，"透过善于发现的眼睛，最不起眼的花园或者树林也可以激起内心的惊奇和讶异"③。因此，花园是他们诗歌创作中常用的意象。花园意象的原型可以追溯到《圣经》中人类始祖居住的伊甸园，或者说，伊甸园的神话中已经具

---

① Bate, Jonathan. *Romantic Ecology: Wordsworth and the Environmental Tradition*. London and New York: Routledge, 1991, p. 40.

② Wordsworth, William and Samuel Coleridge. *Lyrical Ballads: 1798 and 1800*. Peterborough: Broadview Press, 2008, p. 174.

③ McKusick, James C. *Green Writing: Romanticism and Ecology*. New York: Palgrave Macmillan, 2010, p. 10.

有浓重的环境书写色彩。尽管神话中的人类中心主义意识形态已经广受质问与批判，但是，这样的花园意象由于象征着人类堕落前的共同体式生活方式，同样具有现实价值与意义。这种堕落当然有着多重指向，它可以指"农业耕种的发明、城镇化的开始或者工业革命进程"①，浪漫主义作家笔下的堕落则主要指"启蒙运动征服自然之观念和理性压倒直觉情感之趋势所导致的丧失感"②。在当时的社会环境中，随着越来越多的荒野被人类活动驯化与剥削，自然环境不断受到污染，人类心灵中只有与和谐自然融为一体才能获得的平衡感与满足感也随之丧失。与此同时，资本主义经济制度的发展与扩张导致社会分工日益细化，自由市场的经济价值作为支配性力量似乎成了衡量、评价一切事物的唯一标准，大众传媒的风靡改变甚至取代了之前多元异质的文化模式。在那种情况下，原来"完整"的人似乎越来越碎片化，生活在城镇之中的劳动者们日益丧失那种在乡村环境中与山川、草木、动物等非人存在形式之间进行即时直接的情感交流的纽带。浪漫主义作家哀叹疏离自然与碎片化所导致的人类生命的贫乏与异化，试图以花园意象以及再现牧羊人的简单乡村生活等方式来克服当下社会环境的不和谐，以恢复人与自然的亲密感以及精神上的平衡感。

英国的浪漫主义传统深深地影响着美国人关于人与自然关系的根本观念与核心价值观，这种重大影响通过拉尔夫·沃尔多·爱默生（Ralph Waldo Emerson）、亨利·戴维·梭罗（Henry David Thoreau）等美国作家的作品体现出来。与英国浪漫派提倡从身边的平常风景中发现美的观念不同，美国的浪漫派倡导忘记与摆脱旧世界城镇文明的堕落特征，试图在西部未被染指的荒野与自由之地中重新接受神性洗礼，体会人与自然的亲密

---

① Clark, Timothy. "Nature, Post Nature". *The Cambridge Companion to Literature and the Environment.* Ed. Louise Westling. Cambridge: Cambridge University Press, 2014, p. 78.

② Goodbody, Axel. "Ecocritical Theory: Romantic Roots and Impulses from Twentieth-Century European Thinkers". *The Cambridge Companion to Literature and the Environment.* Ed. Louise Westling. New York: Cambridge University Press, 2014, p. 63.

联结感。爱默生在著名的《自然》（"Nature"）一文中写道，当他独自立于旷野之中，抬头望向那无边无际的空间，感觉所有狭隘的唯我主义都消失了，他"成了一个透明的眼球"；那一刻，他的自我变为空无，却又看见一切，感觉"宇宙存在之流环绕身体四周"，他"成了神的一部分"。[1] 旷野中的爱默生实现了从物质世界走向直觉世界的过程，试图以包容一切存在的普遍灵魂，即超灵（oversoul）来形容自然对于人类生活的根本启示。梭罗同样倡导在令人神清气爽的自然中沉思、散步，他赞颂西部世界，认为应该摆脱所谓文明的陈腐旧世界，从而步入未知的无限领域。梭罗以亲身生活在森林木屋来践行自然观，并在著名的《瓦尔登湖》（Walden）一书中记录了对于自然现象的细致观察以及对人类文明的深度思考。与英国浪漫派相似的是，他也试图表达观察自然现象时心中所产生的惊奇讶异之感，并从自然现象的变化过程中抽象出关于世间万物变化的宏观规律与真理。他在详尽记录了湖泊一天的景色变化后得出结论："一年的自然现象体现在一片湖泊的一天中"，可以说"一天就是一年的缩影"；[2] 他在仔细观察铁路旁斜坡的沙子在不同季节、天气中的变化后说，这些作为无机物的沙子遵循着一半水、一半植物的有机物规律，呈现出包括"青苔、珊瑚、豹掌、鸟爪、大脑、肺叶、肠道"，甚至菊苣、常春藤等建筑物叶饰在内的各种图案模式。[3] 梭罗认为这一片小斜坡的沙子已经体现了整个大自然甚至宇宙的运作规律。借助想象与联系的能力，他试图从自然表象与要素中发现或者抽象出自然世界的整体性本质与原则，似乎自然中的一切物质——包括人类——都处于某种背后的普遍力量的驱动之中，处于一种变

[1] Emerson, Ralph Waldo. *The Complete Essays and Other Writings of Ralph Waldo Emerson.* New York: Random House, 1950, p. 6.

[2] Thoreau, Henry David. *Walden.* Princeton and Oxford: Princeton University Press, 2004, p. 301.

[3] Thoreau, Henry David. *Walden.* Princeton and Oxford: Princeton University Press, 2004, p. 305.

化、生成、联系的过程中。而且，在人类破坏和改变自然之后，大自然能够重新进行整合、运作以达到重生，当然，这或许与当时的宗教救赎观念有关。无论如何，对于梭罗或者其他浪漫主义者来说，在一切物质与事物之中贯穿着某种有机内在的统一生命，或者存在某种"能将一切存在物编织成充满生机的宇宙世界的能量之流"①。正是像血液一样流经一切物质与存在的能量流支撑了部分与整体相联系的观念，这种强调整体性与万物有灵的价值观批判西方工业化、城镇化进程所导致的人与自然隔绝的状态，提倡恢复人类与万物保持密切联系的共同体。唯有这样，才能够使人类心灵与精神回归到与自然和谐一致的宁静状态。

福斯特的作品，尤其是早期的短篇与长篇小说，频繁运用古希腊与古罗马神话隐喻、田园牧歌、象征等浪漫主义文学的典型手法，比如作为潘神化身的牧羊人形象在《惊恐记》《最漫长的旅程》《莫瑞斯》等多部作品中出现；《天使不敢涉足的地方》和《看得见风景的房间》这两部小说的故事背景设在意大利，对那里未被现代工业化污染的中世纪美景的描绘体现了该时期福斯特的浪漫主义生态观。通过田园牧歌元素与浪漫主义生态元素的结合，福斯特反思了资本主义工业化进程导致的人脱离土地、人与自然隔绝的恶果，从而表达了人应该恢复那部分原本自然的人类本质，并同自然建立密切联系，重新融入生态共同体之中的观点。

浪漫主义生态学中整体性与联系性的生态诉求在现当代生态批评领域中得以重新显现与发展，然而，它建立于想象与精神基础上的观念因显而易见的唯心主义特征饱受质问。而且，虽然浪漫主义生态学强调人类之外的非人生命与环境的重要性，却总是将外部事物化约为主体意识的一部分，因而难以做到不将主体意志加于自然，于是带有隐含的人类中心主义立场。此外，浪漫派作品中的意识形态问题也引起广泛讨论。浪漫派诗歌

---

① Worster, Donald. *Nature's Economy: A History of Ecological Ideas.* New York: Cambridge University Press, 1994, p. 81.

倾向于运用不同的艺术手法来遮蔽或掩盖自身也被卷入社会历史关系网中的事实，因而，那种认为崇尚超验精神的浪漫派诗歌可以摆脱社会历史意识形态影响的想法不过是自我欺骗。华兹华斯等英国浪漫派作家在诗中所塑造的静谧优美的地方有机社区共同体并未反映当时的英国乡村现实，诗歌使用极其诗意的概念化与移置手法，将诗歌原型事件进行了各种理想化与地方化的重构。因此，浪漫派重视想象与精神的做法很大程度上掩盖了当时的社会现实状况与劳动人民的诉求，从而无形中服务于统治阶级的意识形态。美国浪漫派赞颂广袤空旷的西部世界时，并未提及所谓的旷野并非真的空无一物。在美国西部开发过程中，那片土地上原有的"包括独特的植被、土著居民与自治文化、自由开放的河道、没有栅栏封围的开放视野"等在内的整个生态系统统统被纳入美国地图板块之中。[①] 这种超验精神追求之下，被遗忘的是土地耕犁、河道规划、围猎圈养等背后残忍的洗劫、毁灭、更替行为。

这些关于浪漫派的批评无疑是犀利与正确的。在意识到这些问题的同时，浪漫主义生态的价值与意义也不可被全盘否定，毕竟在人类未来岌岌可危的人类世，人与自然的关系问题的重要性从某种意义上来说超越了任何一种政治模式。当然，随着马克思主义、新历史主义、结构主义、心理分析等学科理论的发展，"自然"自身的含义，甚至"自然"本身是否存在已经饱受怀疑，但田园诗以及浪漫主义生态观中的整体、联系等观念被当代的生态批评界继承，并找到了新的合法化支撑，还被用来"服务于地方性、区域性和民族特殊主义话语"[②]。这些话语在考虑到浪漫主义生态观之唯心主义、人类中心主义等缺陷的前提下，试图建立与现实紧密相关，

---

① McKusick, James C. *Green Writing: Romanticism and Ecology.* New York: Palgrave Macmillan, 2010, p. 3.

② McKusick, James C. *Green Writing: Romanticism and Ecology.* New York: Palgrave Macmillan, 2010, p. 32.

且更加复杂成熟的理论。接下来，笔者将会梳理扎根地方的生态共同体话语。

二、扎根地方的生态共同体

浪漫主义生态传统反对基于市场经济与技术进步的启蒙理想征服与破坏自然的倾向，而是以"自然"观念来象征俗世救赎，从而对抗城镇化、工业化的社会文化模式，将"自然"作为被工业文化社会压抑或毁坏的健康、生命力、和谐与美的准则，旨在恢复心灵的平衡状态以及人与自然环境的共同体。然而，更为激进与成熟的生态批评认为这种"自然"的概念似乎是充满争议且不合时宜的。

一方面，那种广袤未知的完全不受人类活动影响的荒野自然已经不复存在，自然已然"完全陷入了全球生产与消费的巨型罗网"[1]之中。加速发展的人类技术，以及无限扩张的消费文明，使得人们很难想象地球上是否还存在完全独立于人类活动之外的自然世界，就连自然保护区之类的地方，其实也是依据人类的价值观与审美标准进行规划的半人工地方。可以说，所谓的自然和人工文化已经相互渗透与交织，两者之间并无明显的界限。而且，即使真的存在那么一片未被人类踏足的土地，只要它在地球上，就不再是不受人类影响的自然。因为人类活动所产生的物质排放等早已改变了原本"自然"的生态要素，如大气、地质以及气候等。或者说，人类的生产活动等"已经改变了大气层，而那又将改变气候。温度和降雨等也不再完全是独立、非人类文明的自然力量的事情，而在一定程度上成为我们的习惯、经济与生活方式的产物"[2]。庞大城市群落中人工建造的环境、依据功能和用途理性规划的建筑居住区、受工业化学物质影响的气候

[1] Luke, Timothy W. *Ecocritique: Contesting the Politics of Nature, Economy, and Culture.* Minneapolis: University of Minnesota Press, 1997, p. 195.

[2] McKibben, Bill. *The End of Nature.* London: Bloomsbury Publishing, 2003, pp. 47-48.

事件等，早已给"自然"的独立存在画上了大大的问号，而当今生物基因技术的发展更使作为当前地球生物基础的基因面临重新编码的可能。

另一方面，从哲学意义上来说，人类提出自然的概念，恰恰是用自然来指向非人的存在，以此来区分和认识与之相异的人的特殊性，那么，自然当然离不开作为自然规定者的人。换句话说，对于自然的理解因人而异，并不存在独立于人的具有固定本质的自然。即使是在标榜客观中立的科学研究中，作为认知对象的自然也时刻随着时间的推移而发生着改变。随着科学实验室中的研究成果的改变与应用，"自然也绝不再是原先那个自然"①。自然的概念离不开提出这一概念的人，而人的认知与观念又被语言所规定，于是，语言学转向以及解构主义、心理分析等学派的观点催生了自然的文化建构论。语言被描绘为给混乱的世界建构秩序的方式，也正是语言"为我们看向独立存在的外部世界开了一小扇窗户，但与此同时，语言也通过其自身的词汇、结构等，塑造了我们看待世界"包括自然的方式。② 因此，"自然"是一种基于语言的文化建构，被我们叫作"自然"的事物只不过是人类文化话语的一部分，其存在与意义都是文化赋予的，是符号意指系统的一部分。弗迪南·德·索绪尔（Ferdinand de Saussure）的语言学理论揭示了西方语言与指示物之间并无严格对应关系，语言的意义只由它在系统中的位置以及与其他要素的差异决定。那么，我们所有的言说与意义都指向其他文本，成了能指的运动与循环过程。在这种情况下，人被困在由语言与抽象概念织成的文化牢笼中，无法认识真正的现实，只能通过语言文化预设和隐喻的方式看到现实的影子。那么，我们对于"自然"的认识也是一种文化建构，而非真正的"自然"。

---

① Hinchliffe, Steve. "Nature/Culture". *Cultural Geography: A Critical Dictionary of Key Concepts.* London and New York: I. B. Tauris, 2005, p. 197.

② Synder, Gary. "Language Goes Two Ways". *The Green Studies Reader: From Romanticism to Ecocriticism.* Ed. Laurence Coupe. London and New York: Routledge, 2000, p. 128.

然而，正如凯特·索珀（Kate Soper）所言："生态政治学必须摆脱自然主义修辞的文化主义批评是一回事，认为关于自然的一切都只是'文本'以及不断滑动的能指又是另一回事。"① 虽然真实的自然跟我们观念中的自然之间无法划清界限，但并不意味着它们就毫无本体论的差异。无论后结构主义的自然观有多么深刻与犀利，广大的外部世界都绝不仅是一个需要在符号学意义上建构与解构的文本。否则，我们只会陷入脱离外部世界的唯心主义的空洞思辨中，而忽视现实中确实存在的污染与气候问题都在持续恶化的事实。不过，这些理论的确帮助我们认识到，浪漫派观念中的"自然"其实主要是主体意识与观念中的"自然"。与此同时，我们应该反思基于语言和理性的文明模式跟当前生态问题的联系，并认识到自然对于人类所具有的超越生存功用层面的重要存在论意义。

　　斯图亚特·霍尔（Stuart Hall）曾经指出，虽然所有的社会实践都形成于"意义和表征的相互作用之中"，可以说，"不存在意识形态之外的社会实践"；然而，对于社会实践来说，虽说实践都在话语之中，但这并不意味着，"除了话语就什么也没有了"。② 我们对于自然的感知与概念总是会受到认知系统的过滤、分类与建构，认知系统又总是被语言与社会历史情境所塑造。从这个方面说，浪漫派所提出的内在有机统一体的自然观的确存在文化建构的唯心主义局限，然而，这样的观念也并非完全没有现实指向。浪漫派以人与自然的融合来对抗现代社会文化的生态传统，被后来基于"地方感"与亲身体验的生态观念所继承。基于地方性的生态观念反对将自然与环境视为冷冰冰的实证主义观察、分析与征服对象，与此同时，它又试图摆脱浪漫派生态观的局限——认为自然"存在本质、内在、

---

① Soper, Kate. "The Idea of Nature". *The Green Studies Reader: From Romanticism to Ecocriticism*. Ed. Laurence Coupe. London and New York: Routledge, 2000, p. 124.

② Hall, Stuart. *Cultural Studies 1983: A Theoretical History*. Durham and London: Duke University Press, 2016, p. 136.

永恒的特征"或者"唯一的自然原则"①——想要强调环境作为物质实体与真实情境的重要性，并借鉴现象学的方法，还原周围环境对主体所具有的基于身体亲自体验的情感与生存论意义。对于持地方性生态观的批评者来说，研究人所嵌入的环境或空间，不应该停留于基于符号地图的理性分析和基于数据用途的理性解读，因为精确与冰冷的技术和文字记录不能捕捉情境带给人们的感官体验和在情感与回忆等方面的意义。

　　强调地方性的生态观产生于现代资本主义社会背景中，它认为，现代都市中人遭受异化、压抑的生存状态跟工具理性的支配地位以及技术发展所导致的流动性加剧密切相关，并由此引出了"空间"和"地方"两个对比的批评概念。亨利·列斐伏尔（Henri Lefebvre）曾经从历史唯物主义的视角揭示出，在现代资本主义社会中，"空间"已经成为"一种生产资料"②，资本、权力与技术的合谋不断推进着愈发均质、量化的抽象商业化空间的复制与生产③。而相比"空间"的抽象性、同质性，"地方"则强调对环境的"情境式知识"，这意味着感官感知、身体浸入环境，以亲身经验和亲手操作的方式跟自然环境互动，而不是某种抽象或经过中介的知识。④"地方"一词在生活中如此常用，又承载了如此多的常识性理解，那么，地方性生态批评中的"地方"到底该如何定义？正如段义孚（Yi-Fu Tuan）所说："当我们更加了解它并赋予它某种价值的时候，无差别的空间就成了地方。"⑤"地方"并非以经纬度标识的地点或者与产权相联系的位置，而是

① Williams, Raymond. *Culture and Materialism*. London and New York: Verso, 2005, p. 70.

② 列斐伏尔:《空间政治学的反思》，载包亚明主编，《现代性与空间的生产》，上海，上海教育出版社，2003，第50页。

③ 列斐伏尔:《空间政治学的反思》，载包亚明主编，《现代性与空间的生产》，上海，上海教育出版社，2003，第55页。

④ Heise, Ursula K. *Sense of Place and Sense of Planet: The Environmental Imagination of the Global*. New York: Oxford University Press, 2008, p. 30.

⑤ Tuan, Yi-Fu. *Space and Place: The Perspective of Experience*. Minneapolis: University of Minnesota Press, 1977, p. 6.

"被人们以某种方式依附并赋予了意义的场所"[①]。虽然人们常常会将日常生活的周围环境当成理所当然的存在，但实际上，人的品位、价值观、心理状态以及生活意义等都与"地方"密切关联，"'地方'跟归属感、地方感、认同感、共同体等概念都紧紧纠缠在一起"[②]。

首先，"对于环境的依附感内在于人类这一物种的本能之中"[③]，依附感产生于作为动物的人类为了生存而与环境互动并主动适应环境的过程中，然而，这种依附感却不仅仅停留在生存层面，而是超越了认知、喜好和价值判断的人与环境之间的深层情感联系。自童年开始，人就运用由身体器官所决定的某些特定方式，对环境进行视觉、嗅觉、听觉、触觉等方面的综合感知、探索、分类以及理性分析。其中，视觉被人类给予了优先地位，因为它可以提供更加精准与细致的信息。但是，段义孚指出，"从眼中看到的世界比通过其他感官感知到的世界更抽象"[④]，听觉、嗅觉等感知则能够唤起更加鲜活强烈的情感体验。正是在综合感知体验的过程中，特定的意象与感觉得以深刻地镌刻在头脑之中，个体的直接体验为人对环境的依恋或依附感奠定了基础，也使人产生了归属于某个地方的强烈感觉。对于"地方"的依附源于个体的童年经验，依附地方使人们感受到自己扎根这一地方的巨大满足感，而"扎根地方就意味着站在一个稳固的据点眺望外部世界，跟这一特定地方产生深刻的精神与心理联系"[⑤]。此时，人们感觉到自己与所扎根的地方形成了共同体式的联系，这种联系就是段义孚所定义的"恋地情结"，它不仅"蕴含着人与物质界的亲密关系"，也蕴含着将土地"作为记忆与永续希望的一种存在方式"。[⑥] 如果一个人被迫

① Cresswell, Tim. *Place: A Short Introduction*. Malden: Blackwell Publishing, 2004, p. 7.

② Davis, Peter. *Ecomuseums: A Sense of Place*. New York: Continuum, 2011, p. 20.

③ Riley, Robert B. "Attachment to the Ordinary Landscape". *Place Attachment*. Eds. Irwin Altman and Setha M. Low. New York and London: Plenum Press ,1992, p.14.

④ 段义孚：《恋地情结》，志丞、刘苏译，北京，商务印书馆，2018，第 13 页。

⑤ Relph, E. C. *Place and Placelessness*. London: Pion Limited, 1976, p. 38.

⑥ 段义孚：《恋地情结》，志丞、刘苏译，北京，商务印书馆，2018，第 143 页。

离开这个已经让他产生依附感的地方，他就会产生被剥夺了共同体联系的失落感，并自发地重新寻找可供扎根的地方，寻求归属于新的共同体。

其次，"地方"概念跟人的主体认同有着紧密的联系，可以说，地方认同是整体自我认同的一部分。地方以及地方中的物是自我的重要象征，它们不仅构架了日常生活的物质环境，也是内心想象的素材与人生重要经历的记忆线索，是维持与扩展自我认同感的方式。虽然西方形而上学传统，尤其是笛卡尔以来的哲学在定义主体性时，倾向于把精神与理性思维放置在高于物质、肉体的优先地位，然而，这种思维与精神活动一定是有所指向的，或者说思维是基于感官体验意识对事物进行联系、推理的行为，"联系行为如果没有它所联系的世界的景象，就什么也不是"[1]。因此，人并不存在脱离了外部世界的内在本质，人只有在世界中才能认识他自己，也只有在嵌入环境的生态共同体中才能获得整体的主体认同。当前的生态批评理论试图从生物科学的视角为这种整体式的主体认同寻找证据，并提出，人其实是"人与非人世界有机体相互依赖、不可分离的共生关系的集合体"[2]，比如，倘若离开了身体内的菌群，人根本不可能生存。因此，不能将人视为离散的实体，而应该看到人与生态世界的内在联系。当这种基于个体体验的地方共同体认同扩大范围，便产生了集体的文化认同，比如，爱国主义情结最初也是源于对土地的热爱。因此，主体认同与生态环境之间的深层联系也为理解集体的人类活动提供了一把钥匙。

"地方"依附感对于人们的日常经验与生活意义至关重要，是自我与集体认同感不可或缺的组成部分，生活在扎根地方的生态共同体中能够满足人类情感与精神上的归属需求。然而，基于文字与理性的科技发展以及

① Merleau-Ponty, Maurice. *Phenomenology of Perception*. Trans. Colin Smith. London and New York: Routledge, 1958, p. x.

② Evernden, Neil. "Beyond Ecology: Self, Place and the Pathetic Fallacy". *The Ecocriticism Reader: Landmarks in Literary Ecology*. Eds. Cheryll Glotfelty and Harold Fromm. Athens, GA and London: University of Georgia Press, 1996, p. 94.

资本主义文明模式的扩张，导致人与自然环境之间的直接接触关系日益丧失。多数情况下，人与环境的关系成为一种隔着人工设施的间接关系，比如，快节奏的流动性生活使得人们多是在车窗之后眺望外面的风景，这时，人与环境只剩下视觉方面的联系，听觉、嗅觉等体验已然被剥夺；而坐在高速通行的车上通过无法以徒步方式穿越的高速公路、桥梁等设施之后，人们往往又进入温度被人工完美控制的大型商场等人造场所，根本没有体验自然世界的机会；更有甚者，大部分的都市人居住在无法接触地面的高层公寓中，而城市规划都是基于文字或符号设计的实用性地图，不会考虑保留与人们感官体验相关的无用事物。如今的种种迹象表明，独特多元的经验和地方认同被不断削弱，而"无根性"似乎成了支配力量。因此，人文地理学家提出，地理学科研究不应该只是基于数据与描述的理性知识，而应该研究对于人类心理层面意义重大的直接体验，"这也是人类存在的基础"①。实际上，无论是人文地理学家还是支持地方性生态概念的学者，都或多或少地借鉴了海德格尔探究本真存在问题的现象学还原方法。

海德格尔用现象学方法来探究存在问题，试图摆脱传统形而上学的客观对象化、理论化的研究方法，认为被理所应当地作为假设建立起来的基本概念应该受到质问，而抽象简化的本质范畴也丧失了事物本身丰富的差异性与鲜活的体验感。他区分了僵化的形而上学式的存在者和真正的生存者，认为"'形而上学'……是那最后的存在者之存在离弃状态的基础"②，或者说形而上学专注于研究作为存在者的那些被光照亮的事物，却忘记了作为存在的光的照耀。海德格尔对存在的研究不是以存在者本身为中心的，而是强调此在与周围世界的动态联系和扎根性，是试图将生命体验和日常生活带入哲学思考的反本质主义生成论。人总是生活在周围的世界

---

① Relph, E, C. *Place and Placelessness*. London: Pion Limited, 1976, p. 5.
② 海德格尔：《哲学论稿：从本有而来》，孙周兴译，北京，商务印书馆，2012，第447页。

中，然而，现实中大部分人都只是沉沦于常人的非本真存在状态，不会意识到自己的被抛性。不过，意识到自己终有一死可以使此在有机会思考与领悟本真存在，这种本真存在的关键首先在于对人类中心主义的技术思维的反省与批判。在海德格尔看来，人类的非本真生存方式很大程度上源于人类对于世界万物的一种技术性态度，即座架（Ge-stell）。在这种态度的支配下，人把万物"解蔽为持存"①，将万物进行定义、分割、归类、利用以及消费，对"自然提出蛮横要求，摆置自然"②，从而试图最大限度地控制自然以便为己所用。不过，以这种态度对待世界的人也同样被摆置，无法拥有真正的自由，因为"自由之本质原始地并不归结于意志甚或仅仅归结于人类意愿的因果性"③。正是在人们一味运用技术追求所谓正确的东西时，真正真实的东西自行隐匿了。本真存在的基础应当是看到万物的内在联系性，看到人不过是万物普通的一部分，看到所遇到的其他存在者所携带的自身历史过程的印迹，看到作为存在见证的存在者，而非以技术方式揭示所谓存在者的本质，把为己所用作为把握存在者的唯一前提。

对于此在来说，存在的本真方式就是"栖居"，因为人与地方的关系模式"不仅体现他生存的外部纽带，同时揭示他存在的自由与真实的程度"④。海德格尔曾经在《筑·居·思》一文中，以独特的方式把文学、日常生活和存在哲学进行勾连，并指出，基于计算、评估的工具性技术思维破坏了人与地方之间的本真联系，掩盖了真正的筑造即是栖居的真相。这种筑造绝非基于地图标记规划和数学度量延展的完全随心所欲的建筑物

---

① 海德格尔:《演讲与论文集》，孙周兴译，北京，生活·读书·新知三联书店，2005，第 16 页。
② 海德格尔:《演讲与论文集》，孙周兴译，北京，生活·读书·新知三联书店，2005，第 12 页。
③ 海德格尔:《演讲与论文集》，孙周兴译，北京，生活·读书·新知三联书店，2005，第 24 页。
④ Heidegger, Martin. *The Question of Being*. Trans. Jean T. Wilde. New York: Twayne Publishers, 1958, p. 19.

制造，而是在考虑到周围存在物的历史过程和人类鲜活生命体验的基础上，以保护为前提进行筑造。这里所说的"保护"发生在"我们特别地把某物隐回到它的本质之中的时候，也就是在我们使某物自由的时候"；那么，"栖居，即被带回和平，意味着始终处于自由之中，这种自由把一切都保护在其本质之中"。① 从事保护性筑造的人对待地方与环境的方式具有一种开放性，同时接受天空、大地、诸神以及自己的终有一死。筑造使人们塑造并拥有空间，但并不刻意改变与控制万物，而是顺应它们自身的存在方式，泰然任之。在这一过程中，筑造与天地人神合为一体，地方以其庇护周边事物本质的特征、保留多元直接的体验感并充满意义。正是因为这样，人实现了栖居，找到了本真的存在方式，得以回家。栖居的本质意味着，摆脱咄咄逼人的座架的统治，不以促逼与解蔽为把握周围世界万物的唯一手段，而是充分尊重万物的本质，这也是海德格尔式的扎根地方的生态共同体。

扎根地方的生态共同体在福斯特的《霍华德庄园》中有着鲜明的体现。跟其早期的短篇小说以及《最漫长的旅程》等作品相比，福斯特在《霍华德庄园》中的生态观有了很大的变化。此时，福斯特更加关注城市现实问题，比如，小说中的伦纳德这个人物形象就是其前期作品中作为潘神化身的牧羊人被迫过上都市生活的样子。福斯特通过塑造伦纳德而表现出的生态观很接近利奥·马克斯（Leo Marx）在《花园中的机器》（The Machine in the Garden）中所界定的复杂型田园主义。技术思维与资本结合所导致的都市人群的生存异化问题在小说中也得到了入木三分的展现。小说中威尔考科斯父子的流动性生活就是非本真的异化生存的典型代表。与之相对，福斯特将栖居于霍华德庄园书写为理想的生活方式，代表了生态共同体式的本真生存。而且，不光在《霍华德庄园》中，福斯特的其他小说中往往也会塑

---

① 海德格尔：《演讲与论文集》，孙周兴译，北京，生活·读书·新知三联书店，2005，第156—157页。

造生态共同体式的场所或地方，下文将会对这一点进行详细的解读与分析。

扎根地方的生态观试图强调作为日常生活体验者的人时刻通过身体感知跟周围世界形成深度关联，认为人与居住地的直接互动和亲密感是生态道德关怀的前提和基础。与迅速蔓延于全球的同质化与流动性的生活方式相比，领悟本真存在形式的由众多独体集合而成的共同体似乎更能保留地方文化与生态的多元性和丰富性。用 J. 希利斯·米勒（J. Hillis Miller）的话说，"全球资本主义文化的均质化力量异常强大，但是，小规模的本土生活方式以地道、独特的当地习俗抵制着那些力量"[①]。不过，强调人与居住地之间密切的联系以及居住者对地方的身份认同等方面的意义，可能在无形中被用来服务于某种政治与道德目的，比如海德格尔哲学中将扎根地方的本真性内化于主体存在的概念，和德国血与土的民族主义观念之间具有隐性的联系。因此，对于生态环境重要性的关注反而在某些时候跟民族纯粹性或政治身份、道德等问题联系在一起，甚至走向排他的分裂性。有鉴于此，我们需要从更加解域化的视角思考地球上生态万物的关联性共同体，这也是下一个小节要讨论的问题。

三、解域化后人文主义的生态共同体

将基于地方的直接体验、情感回忆以及意向想象带入关于地理与空间的科学，的确会因为打破学科边界的束缚而充满独特深刻的意义。对于处在异化、压抑的日常生活中的人们来说，强调扎根性与直接互动性的地方性生态共同体是领悟本真存在的重要方式。只是，我们要看到，加强与熟悉的山川草木、房屋道路等事物的地方性生态纽带，既能够促进也可以阻碍超越本土区域的跨国与全球视角的身份认同。因而，在肯定基于亲密直接体验的地方生态共同体的重要意义的同时，我们还应该树立更为广泛的

---

① Miller, J. Hillis. *The Conflagration of Community: Fiction before and after Auschwitz.* Chicago: The University of Chicago Press, 2011, p. 28.

生态关联性意识，去认识人与非人存在形式在全球范围或者更普遍层面上是如何相互影响与相互联系的。毕竟，在现代社会体系中，时间与空间分离的现象的普及导致"在场与缺场紧密连接"[①]，而本地情境中的社会事件也和遥远地方的要素相互关联，基于信任的跨国社会体制已经使世界上各个民族国家成为风险共担的整体。因此，我们应该超越同质化与异质化、地方与全球之间的对抗，看到地方与全球紧密交织、相互渗透的趋势。[②]正所谓部分不可能离开整体而独善其身，在以解域化、时空压缩为特征的当代全球化世界，扎根地方的共同体应当不断扩展边界，囊括跟自身没有直接接触的其他文化地域中的个人、集体以及非人存在形式，从而产生联系互通的生态共同体意识。这似乎又关系到最初浪漫派生态观那种联系、整体的思维。

不过，从扎根地方的生态共同体到全球规模的生态共同体的转向，并不意味着对于前者的全盘否定和解构，相反，扩展至全球的生态意识必定是建立在扎根地方的生态观的基础之上的。因为对于生活着的无数个体而言，在身体、情感、精神等各方面跟周围环境融合，是产生生态共同体意识的必经之路。但是，考虑到前文提到过的扎根地方生态观的排他性等局限，以及当前社会发展历史阶段的实际形势，从扎根地方的生态意识范围扩展至全球规模是必然的，也是必要的。一方面，通过图片、视频等数字化电子媒体形式，人们在想象遥远的生态环境时，很容易产生身临其境的感觉。另一方面，由于科学技术水平的不断提升，当代的生态批评理论能够在很大程度上吸收借鉴物理学等学科理论，试图在摆脱浪漫派唯心主义与神秘化的基础上，使得联系与整体性的观念得到科学层面的合法化论

---

① Giddens, Anthony. *The Consequences of Modernity*. Cambridge: Polity Press, 1991, p. 14.

② Robertson, Roland. "Glocalization: Time-Space and Homogeneity-Heterogeneity". *Global Modernities*. Eds. Mike Featherstone, Scott Lash and Roland Robertson. London: Sage Publications, 1995, p. 27.

证。此外，20 世纪中期以来的后结构主义学派思想也被用来批判、反思人类中心主义地位的传统观念，并服务于建立后人文主义的生态批评观与批评理论。

英国科学家詹姆斯·洛夫洛克（James Lovelock）曾经提出著名的盖娅假说（Gaia hypothesis），从控制论的角度表明地球上包括生命、非生命在内的一切物质构成一个活的自我调节的系统。虽然他使用希腊神话中大地女神的名字"盖娅（Gaia）"来命名这个庞大的系统，但是整个假说却建立于清除神秘化观念的科学论证与分析之上。盖娅是一个星球规模的复杂有机实体，"包括地球的生物圈、大气层、海洋和土壤等"，这些"组成一个反馈或控制系统，为星球上的生命寻求最优的物理与化学环境"。① 洛夫洛克认为，自生命诞生的 35 亿年前至今，地球的大气、温度、气候，以及化学性质等一直维持在适合生命繁衍生息的最佳状态。可是，如果只是研究大气等化学成分本身的话，现有状态跟化学平衡规律是相矛盾的；可见，正是包括有机生命与无机物质在内的盖娅在进行积极能动的调控，从而使可维持生命生存的环境条件与机体内平衡状态得以维持。盖娅的基本特征之一就是有机生命跟物质环境之间紧密结合的一体性。在漫长的生命历史进程中，那些得以存活的基因组合都经历了无数代微生物的繁衍并最终通过了考验，具有非常顽强的适应能力。同时，盖娅也并非简单的部分的集合，而是具有一种能动的调控性。简单的部分的集合不具有调控性，就像死去的人没有失去任何一个器官，却无法调动身体。通过盖娅能动地演化、调节、运用控制系统，地球在太阳能量输出时刻变化的情况下仍然保持温度的持续平衡，从而适合生命的生存，这在某种程度上就像物理学中的温度控制系统。在这个系统中，一旦闭合反馈系统的环路中出现明显的延误等，装置就可能失灵，届时盖娅的智能网络或者控制平衡系统就

---

① Lovelock, James. *Gaia: A New Look at Life on Earth*. Oxford: Oxford University Press, 2000, p. 10.

会遭到不可逆转的破坏。在洛夫洛克看来，人类这一物种自工业革命以来的活动已经显著改变了生态环境。然而，由于大陆面积在整个地球上所占比例相对很小，因而在盖娅的积极控制下，这些变化迄今为止没有产生不利于生物生存的灾难性结果。不过，尤其应该小心呵护的关键区域是"热带以及靠近大陆架的海洋"①，因为在这些区域进行耕作的话，就会除去农作物或养殖动物以外的动植物。一旦大陆架与近海水域的生态遭到显著破坏，后果便是灾难性的，毕竟对于盖娅的调控系统来说，微生物系统和富含藻类的海洋才是最重要和关键的。

盖娅假说告诉我们，包括人类在内的所有生命都在无意识中成了保持地球最优生存环境的共同体的一部分。与更为根本与关键的大陆架、海洋以及陆地表面之下的土壤中的生命相比，人类只不过是微小且不甚重要的一部分。如果人类继续使盖娅遭受更大的危险，或许盖娅会为了整体系统这一更高利益而放弃人类，这是一种深刻反思人类中心主义的视角。不光是盖娅假说，许多当代的生态批评理论都表现出强烈的反人类中心主义立场。在反思人类中心主义观念的深层根源时，生态批评家们都对植根于西方文明，尤其是近代西方哲学以来占据支配地位的理性主义二元论思维进行了深刻反省和批判。在西方文化中，"一系列内在关联且互相巩固的二元对立概念贯穿了整个思想体系"②，比如人类与自然（非人）、男人与女人、精神与身体、理性与动物性、文明与卑贱、主体与客体等，这些关键的二元对立概念反映了西方文明历史中主要的压迫与剥削形式。在一系列的二元论观念中，前者被赋予了高于后者的优先地位，这不仅导致人类社会中等级划分与不平等问题，也造成了人类总体任意剥削自然而为己用

---

① Lovelock, James. *Gaia: A New Look at Life on Earth*. Oxford: Oxford University Press, 2000, p. 114.

② Plumwood, Val. *Feminism and the Mastery of Nature*. London and New York: Routledge, 1993, p. 42.

的做法。生态批评家蒂莫西·莫顿（Timothy Morton）在《无自然的生态学：重新思考环境美学》（*Ecology without Nature: Rethinking Environmental Aesthetics*）中提出了媚俗生态伦理的概念，指出了媚俗背后的西方理性主义思维跟西方的殖民逻辑以及生态问题的隐性关联。正是遵循着人类高于自然的价值预设以及精神比身体更为本质的西方形而上逻辑，人们总是倾向于从主体视角出发，用概念化和等级化的方式对待一切事物。二元论中优待一方而排斥另一方的做法为人生赋予正面意义，但也一步步导致了今天的生态问题。在运用理性主义把握与掌控世界的做法中，人类语言是非常重要而关键的一环，因为人类在对万物进行概念化的过程中正是运用了语言符号这一工具，同时它也是整个西方形而上思维的工具与基础。人类运用语言为地球上的非人生命以及无机物质等命名，并对其进行区分、分类、过滤等，从而建立起人类方便把握与利用的等级结构系统，这其实就是一种分类、掌控、剥削的殖民逻辑。但是，对事物的概念化与规定，只不过是一种拟人化的理解方式，并不能真正捕捉事物的本质。这样一来，人们"对于世界的一切感知似乎只是幻影"，而人们"永远无法摆脱自己的固有偏见"。[1]无怪乎后现代与后结构主义理论家一再指出，语言形成了一种文化牢笼，作为语言使用者的人类根本无法摆脱语言所投射的特定观念与预设。

正如大卫·艾布拉姆（David Abram）所说，人类语言被附加了超越感性表达的另一层面的意义，即约定俗成的常规抽象意义，而哲学家与科学家常将这种抽象的惯例用法视为"语言本来的真理性意义"[2]，却忽视了语言最初的源头其实是鲜活的原初生命世界，是人与非人生命双向互

---

① Soule, Michael E. and Gary Lease. *Reinventing Nature: Responses to Postmodern Deconstruction.* Washington: Island Press, 1995, p. xv.

② Abram, David. *The Spell of the Sensuous: Perception and Language in a More-Than-Human World.* New York: Vintage Books, 1996, p. 55.

动的感性体验世界。这个"生命世界原本是感官经验世界，充满了神秘的多样性与开放性"①，却被语言以概念化的方式凝固为静态的事实空间。人们所有的表征观念，包括科学理念，都不可避免地从这一原初生命世界汲取养料；在人们所有的反思活动与哲学思考开始之前，它就已经作为背景存在。人们将其视为理所当然，并不深思感官经验世界的重要性，这也导致西方形而上学体系赋予精神与灵魂以优先地位。在艾布拉姆看来，正是那种无法真实经历与感受肉体痛苦和愉悦的离身性思想传统助长了人类操控、迫害、剥削他者和非人的思想。艾布拉姆继承了梅洛－庞蒂（Merleau-Ponnty）的身体主体理论，他告诉人们，应该重新意识到位于人们最抽象的反思活动中心的是具有感受能力的身体，比起抽象思辨的语言层面，身体领域处于主体规定中更为中心的位置，也更加值得人们重视。

其实，许多当代生态学家同样试图走出思辨层面的社会语言建构论，转而将"述行性理论作为替代方案，这意味着问题意识的关注点从语言描述与现实之间的对应关系转向了物质实践或者行动理论"②。凯伦·巴拉德（Karen Barad）在《中途遇见宇宙：量子物理学以及物质与意义的纠缠》（*Meeting the Universe Halfway: Quantum Physics and the Entanglement of Matter and Meaning*）一书中试图用"能动实在论"（agential realism）作为认识—本体—伦理框架，以超越构建论与实在论、文化与自然要素之间的对抗冲突，其中用以表示"互相交错纠缠的能动者之间的双向构成关系"的"内在互动"（intra-action）概念是其理论的关键术语。③巴拉德的能动实在论建立于当代量子物理学理论成果之上，她也明确表示，位于波粒二

① Abram, David. *The Spell of the Sensuous: Perception and Language in a More-Than-Human World.* New York: Vintage Books, 1996, p. 33.

② Barad, Karen. *Meeting the Universe Halfway: Quantum Physics and the Entanglement of Matter and Meaning.* Durham and London: Duke University Press, 2007, p. 28.

③ Barad, Karen. *Meeting the Universe Halfway: Quantum Physics and the Entanglement of Matter and Meaning.* Durham and London: Duke University Press, 2007, p. 33.

象性悖论核心的正是自然的本质问题。著名的量子级别双缝干涉实验① 表明，我们无法精确地描述客体完全独立于主体的所有属性特征，也无法准确地预言在确定环境中一定会发生的事情。经典物理学认为事物具有独立于主体考察意识的本质属性，量子物理学颠覆了这种观点，也在很大程度上消解了传统哲学主客体两分法以及与之相关的许多二元论观念划分的合理性基础。因为即使在标榜客观中立的科学观测过程中，观测者与被观测者之间也并非界限分明，而是必然进行着能量交换，这种能量交换同时影响与规定着双方的特征属性。因此，巴拉德的内在互动观念指出，并不存在先在的独立能动者，独立能动者是在它们的内在互动过程中涌现的；或者说，所有的能动者并不是作为独立的个体要素存在的，而是在动态复杂的相互纠缠中得以生成并区别于彼此。这样看来，所有物质都处在内在相互作用并动态生成的相互物质化过程中，其中，人类并不占据中心主导的地位，而只是物质无限生成过程的一部分，就连语言实践也属于这种物质化构造行为。无独有偶，其他物质生态批评理论也认为所谓的外部世界其

① 《费曼物理学讲义》中详细描述了量子层面的双缝干涉实验，即使是以颗粒形式一个一个单独发射电子，屏障上留下的也不是类似发射子弹实验的图样，而是类似水波实验的干涉条纹图样；为了弄清楚单个电子是如何穿过两个小孔进行自我干涉的神秘行为，在实验中加入光源形式的追踪或测量装置，结果却发现，在测量时就不再能看到波状干涉效应，在不测量时，又会发现干涉现象（费曼、莱登、桑兹，《费曼物理学讲义》第三卷，上海，上海科学技术出版社，1989，第4—9页。）。量子物理学家纷纷试图针对这些现象给出合理的解释，他们认为量子系统中的量子态可以用波函数表示，其涵盖了粒子处于某种速度与位置的概率可能，在测量的瞬间，这种概率坍缩成一种状态。这种诠释后来被物理学家海森堡（Werner Heisenberg）发展为不确定性原理，费曼在讲义里也提到了测不准原理，即人们不可能不加干扰地同时确定粒子的位置和动量。当然，玻尔（Niels Henrik David Bohr）后来又提出了互补原理，认为这并非测量限制的问题，而是粒性与波性本身的互补互斥问题（Baggott, Jim. *Quantum Space: Loop Quantum Gravity and the Search for the Structure of Space, Time and the Universe.* Oxford: Oxford University Press, 2018, pp.56-57.）。值得一提的是，运用量子纠缠概念设计的量子擦除实验和惠勒延迟选择实验更是表明，经由事后擦除路径信息，仍然可以恢复干涉图样，这些反常识的实验结果时刻提醒我们思索那隐藏在所谓的科学真理与常识背后的深层宇宙奥秘。

实充斥着包括观察者在内的彼此交织、持续且不断变化的作用要素和力量，并一直在产生新的物质形式、实体与自然物。物质生态批评试图"考察文本中的物质，并将物质作为文本进行研究，以此说明实体自然和话语力量在文字再现或者具体现实中表达其交互作用的方式"①，这是因为世上的物质现象就是巨大的作用力网络上的节点，因而可以被作为故事进行"解读"或阐释。

从物质生态批评理论中可以看出，包括人类和非人在内的一切物质都处在一个意义、属性和过程的罗网中，这在某种程度上就是一种整体性共同体的观念，而且，它跟深层生态学的某些内涵也有共通之处。阿恩·奈斯（Arne Naess）认为，将某一物体自身跟外部环境完全区分开是没有意义的，因为即使将它视为拥有特定特征的独立之物，它的动能，比如电流与化学过程，也可以"远远扩展至可观测的界限之外"；因此，包括人在内的物体并不是处于环境中的独立物，而是"处于时空中没有确定边界的关系系统中的一个接合点"。②这个关系系统将作为有机体的人和动物、植物，以及常规意义上位于人类有机体之内与之外的整个生态系统都连接起来。那么，作为整个场域中某个关系接合点的人，其自我认同过程就应该是"将规定接合点的关系进行扩展以包含更多的过程，即从小自我（self）向大自我（Self）的成长"③。这是奈斯深层生态学理念中的自我实现准则，也是基于生态共同体的自我认同，其中，自我是综合、成熟的自我，是拥抱地球上所有生命形式的自我，而"最大程度的自我实现就是保持最大程

① Iovino, Serenella and Serpil Oppermann. *Material Ecocriticism.* Bloomington: Indiana University Press, 2014, p.2.

② Naess, Arne. *Ecology, Community and Lifestyle: Outline of an Ecosophy.* Trans. David Rothenberg. Cambridge: Cambridge University Press, 1989, p. 79.

③ Naess, Arne. *Ecology, Community and Lifestyle: Outline of an Ecosophy.* Trans. David Rothenberg. Cambridge: Cambridge University Press, 1989, p. 56.

度的生态多样性"①。这涉及深层生态学的基本要点之一，即认识到"地球上的人与非人生命的健康繁盛有其自身的内在价值，这种价值无关于对人类世界或人类目的的效用性"②。这就意味着，不论是简单低级的微生物还是任何原始的动植物，它们的丰富性与多样性本身就具有独立于人类价值判断的内在价值。

奈斯生态哲学中强调生态丰富性、多样性以及物种内在价值的观念在一定程度上呼应了利奥波德的生物共同体。利奥波德的大地伦理呼吁我们重新调整价值判断的标准，"当一件事情能够维护生物共同体的完整、和谐与美丽时，它就是正确的，反之就是错误的"③。不过，我们也不免提问，"完整、和谐与美丽"这些词语不还是带有强烈的人类主观赋予的色彩吗？鉴于价值本身就具有主观判断的相对性，那么内在价值又是什么意思？这种内在价值与大地伦理如何论证自身的合理性？如果我们引入前文讨论过的基于量子物理学的生态批评理论，就可以看到，当我们认为价值与主体意识和判断相关时，就已经预设了主体与客体两分法的前提。然而，量子物理学理论告诉我们，在微观物质的层面，我们常识中的那些物质的界限与属性都失去了意义，随着主体深入越来越微观的现象，客观性便消失得越来越厉害④，主体与客体、事实与价值无法被清晰划分，而是陷入相互关联、相互构成的网络之中。基于量子理论的生态学蕴含了"统一

① Naess, Arne. "The Deep Ecological Movement: Some Philosophical Aspects". *Deep Ecology for the Twenty-First Century*. Ed. George Sessions. Boston: Shambhala Publications Inc., 1995, p. 80.

② Naess, Arne. "The Deep Ecological Movement: Some Philosophical Aspects". *Deep Ecology for the Twenty-First Century*. Ed. George Sessions. Boston: Shambhala Publications Inc., 1995, p. 68.

③ Leopold, Aldo. *A Sand Country Almanac*. New York: Oxford University Press, 1968, pp. 224-225.

④ 霍尔姆斯·罗尔斯顿Ⅲ：《哲学走向荒野》，刘耳、叶平译，长春，吉林人民出版社，2000，第 157 页。

性、整体主义以及自我与世界之有机性"①。这种宇宙的一体性暗示了"我们无法将世界划分为独立存在的最小单位",我们与整个自然处于一个复杂的关系网中,"这种关系网总是以一种根本的方式包含了观察者"。②此时,不论我们谈及哪一个物种或者物质的内在价值,我们自身都被牵扯其中,而现代规范伦理学中不言自明的一点,就是自我已然具有内在价值,由此,这种生态共同体的内在价值也就得到了合理性证明。简言之,这一视角下的生态共同体就是一个扩展、连续了的自我,与此同时,自我也是四维时空包含了一切有机生命与无机物质的整个复杂动态网络之中的一个接合点。

在我们思想认识的过程中,对于外部环境和事物进行分割、化约、概念化是有必要的。然而,区分与支配的趋势若日益加剧,就有可能导致破坏性的后果。英国量子物理学家大卫·博姆(David Bohm)曾经指出,我们总是依据差异与相似的基本法则,运用概念化分析的方式,解读事物种种显明的规律与秩序。但是,这种显明序(explicate order)只有在有限的经验领域内才是适用的,而在更为宽广与深刻的隐性层面上,显明序会消解于作为背景的隐含序(implicate order)中,届时,隐含序作为对事物整体性的呈现,会成为概括力更强的显性规律。然而,新的显明序又会消解于更为错综复杂的隐性整体性中,以此循环往复。对于当前的世界来说,量子理论颠覆了传统物理学将主体、客体都当作独立存在的原子聚集体的看法,而是告诉我们,主体与客体、观测者与被观测物是"紧密结合在一起并互相渗透的整体实在的两个方面,它们不能被分割与解析"③。在这种

① J. 贝尔德·卡利科特:《众生家园:捍卫大地伦理与生态文明》,薛富兴译,北京,中国人民大学出版社,2019,第 167 页。

② Capra, Fritjof. *The Tao of Physics: An Exploration of the Parallels Between Modern Physics and Eastern Mysticism.* Boulder: Shambhala Publications, 1975, p. 68.

③ Bohm, David. *Wholeness and the Implicate Order.* London and New York: Routledge, 2002, p. 12.

理论背景下，地球上的一切有机生命与无机物质都构成了一个总体，随着熵减的进行呈现出一定的生命形式，而一定的生命形式又以某种形式隐含在那种无生命的情境之中。[①] 或者说，从某种意义上来说，地球上的一切生命本身都处于一种总体性的共同体中，这种生态共同体概念作为一种整体性的思想，能够使我们更好地认识自身与环境的关系，也可以帮助我们突破当前社会碎片化形式主义的重围。

在这种认识下对照福斯特的作品，我们可以看到，福斯特在创作后期，尤其在去过印度之后，其生态书写有了很大的改变与突破。在《印度之行》中，他对人类存在的思考超越了欧洲文明的界限，表现出对支配世界的西方理性主义以及人类语言逻辑的深刻反思，并进一步深化了之前就隐现于作品中的反人类中心主义生态立场，向我们展示出印度生态图景中万事万物连接、纠缠、交错、融合的共同体式书写。本书将在第四章运用后人文主义的物质生态批评理论，详细解读福斯特这一时期作品中的生态共同体书写。

---

① Bohm, David. *Wholeness and the Implicate Order*. London and New York: Routledge, 2002, p. 246.

第二章

《短篇小说集》等早期作品：
浪漫主义生态共同体

不论是古希腊诗人忒奥克里托斯的诗集中悠闲宁静的放牧场景，还是古罗马诗人维吉尔《牧歌》中诗情画意的阿卡迪亚，都被赋予了"黄金时代"的神秘意义，代表大地尚未遭到人类技术与文明改造、破坏之前的原初富庶丰饶图景，而表达对隐遁乡村、融入自然共同体的回望与怀念也就成为持久影响文坛的田园诗传统。田园诗中人与自然和谐交融的共同体观念被浪漫主义诗人承袭并发扬。浪漫主义作家哀叹工业化扩张导致人与自然的疏离，以及碎片化导致人类生命的贫乏与异化，并试图再现花园意象或牧羊人质朴的乡村生活场景，以此抵抗生态危机四伏的社会现状，恢复人类的精神平衡。浪漫主义文学强调贯穿于万物之中的某种有机内在的统一生命，或者能够用来支撑全一性宇宙观念的普遍能量之流。这样的浪漫主义生态共同体观在福斯特的早期作品中得以清晰展现。本章拟以福斯特早期的短篇小说以及"意大利小说"为中心，详细地分析其中所表现出的生态思想，并揭示浪漫主义生态共同体的局限之处。

第一节　资本主义工业社会中共同体的丧失

从西方的田园诗传统到浪漫主义运动，隐遁于绿色自然世界中的向往与憧憬始终贯穿其中，并以此反抗技术发展导致的异化现实生活。吉福德曾经提出，从广泛意义上来说，任何明显或隐晦地将乡村与城市进行对比的文学作品都可以被视为田园诗。① 当然，乡村与城市的对比也包括前现代的往昔世界和当前现代工业社会之间的并置与对立。从这个角度来看，福斯特的部分短篇小说和早期长篇小说承袭了从田园诗传统到浪漫主义的自然观，时常表达对人融于自然的原初统一体的回望。实际上，这种自然观不仅仅是怀旧的冲动和理想化的逃避，还体现了现代主义对那个时代各种价值观的挑战。在 19 世纪的英格兰，还有大概三分之二的人生活在乡村，而"1901 年的人口普查显示，77% 的人生活在城镇地区，其中仅有12% 的男性从事农业劳动"②。福斯特创作这些作品的背景正是 20 世纪初期的英格兰，因此，其作品深刻反思了现代英国资本主义社会中人与自然分离隔绝的负面境况，正是科技进步观念驱动下的都市工业文化导致了人与自然的原初统一体或共同体的丧失。

一、对技术、进步观念和资本主义扩张的批判：以《短篇小说集》为中心

相较于长篇小说，福斯特的短篇小说并未受到足够的重视与研究。事实上，现代形式的短篇小说直到 19 世纪晚期才作为一种独立的体裁出现在英格兰，福斯特试图运用这种相对新颖的文学形式，传递某些超越长篇小说常规的奇思妙想。可以说，"与描写社会百态和风雅习俗的长篇小说

---

① Gifford, Terry. *Pastoral*. London and New York: Routledge, 1999, p. 2.

② Gifford, Terry. *Pastoral*. London and New York: Routledge, 1999, p. 72.

相比，福斯特的短篇故事与散文更加接近他想象力的源头"①。在创作《短篇小说集》中的故事时，福斯特无须顾及长篇小说惯常的叙事行文手法以及虚构与现实要素的平衡，因此可以自由地对希腊神话进行个性化的重塑，或者充分发挥想象，表达某种奇想或激情，或者用完全脱离现实的科幻虚拟方式呈现完全异于其长篇小说的主题。在这些天马行空的想象与神秘荒诞的故事背后，福斯特试图探索人类既有知识的边界和某种深刻地"隐蔽于表象世界背后的东西"②，那看似虚拟的和神秘的元素反而比符号式建构的现实更加真实。透过神话典故式的外衣以及超自然奇想的叙述，这些短篇故事对现代工业社会种种异化现象的深层文化根源进行挖掘与反思，比如，福斯特对诸如机械技术对生活的统治、进步观念的蔓延以及资本主义商业化的扩张等现象都进行过鞭辟入里的批判，认为正是这些导致人类脱离了大地共同体。

福斯特的早期长篇小说《最漫长的旅程》中也有对工业技术发展的批评，小说中打破乡野宁静、呼啸而去的火车是工业技术的象征。在主人公里基乘坐火车前去拜访菲林夫人时，斯蒂芬告诉里基，他亲眼看见里基乘坐的那趟火车撞死了一个没来得及逃离铁轨的小孩；在小说的结局中，里基为了将酩酊大醉的斯蒂芬拖离铁轨，自己被火车碾压腿部而亡。桩桩悲剧都因火车而起，而火车象征了工业技术，福斯特以此批判工业技术所代表的毁灭性负面力量。在短篇小说《机器停转》（"Machine Stops"）中，福斯特更是设想了一个机器全面接管人类生活的工业极权主义的敌托邦世界，以极端的例子表现对机械工业文明的深度反思。在故事中，所有人类都生活在地下由庞大机器所提供的完全的人工环境中，虽然故事并未详

---

① Herz, Judith Scherer. *The Short Narratives of E. M. Forster*. Hampshire and London: Macmillan Press, 1988, p. 1.

② Sacido-Romero, Jorge. "The Voice in Twentieth-Century English Short Fiction: E. M. Forster, V. S. Pritchett and Muriel Spark". *DQR Studies in Literature* 59 (2015)：196.

细说明，但可以推断，正是工业文明的不断发展对地表环境产生了严重破坏，使地球成为一个褐色的星球，地面寒冷无比，只有尘土和泥巴，空气也不适合生命的存在。[1]沃什蒂和库诺这对母子所代表的一类人数量众多，但是他们不仅彼此疏离，更是与大地完全隔绝，终日生活在类似于蜂巢结构的小隔间中。他们足不出户，更不会与他人接触会面，所有的生活起居都在房间内解决。房间里布满了各种各样的按键和开关，不论有任何需要，比如食物、衣服、音乐等方面的需求，只需按动那些按钮即可获得满足。沃什蒂和库诺之间的交流见面，也是通过按钮召唤出的电子屏幕进行的。小说中封闭的地下蜂巢环境暗示了现代工业社会中人类在"身体与精神上的封闭性"[2]，这是人类崇拜工业技术发展的极端后果，也预示了人类破坏自然、离开自然后必然会陷入的缺乏亲身体验与情感经验的孤立隔绝的生活状态。

《机器停转》中的人物自认为处于更高级文明、掌握更先进创造力，然而在故事的结尾，这个庞大的机器由于故障而最终停转，于是，生活在其中的成千上万的人不可避免地走向死亡。这是一个弗兰肯斯坦式的故事，人类为自己的创造力与权力而骄傲自满，最终却被自己创造的机器所毁灭。福斯特以此讽刺与批判现代社会对于机械工业的崇拜，以及任由其毫无节制地发展的愚蠢行为。西方自近代以来就将科学方法与机械技术结合起来，变成了一种研究、控制自然的新工具与形式，并经由弗朗西斯·培根（Francis Bacon）掀起了鼓励并认可肆意开发利用自然的热潮。科学知识与物质技术力量的紧密联合使得人们雄心勃勃，试图重新恢复在

---

① E. M. 福斯特：《福斯特短篇小说集》，谷启楠译，北京，人民文学出版社，2009，第116页。

② Seabury, Marcia Bundy. "Images of a Networked Society: E. M. Forster's 'The Machine Stops'". *Studies in Short Fiction* 34 (1997)：63.

人类堕落或者"亚当、夏娃被逐出伊甸园时所失去的对自然的控制权"①。法国哲学家吉尔贝·西蒙顿（Gilbert Simondon）曾经梳理了技术对象发展的三个层面：第一层面是元素层面，在 18 世纪的技术乐观主义引入持续无限进步的观念后，技术一度作为改进人类劳动的手段，并没有跟人类既存的生活方式起冲突；第二层面即个体层面，在人类热烈激昂地拥抱进步观念，试图以前所未有的规模征服世界、开发能源之时，机器开始成为人类的竞争者，取代个体人类劳动者；第三层面即 20 世纪以来的技术总体的层面，技术与信息理论的结合使得技术作为总体要素渗入人类存在的方方面面，其主要作用就是扩大信息量，确保规范与稳定，成为反抗宇宙变化倾向、延缓能量衰退的世界稳定剂。② 在不断利用技术增强能力与权力的过程中，人类不断扩展自己的疆域，进入之前无法接近的天空、海洋以及地球内部，可以穿越甚至任意改造地球表面；愈是如此，人类对科学技术的崇拜就愈是与日俱增。怀着一种支配与创造的骄傲，人类"将自己变成了上帝，因为他获得了技术能力，能够对世界进行'再创世'，以此取代传统宗教中上帝的创世"③。《机器停转》中的人类显然处于甚至超越上述第三层面的技术极权主义社会，他们乘坐的飞船可以轻松实现环绕整个地球的疾速飞行，所有人的生活更是与技术融为难以分离的总体。这一时代已经实现脱离物质的高度虚拟性，不再有印刷的纸质书籍，所有人唯一的一本书就是《机器之书》。这里的《机器之书》影射了现代文明中的《圣经》，福斯特以此表明故事中文明对于机械工业的崇拜之深。

在福斯特的笔下，故事的中心意象"机器"象征了技术统治时代全面接管、安排人类生活的技术力量。在这样的社会中，人类生活呈现出技术

---

① Merchant, Carolyn. *The Death of Nature: Women, Ecology, and the Scientific Revolution.* New York: Harper & Row, 1989, p. 170.

② Simondon, Gilbert. *On the Mode of Existence of Technical Objects.* Trans. Cecile Malaspina and John Rogove. Minneapolis: Univocal Publishing, 2017, p. 21.

③ Fromm, Erich. *To Have or to Be.* London: Continuum Publishing, 1976, p. 125.

极权主义模式，机器彻底渗入人类生活并参与构建人类意识。因此，以沃什蒂为代表的人类从不质询技术力量的合理性，而是对其强烈认同。沃什蒂一再表示，在他们之前的那个文明是多么低级可笑，多亏了机器，他们的文明才可以不断进步，甚至永远进步；沃什蒂时常虔诚地手捧《机器之书》，陷入顺从的狂喜，而在感到焦虑和不安的时候，抚摸《机器之书》则使她感到莫大的安慰。① 在被技术总体支配的社会模式下，沃什蒂和其他人适应了相互隔离、缺乏情感的苍白生活。他们基本不会见面，只通过房间里的电子屏幕与通信系统进行交流，那"愚蠢的"可供公共集会的场所早已荒废。在沃什蒂听到儿子库诺与之面谈的请求时，其第一反应就是拒绝。一想到要走出房间经历旅行，她就感到对直接经验的深深恐惧；见到儿子时，她甚至避免握手这样的直接肢体接触，还自称有教养所以才避免接触。福斯特以此表明，技术理性肆无忌惮的发展与统治会导致其对人类生活与人性的全面殖民。届时，不仅个体的思想行为被技术规则与结构控制，个性与情感等也被剥夺②；而且，个体与被技术高度操控的社会总体达到彻底的相互认同，最终导致个体无法认清与摆脱技术总体的压制。

　　以沃什蒂为代表的人类在以压制性技术总体为特征的社会中，过着稳定舒适却呆滞脆弱、繁忙有序却情感苍白的孤立生活。然而，福斯特并没有将未来世界想象成完全黑暗、令人绝望的样子。借由库诺这个充满反叛精神的人物之所言所行，福斯特明确表达了对貌似密不透风的系统的反抗与改变。在库诺和母亲沃什蒂的交谈中，库诺情绪激昂地控诉道，他们这些人正在死去，"在这地底下唯一活着的东西就是机器"，人类"创造机器

---

① E. M. 福斯特：《福斯特短篇小说集》，谷启楠译，北京，人民文学出版社，2009，第123页。

② Marcuse, Herbert. *One-Dimensional Man: Studies in the Ideology of Advanced Industrial Society.* London and New York: Routledge, 1964, p. xiv.

来履行他们的意志，但现在无法使它们按照自己的意志行事"。① 在库诺看来，机器剥夺了他们的空间感与触感，模糊、淡化了人们之间的联系，麻痹了他们的身体与意志，还强迫他们崇拜它。福斯特借库诺之口表达了技术极权主义社会人类反被自己的创造物所奴役这个重要的问题。人类亲手创造了机器，从而解放身体，以获得更多自由；在自我满足与自鸣得意之中，人类越来越依赖机器，反而不能成为自己的主人，于是被某种超越自身的力量控制，重新陷入被奴役的不自由状态。究其根源，被机器奴役的不自由，正是延续了自 17 世纪科学哲学发展以来了解自然、掌握自然、征服自然的支配与统治逻辑。人类为了征服自然，发明了机器，此时机器作为一种手段或者奴隶，被人类用于驯服其他的奴隶，比如自然力量。因此，无论是奴役机器还是自然，都预设了人类接受奴役与统治的图式，而科学与技术方法提供了用以加强奴役和统治的有效工具，这种统治暴力深深渗入了技术统治的现代社会。技术手段与形式有助于人们进一步实现征服自然、支配自然的野心，在这一过程中，为了摆脱强大的自然力量对生活造成的不便甚至威胁，人类想方设法制造出与自然隔绝的人工环境，并任由这种对自然的支配与践踏无节制地发展，从而一步步远离自然，甚至达到了像《机器停转》中那完全脱离自然的技术主义生活方式，故事中，人已经不再认为自己其实是属于自然的一部分，而是生活在与自然世界毫无身体接触的工具理性主义状态中。

小说中的库诺有较强的体力，这使他成为机器文明世界的反叛者，因为健壮者会渴望与河流、山脉、草原、树木进行身体上的接触和较量，而不想屈从于机器的安排。库诺在房间和外面的平台走来走去，以获得丧失的空间感，此处传递出福斯特鲜明的人文主义思想特征，因为他借助库诺的行为告诉我们，人类就是标尺，他的身体就是衡量拥有权、距离以及物

---

① E. M. 福斯特：《福斯特短篇小说集》，谷启楠译，北京，人民文学出版社，2009，第 136 页。

体属性的标尺。重获空间感之后的库诺不满足于机器一直横亘于他和自然之间，便冒险离开地下机器去往地球表面，以获得进入自然的直接身体体验。凭借身体的力量，库诺的确成功地离开机器，得以短暂地停留在地球表面，在一个小山谷中看到了蕨类植物、灌木丛以及天上的星星。在庞大的机器系统停转，里面的所有人面临死亡之时，库诺和沃什蒂终于没有隔着机器交流，而是互相握手、谈话、亲吻。因此，库诺说，虽然他们今天即将死去，但他们回归了自己，重获了生命，知道了生活在机器外面那层珍珠色薄雾中的人们的感受。他在那次短暂的地球表面之旅中见过那些人，他们隐藏在薄雾和蕨草之中，直到这样的技术主义文明走向灭亡。①福斯特以此暗示，所谓的先进技术文明必然会走向毁灭，届时，人类就会认识到回归并融入自然的重要性，并重新返回大地共同体的怀抱。

在反思技术统治论的同时，福斯特深刻地批判了资本主义文明中根深蒂固的进步观念，这种批判体现在《机器停转》以及《树篱的另一面》（"The Other Side of the Hedge"）等故事中。进步观念是西方社会文化的关键组成部分，许多常识与思想都与之有着千丝万缕的联系。"有学者认为科学进步的概念跟 16 世纪早期资本主义经济发展的需求以及技术兴起等密切相关"②，通过这一概念与现实产业的结合，人类的整体生活水平也得以提升，而这种提升又为科技发展打下了基础。然而，无论是科学技术话语还是进步观念，都绝非中立客观的术语，它们跟经济要素密切相关，又"被改善人类处境的可能性所规定"，因而，它们总是朝着人类所设定的特定目标前进；在现代工业社会中，这种技术的进步往往"超越了必需

①　E. M. 福斯特:《福斯特短篇小说集》，谷启楠译，北京，人民文学出版社，2009，第 151 页。

②　Merchant, Carolyn. *The Death of Nature: Women, Ecology, and the Scientific Revolution*. New York: Harper & Row, 1989, p. 179.

的界限"，成为"支配与剥削的工具"。^①这种剥削和支配首先针对自然，因为人类的一切活动都以服务于人类生活为目标，人类根据自己的标准规定自然，并无限地剥削和牺牲自然。正因如此，福斯特在《机器停转》中评论道："人类渴望与追求舒适的生活，过度利用大自然的丰富资源"，却自负地认为自己一直在进步，但这种进步不过"是机器的进步"；与此同时，"人类其实正在堕落"，因为随着机器效率越来越高，人类地位只能越来越低，每个人都只了解机器的局部，却没有人"懂得机器这个怪物的整体"。^②福斯特试图表明，由于进步观念与技术崇拜观念的驱动与结合，劳动生产力和人类生活的舒适度不断提高，却也使人类理性屈从于现实生活，不再思考这种生活方式的合理性与发展趋势。于是，系统的效率不断钝化人类个体的理性思考与认识，人类在科技进步带来的自负高傲中变得越来越无能，最终导致了人类完全脱离自然并不断巩固现有生活秩序的技术极权主义结果。

在短篇小说《树篱的另一面》中，福斯特以寓言的方式展现了树篱两边截然不同的两个世界之间的鲜明对比，进一步表达了对现代西方社会进步观念的质问和反思。在树篱的一边，叙述者持续不停地走在一条满是尘土的大路上，大路一边是从其记事起就一直望不到尽头的褐色灌木，单调乏味。福斯特以此影射以进步为目标的人生道路，并批评发达工业文明社会中人的生存现状：人们不断以理性的目标为指引，走在没有尽头的前进之路上，然而，"现实原则通过扩大的但被控制的非理性化过程发生作用"，在这种现实原则中，"进步可能作为压抑的媒介而起作用"。^③就在叙述者压

---

① Marcuse, Herbert. *One-Dimensional Man: Studies in the Ideology of Advanced Industrial Society*. London and New York: Routledge, 1964, p. 18.

② E. M. 福斯特：《福斯特短篇小说集》，谷启楠译，北京，人民文学出版社，2009，第143-144页。

③ 马尔库塞：《现代文明与人的困境》，李小兵等译，上海，上海三联书店，1989，第69页。

抑、疲惫而坚持不下去的时候，他意外跌入了树篱另外一边的世界中，那里是一片宁静美丽的田园风光，有着广阔的空间、蓝天、白云、草场、阳光、壮丽的山峦以及清澈的水塘。[①] 当他询问那个地方通向哪里，却被告知那里不通向任何地方，在那里，前进没有任何用处；更让他不可理解的是，在那里，不论游泳、蹦跳还是跑步的人都没有与人竞争的意识，他们甚至不理解比赛是什么意思。显然，此处描绘的两个世界承袭了对城市与田园诗乡村这两个迥异空间的并置和对比：一边是在科学、技术这两股力量助力下，以习得知识、进步、扩张、发展为目标的社会模式，在这样的社会中，人们不停地互相竞争，并不断以更高的目标为动力，永无止境地前行，并且在前进时对追求目标以外的事物（比如自然的美景）视而不见，因此这条路上总是布满尘土与单调的褐色树篱；而另一边是阿卡迪亚式简朴悠闲的生活方式，那里的人们有的唱歌、聊天、劳作，有的精力充沛地跑过田地、游过湖泊，他们全都看起来很快乐，夜里就像牛群一样睡在山坡上或树下。通过两个世界的并置和对比，作者批判了现代社会中由进步观念驱动的城镇化、工业化生存模式。这种模式下人类不断以征服和开发意志破坏自然，其中所迸发的巨大能量不断维持社会模式自身的无限发展，但人们一步步疏离大地，陷入枯燥压抑的生活中。与此同时，福斯特将田园理想投射到树篱另一边世外桃源式的图景中，指出回归自然共同体的重要性。而且，根据故事中人物的介绍，在叙述者闯入的阿卡迪亚式的世界中，存在多处通道或桥梁可以通向外面叙述者之前走过的路，虽然那些路看起来一模一样，但其实并不是同一段路，而且看起来那些路延伸至远方，可从不曾超出这片世外桃源的边界，还经常折返回来。作者以此表达，以远离和破坏自然为代价的所谓进步并不具有合法性和绝对的优越性，或许进步最后通向的终点仍然是回到与自然融合的共同体之中。

---

① E. M. 福斯特:《福斯特短篇小说集》，谷启楠译，北京，人民文学出版社，2009，第 29 页。

除了西方文化中的进步观念，对资本主义经济发展与扩张之负面影响的反思也贯穿于福斯特的多篇作品中。比如，在短篇小说《永恒的瞬间》（"The Eternal Moment"）中，故事的背景设在意大利边境附近一个叫沃塔的村庄，小说主人公蕾比女士时隔多年重新到访这一地区。二十年前，年轻的蕾比小姐来到此地的时候，被此处原生态的优美风光所吸引，也被一位年轻的意大利小伙的告白所吸引，因而感受到了瞬间却也永恒的爱。蕾比小姐将自己题为《永恒的瞬间》的处女作的场景设在此地。因为这部小说的走红，此地变为游人如织的旅游胜地。重新返回该地，蕾比女士发现，旅游业带来的商业化发展对村子产生了巨大的负面影响。蕾比女士深感不安与愧疚，认为自己对此负有重大的责任。休闲旅游业的发展打破了这个小镇原有的人与土地紧密绑定的静谧生活方式，将其变成了某种经济资源，随之商业化经济模式扩张到这一地区，其被纳入资本主义的经济体系。村子繁荣起来，人们的生活也发生了巨变。然而，这种变化不仅污染了村庄的生态环境，而且腐蚀了村民的精神世界。沃塔村原本是一个美丽淳朴的地方，葱郁的森林、绵延的山谷、兀立于山顶的岩石以及白色的村舍，足以让任何人赞叹不已，而象征本地古老文化精神的物件、艺术品在蕾比小姐当年落脚的比希昂纳旅馆比比皆是。在漫长的过去，这个村庄不为人知却充满活力，当地人们幸福快乐、干劲十足地劳作，把土地作为赖以生存的基础。可如今，黑暗的夜空中只看到那刺眼的、闪着亮光的酒店的电灯牌匾，绿色、黄褐色、鲜红色的各式广告破坏了村庄原本优美的景色；街道因穿梭来往的机车而变得嘈杂、肮脏，"打开窗子则会飘入混着尘土的浓重汽油味"①。而该地的文化也受到前来度假的游客消费行为习

① E. M. 福斯特：《福斯特短篇小说集》，谷启楠译，北京，人民文学出版社，2009，第222页。

惯的影响，原本纯朴的当地居民的"行为也被盈利的庞大机制所决定"①。本地古老的文化传统并不被重视，一切只以如何为旅客提供更为舒适奢华的酒店服务为宗旨，蕾比女士念念不忘的比希昂纳旅馆在这种趋势下因其素朴简陋而遭受冷遇便是证明。而为了迎合游客的要求和品味，当地延续多年的清晨敲钟的习俗被叫停，钟楼和具有英格兰建筑风格的教堂拔地而起。本地的居民更是不再从事与土地有关的劳作，而是全体上阵，加入与旅游相关的商业服务。更为可悲的是，由于金钱的腐蚀，单纯热情的心灵、家庭中的亲情、对乡村共同体的感情以及宝贵的乡村美德，似乎都在这一商业化扩张过程中消失殆尽。那当年感动蕾比女士的当地小伙子费奥，已然失去了纯洁简单的爱心，蜕变为世故圆滑、庸俗市侩的肥胖中年人；而比希昂纳旅馆女主人坎图夫人的儿子则因为拉拢生意等跟自己的父母闹僵。

沃塔村由于旅游业的发展而成为资本主义扩张的市场之一，这是资本主义文明发展的必然结果，因为资本主义经济的基础就是无限的资本积累，每一笔资本都寻求翻倍增值，每一个资本家都必须不断地扩张市场与利润，否则便会失去自己的社会地位。因此，在"这种经济维度决定一切的制度中，自然在人类追逐利润扩张的过程中不断贬值"②，人与大地的距离也就渐行渐远，这也是蕾比女士在沃塔村所看到的事实。在这个故事中，福斯特深度反思了以资本主义经济发展与扩张为根本特征的现代文明，并揭示了所谓进步文明的不合理之处。蕾比女士在比希昂纳旅馆领悟到，那里不存在进不进步的问题，事实上，"全世界需要向这个村庄学的

① Head, Dominic. "Forster and the Short Story". *The Cambridge Companion to E. M. Forster*. Ed. David Bradshaw. Cambridge: Cambridge University Press, 2007, p. 81.

② Kovel, Joel. *The Enemy of Nature: The End of Capitalism or the End of the World*. London and New York: Zed Books, 2007, p. 121.

东西，比这个村庄需要向全世界学的要多"[1]。由此，作者展示了前现代农业文明和现代工业资本主义文明之间的鲜明对比，并表达对前现代自然共同体式的生活与文化的缅怀和向往之情，这种情感表达也出现在他多数的短篇小说中。

在这些短篇小说中，作者反思并批判了现代文明中工业技术、进步观念、资本扩张等对人与自然纽带的破坏，强调对前现代田园生活的怀念，并且表达了回归自然共同体的重要性和必要性。但是，这种对自然共同体的想象暗示了退回到前工业时代的浪漫主义倾向，因而在很大程度上带有逃离现实的色彩。

二、对英式理性主义的批判：从《看得见风景的房间》谈起

福斯特在作品中经常流露出对现代资本主义文明的反省与批判，这种批判除了针对科技发展与资本扩张，还深入思考了隐藏其后的更为深层的根源，即西方近代哲学以来理性主义对人类观念的影响。在福斯特看来，英式文明十分崇尚理性主义的智性追求，但这种追求导致了拘谨枯燥的文化，它不仅日益切断人与大地的直接接触，还禁锢人的心灵，使人丧失对内心情感、渴望和亲密关系的诉求与表达。而作为这种文化的对立面，意大利由于跟希腊文化的密切关联以及热情奔放的特征，成了福斯特的早期小说比如《看得见风景的房间》、《天使不敢涉足的地方》(*Where Angels Fear to Tread*)，以及许多短篇小说的背景地。通过意大利文化与英式理性主义文化的对比，作者表达了回归自然、回归生命的治愈性理想。福斯特在剑桥求学时深受所研修的古典学的影响，因此希腊主义在福斯特的作品和思想中占据重要的地位。在某种意义上，希腊主义被福斯特视为现代工业文明弊病的解药，而意大利因其文化和地理位置上跟古希腊罗马的关

---

① E. M. 福斯特:《福斯特短篇小说集》，谷启楠译，北京，人民文学出版社，2009，第214页。

联，被福斯特用来象征古老欧洲文化的美和理想的神圣性。对于英国绅士教育系统来说，实地拜访前期所学经典文本中那些著名的名胜古迹，可以说是完成教育的最后一步。①《看得见风景的房间》的情节正是基于这一习俗。小说以年轻的露西小姐在监护人拉维西小姐的陪同下前往欧洲大陆尤其是意大利旅行的经历作为开场，展现了长期浸润于英式理性主义文化中的一行人在迥异的意大利文化中所发生的改变与冲突。

住在意大利同一宾馆的这群英国人中，夏洛蒂、伊格先生、毕比牧师、露西等人一开始都表现出典型的英式特征，他们习惯并强调基于社会常规的礼仪，重视智性追求与理性思维，善于隐藏或者压抑基于身体的感性情感流露和表达。而爱默生父子则显示出与其他英国人迥异的特立独行，他们似乎并不在乎社交中的繁文缛节。毕比牧师评论他们虽然心地善良，但是举止粗鲁古怪，不懂圆滑或礼貌。②深入了解可知，老爱默生比他人更加能够看到英式文化的局限性，更加理解身体体验与情感的重要性。而儿子乔治·爱默生同样深刻质疑基于英式理性的社会习俗和规范，还在房间的镜子上画上大大的问号。可想而知，在他们这群人的交往互动中，必然存在不少的矛盾和冲突，而使冲突更加富有张力的是，作者将故事的背景设置在意大利。在福斯特笔下，意大利文化跟基于理性主义的英式文化形成鲜明的对比。意大利的地理环境呈现出具有中世纪特征的前工业时代的自然美景，比如，在《天使不敢涉足的地方》中，蒙特里亚诺小镇那不同于英国的热烈气候，那神秘莫测的气质，以及一望无际的紫罗兰花海、古代遗留下来塔楼与城墙的断壁残垣；③在《看得见风景的房间》中，

---

① Ardis, Ann. "Hellenism and the Lure of Italy". *The Cambridge Companion to E. M. Forster*. Ed. David Bradshaw. Cambridge: Cambridge University Press, 2007, p. 62.

② Forster, E. M. *A Room with a View*. Middlesex and New York: Penguin Books, 1978, p. 29.

③ Forster, E. M. *Where Angels Fear to Tread*. Harmondsworth: Penguin Books, 1965, pp. 23-26.

露西房间窗外起伏的山峦、苍翠的松柏、艾诺河的淙淙流水和水上闪烁的灯光，当然，还有他们一行人去山上郊游时看到的旖旎绝美的旷野风光，瞬间令她对意大利着了迷。在此类作品中，福斯特都会塑造强调原始野性的意大利人物形象：《天使不敢涉足的地方》中莉莉娅所下嫁的意大利丈夫卡莱拉先生，《看得见风景的房间》中为英国人赶车上山的意大利小伙，《莫瑞斯》中的斯卡德，等等。在福斯特看来，这些人物的原始野性并非传统英式观念中被贬低的缺乏所谓的文化教养，而是代表了田园、乡村、自然以及身体性等要素，是人类应当充分重视与重新思考的重要特性。以此，福斯特将城市与乡村进行对比，赞美田园牧歌式的生态图景，提出人类应回归自然，重视身体的感官体验，以此对抗现代社会中理性主义造成的身体与精神压抑。

在《看得见风景的房间》中，那些英国人为了寻找与欣赏古典文明的古迹和遗址来到了意大利，但此举实际上主要是服务于英式的学术教育目的和智性追求。然而，当来到迥异于英式环境的异国他乡，他们获得了"出乎意料的体验"，该体验超出他们原有的认知范畴。[1]尤其是露西，她得以在远离复杂保守的英式社会传统与价值的场所中，直面内心的欲望与冲动，获得了回归身体与自我、体会真正生活意义的宝贵经验。露西第一次跟拉维西小姐结伴前往佛罗伦萨的街头时就迷了路，之后跟拉维西小姐走散，还遗失了旅游指南小册子。露西一开始只感觉气愤而无措，自认为文化素养不低的她走入有名的大教堂，却连教堂的建筑史都想不起来。但是，不久之后，她就被当地的文化魅力所吸引，甚至觉得脱离了行程安排，不听固定的讲解，反而感到逍遥自在起来。一开始露西所预想的旅行计划体现了英式文化中典型的以提升智性素养为导向的安排。这种安排拒斥直接、即兴的身体体验，而一味寻求与经典教育相配套的实地考察

---

① Ardis, Ann. "Hellenism and the Lure of Italy". *The Cambridge Companion to E. M. Forster*. Ed. David Bradshaw. Cambridge: Cambridge University Press, 2007, p. 71.

与认识。该安排所服务的教育目标重视并优先对待理性化、离身化的智性追求，最终会导向僵化枯燥的理性主义或智性主义。未能按照既定规划实施旅行计划，反而给了露西意想不到的自己探索发现的机会，她不再考虑如何通过欣赏名胜古迹提升修养，而是自得其乐地享受当下，还偶遇了爱默生父子。她在脱离英国同伴评价体系的视角下重新认识他们，甚至通过单独的近距离身体接触对乔治·爱默生产生了微妙的情感。作者批判跟身体感性体验相脱节的智性主义追求，指出英式文化正是以"文明"的名义压抑直接的身体感触和真情实感的流露。比如，当来自英国的一行人前往山上郊游的时候，赶车的意大利小伙子跟女朋友在马车前面搂抱亲吻，毕比牧师先生发现后愤怒地斥责他们，还勒令他们分开，并罚去了车夫的小费。[1] 当然，不受英国牧师欢迎的爱默生先生直接表达了对牧师做法的反对，并支持恋人的情感表达。作者以意大利自然美景和意大利人物的塑造反映了一种希腊式的关系，在那种关系中，无论是智性追求，还是情感流露或者性爱，"各个不同的层面都形成紧密联系的完整连续体"[2]。但是，在英式理性主义现实中，无论是身体性与精神性，还是自然与文化，似乎都日益走向割裂与不平等，福斯特的思考直指西方近代哲学以来理性主义背后的二元论根源。

小说中，伊格先生等人所持有的正是典型的英式理性主义观念。这种观念植根于西方世界典型的二元论观念系统，涉及自然与文化、身体与理性、肉体与精神、女性与男性、自然与人类等一系列二元对立概念。在二元对立中，"离身性的理性被视为人类的本质特征"，"并因为优越的理性

---

[1] Forster, E. M. *A Room with a View*. Middlesex and New York: Penguin Books, 1978, p. 82.

[2] Ardis, Ann. "Hellenism and the Lure of Italy". *The Cambridge Companion to E. M. Forster*. Ed. David Bradshaw. Cambridge: Cambridge University Press, 2007, p. 66.

而赋予人类至高的地位"。[①] 人类不断强调甚至崇拜理性主义，并将具有理性主义的自己摆在高高在上的位置；而自然、非人生命以及具身性则受到轻视与贬低。这种以理性主义为中心的唯心理想化文化观念系统，极易导致对理性背后的物质基础的忽视和否定，促使人类在疏离物质基础的同时试图控制、无情对待或任意操纵自然万物或非人生命。这种"理性危机是历史中纯粹观念与心灵优先于身体的后果"[②]。毫无疑问，理性主义崇拜导致人与自然纽带的断裂，也压抑与戕害了真实自然的人性。在小说中，福斯特批判了理性主义所导致的希腊式完整连续体关系的丧失，同时试图恢复与强调即兴、自然的情感等具身性元素，并呼吁达到人与自然的完整一体性。小说中有两个场景最能体现作者的这一思想。一个场景是在意大利郊游的山上。前文已经提到，在此之前，露西和乔治在游览期间机缘巧合之下单独接触，并产生了微妙的感情。但是，无论是从小受到拘谨保守的传统文化教育的露西，还是忧郁、压抑，对世界充满怀疑并且举止不合常规的乔治·爱默生，都对自己对对方的感情困惑不已。露西似乎理解、喜欢乔治，却又不敢确定这份感情，更不敢逾界去表达。然而，当身处风景优美的山水之间，露西不自觉地放松身体，打开自我，似乎"头一回感受到春天的魅力"[③]。因为语言导致的误会，她被意大利车夫带到了乔治的面前，并且他们误打误撞地进入了一大片开满紫罗兰的美妙旷野。在金色的山峦、河流环绕的自然美景中，乔治吻了露西。对于拘谨保守的英国人，尤其是露西而言，这充满田园气息的自然风景令她不自觉地回归内心，真实感情得以自然流露。在自我与自然交融的情境中，之前有意保持距离的

① Plumwood, Val. *Environmental Culture: The Ecological Crisis of Reason.* London and New York: Routledge, 2002, p. 4.

② Grosz, Elizabeth. "Bodies and Knowledges: Feminism and the Crisis of Reason". *Feminist Epistemologies.* Eds. Linda Alcoff and Elizabeth Potter. New York and London: Routledge, 1993, p. 187.

③ Forster, E. M. A *Room with a View.* Middlesex and New York: Penguin Books, 1978, p. 88.

两个人，因为摆脱理性主义的掌控而在亲密关系中更进一步，打破了英国阶层分明的价值观和道德观，在某种程度上实现了身心的完整一体性。另一个场景，则是在英国露西家附近松林中的水塘。当爱默生父子刚刚搬到露西家所在的乡下社区时，毕比牧师等人到爱默生家拜访，爱默生先生说，只有当他们不再鄙视自己的肉身时，才能进入伊甸园时代，但他们从来没有真正融入自然，因而回归自然就也无从谈起，因此他们"应该重新发现自然，返璞归真"①。一场大雨过后，露西的弟弟弗雷迪带乔治和毕比牧师到松林中的水塘游泳，他们在那个阳光灿烂的下午走入散发着松香的、湿漉漉的树林，跳入清澈见底、如翡翠般碧绿的水中，自由自在地戏水，讨论周边的植被。那一刻，他们身上也不知不觉发生了变化，似乎身体的活力、能量和情感都迸发出来，暂时忘记了学问和命运。当然，三名男子共同戏水的画面令人联想到作者对于同性之恋的暗示，但同时，福斯特还表达了摆脱理性主义控制的身体与情感的释放，他评论说，这是"一次对热血和放松的意志的呼唤"②。福斯特要强调的，正是摆脱理性主义文明束缚的那一瞬间的重要性。实际上，露西等人从意大利回来后，思想上已经发生了巨大的改变。她逐步放弃了原来基于阶层划分的智性、价值等方面的优越感，直面内心的真实情感，与在别人眼中不合常规的乔治有情人终成眷属，亲身经历一种情感欲望自由释放的新的生活可能性，而作者也借此进一步表达了重新发现和强调自然与身体的重要性。

福斯特深入反思并质疑英式理性主义观念系统，并将对理性／身体性、社会文化／自然等二元对立观念中后者的强调作为对抗理性主义的方案。比如，在《最漫长的旅程》中，作为理性主义典型代表的彭布罗克兄

---

① Forster, E. M. *A Room with a View*. Middlesex and New York: Penguin Books, 1978, p. 145.

② Forster, E. M. *A Room with a View*. Middlesex and New York: Penguin Books, 1978, p. 152.

妹与喜欢自然、重视感性和感知的里基、斯蒂芬兄弟，无疑体现了上述的二元对立。在以英国为代表的西方社会，理性主义被视为更为先进的思想，因而得以占据中心地位并融入主流文化。持理性中心主义的人日益与自然分离，也日益轻视情感、依恋等具身性元素。只有这样，人类才能将其他事物进行化约与把握，并使自己在世界上的优越性和主导地位合法化。更为严重的是，随着资本主义在世界范围的发展，理性主义跟资本、权力等相互结合，理性思维模式和观念系统不断深化与泛化，从而渗透进人们生活的方方面面。社会上广泛认同的成功、奋斗逻辑以及道德价值观等，都是这种"观念系统在文化层面被阐释与巩固的结果"，甚至这些统治阶级所支配与决定的观念能够"获得底层失败者的认同"。①当理性主义模式被编织进强有力的基本社会结构时，它就跟人的日常生活以及身份认同等基本观念密不可分地纠缠在一起，从而不可能再被清晰地分离、识别并质问。《最漫长的旅程》中，彭布罗克兄妹就是被西方社会理性主义观念系统完全同化和支配的人物代表。兄妹二人十分渴望也非常努力地追求物质上的成功与地位的上升，并以类似的标准要求彭布罗克小姐的丈夫里基取得事业上的成功。当听说里基喜欢写作，彭布罗克先生便教导里基要义无反顾地写，还要努力找个工作，从底层干起，一步步往上爬；彭布罗克小姐并没有真心理解与欣赏里基的作品，而是想尽办法让里基改变自己的创作风格，以迎合出版社的口味，从而赢得发表的机会，成为成功的作家。前去拜访里基的阿姨菲林太太时，彭布罗克小姐更是小心谨慎、步步为营，一心要使拜访取得成功，讨得菲林太太欢心，其目的是在未来菲林太太的遗产中分一杯羹。彭布罗克兄妹不仅在经济上全力追求成功，在道德价值方面也同样被规训，他们接受并内化社会固有陈腐准则，并试图控制他人。得知生活在菲林太太家的斯蒂芬其实就是里基同母异父的兄弟

---

① Plumwood, Val. *Environmental Culture: The Ecological Crisis of Reason.* London and New York: Routledge, 2002, p. 17.

时，彭布罗克小姐立刻给他贴上了粗鲁讨厌的私生子的标签，还一再阻止里基告诉斯蒂芬真相，一来可以将丈夫家的污点隐藏起来，二来有利于跟菲林太太保持好的关系。后来，斯蒂芬从安塞尔处得知真相，前来跟里基见面时，彭布罗克小姐更是百般阻挠，试图用钱打发斯蒂芬，并让他签下不会再来的保证书。在处理斯蒂芬的事情上，彭布罗克小姐始终以自身利益为中心，理性冷峻地周旋操控，全然不考虑里基的情感以及其与斯蒂芬的亲情，可以说在经济、道德等各个层面都体现了她的理性中心主义的思维模式。反观里基，他发自内心地赞同回归自然、顺应情感的生活方式。他并不适应通过冷酷的竞争以获得成功的社会生存模式，其创作的作品中也都充满了融入大自然的想法。里基的眼睛时常望向大自然，然而，他的妻子彭布罗克小姐却"不喜欢他望向窗外"；她妒忌自然，好像"自然是某个危险的女人"。^① 鉴于他们的巨大反差，里基的精神滑向毁灭的深渊，两人的婚姻走向悲剧也就不可避免或者在意料之中了。里基死亡的情节更加体现了作者对自然、身体、情感等要素的强调。自然是对抗与克服禁锢身心的理性中心主义的思想源泉，唯有融入自然共同体中，释放身体本性，人们才能认识到自身所处的生态环境对于生存的重要意义，并实现真正的自由。

实际上，在几乎所有的作品中，福斯特都表达了对西方理性中心主义思维模式的质问，批判其在现代社会观念体系中的表现以及广泛延伸，并反思其所导致的人与自然共同体的破裂。短篇小说《塞壬的故事》（"The Story of the Siren"）中，曾在远离现实的神秘美丽之地潜入海中并见过塞壬的那个西西里人再也无法快乐起来，因为他洞悉了社会习俗、理性秩序和逻辑思维崇拜对人们内心直觉与情感的压抑与残害。在《霍华德庄园》中，威尔考科斯父子同样是理性主义思维与行动模式的典型化身，"他们

---

① Forster, E. M. *The Longest Journey*. Middlesex and New York: Penguin Books, 1982, p. 179.

在需要克制情感的航程中，正如奥德修斯带领的水手们，在航程中用羊毛塞住彼此的耳朵，从而抵挡了塞壬的诱惑"①。此处作者引用了关于奥德修斯的典故。奥德修斯带领健壮的水手们开船经过塞壬的海岛时，为了逃避塞壬美妙的歌声的诱惑，奥德修斯用蜡紧紧塞住了水手们的耳朵，再让他们用绳索把自己牢牢绑在桅杆上，以此抑制了自己特别想要前去美丽的海岛上聆听塞壬歌声的渴望，从而得以顺利远离海岛。②用这一典故，福斯特试图表明，小说中的人物像奥德修斯及水手一样，相互协作，试图逃离情感、身体性、自然等要素的牵绊，以冷峻的理性克服困难与挑战，从而掌控人生，获得世俗意义上的成功。霍克海默与阿道尔诺在几十年后的《启蒙辩证法——哲学片断》（*Dialectic of Enlightenment: Philosophical Fragments*）中详细解读了这一典故背后的西方理性中心主义思想，并指出，奥德修斯虽然已经获得了技术层面的启蒙，但在某种程度上仍然保持被自然奴役的契约关系，因此他将自己绑在桅杆之上，暗示以理性的方式"让自己从他可能成为的自然中脱离出来，如果他留心听到了自然的声音，他会继续顺服于自然"③。战胜这一挑战，意味着对于自然命运的摆脱，也暗示了对自然的祛魅。然而，摆脱自然束缚、追求工业技术高度发展的城市文明并非人类理想的存在方式，轻视感官体验与情感要素、以理性主义的方式努力追逐世俗意义上的进步与成功的做法，不仅导致人类与自然共同体的丧失，而且会禁锢、戕害心灵，最终导致人性的丧失。

---

① Forster, E. M. *Howards End*. London: Edward Arnold, 1973, p. 99.
② 荷马：《奥德赛》，王焕生译，北京，人民文学出版社，2003，第 226—228 页。
③ 马克斯·霍克海默、西奥多·阿道尔诺：《启蒙辩证法—哲学断片》，渠敬东、曹卫东译，上海，上海人民出版社，2006，第 48 页。

第二节　自然、希腊元素以及浪漫主义生态共同体

浪漫主义作家可以说是近代第一批伟大的颠覆者，他们颠覆科学、抽象的既定概念，资本主义的价值与结构，西方宗教反自然的传统偏见等。在某种意义上，浪漫主义看待自然的方式跟生态学理念不谋而合，他们会考虑关系性、依赖性和整体性。当生态批评在 20 世纪 90 年代早期发展为一个广为人知的流派时，许多生态批评家正是将浪漫人文主义精神作为建立自己领地的旗帜。他们"为更具想象力、神秘性和隐喻性的浪漫人文主义思维与语言模式辩护，认为跟更加抽象的、'科学的'工具自由主义或经济话语相比，它无疑更加自然"①。受到 19 世纪德国自然哲学与美学的影响，浪漫主义者们对待人与自然的态度可以说是唯心主义、本质主义的，他们试图证实大自然是运动的和有生命的。而且，他们认为，在有机自然界中，没有任何东西是不与整体相联系的，有一种生机勃勃、创造性的力量像体内的血液一样流经整个物质世界，正是这种力量将一切连接起来。对于浪漫主义者来说，隐于西方文化背后的理想化的希腊是一种"失落的审美与存在的完满状态"②，而运用希腊神话元素，高度拟人化的隐喻、象征等，都是浪漫主义文学的典型手法。福斯特的作品中一再出现希腊元素，向往希腊主义的浪漫人文主义是福斯特生态思想中的重要部分。

一、象征全一性的潘神：《惊恐记》和《最漫长的旅程》

在其早期作品中，福斯特频繁使用希腊神话中的形象与典故来表达自己的生态思想，传递出一种生态共同体观。其中，潘神是至关重要的一个

---

① Clark, Timothy. "Nature, Post Nature". *The Cambridge Companion to Literature and the Environment*. Ed. Louise Westling. Cambridge: Cambridge University Press, 2014, p. 78.

② Davis, William S. *Romanticism, Hellenism and the Philosophy of Nature*. New York: Palgrave Macmillan, 2018, p. 3.

意象，他出现在几乎所有福斯特早期的长篇小说和短篇故事中。本小节重点解读塑造潘神形象的代表作品，它们分别是短篇故事《惊恐记》（"The Story of a Panic"）和长篇小说《最漫长的旅程》。

在希腊神话中，潘是丰饶之神，他通常被描绘为充满活力和欲望的形象，长着山羊的角、腿以及耳朵；而在后来的艺术表现中，他的人形特征被加以强调。[1] 帕特里夏·梅里韦尔（Patricia Merivale）在梳理潘神主题时指出，对森林与畜牧之神潘神的崇拜发源于阿卡迪亚地区。公元前490年，在古希腊城邦联军对抗波斯帝国的马拉松战役中，潘神在希腊信使兵斐迪庇第斯（Pheidippides）面前显灵，还引发波斯军队的惊慌逃窜，帮助希腊人打败了敌军。在此之后，潘神崇拜被引入希腊雅典。在文学中，潘神主题可以追溯到古希腊时期不知名的诗人为潘神所作的颂歌，这种颂歌具有与荷马史诗类似的韵律形式，而本质上却拥有田园诗的精髓。早期的潘神文学热潮出现在《希腊诗选》（*Greek Anthology*）的隽语短诗与献词中，其创作时间从公元前6世纪到前3世纪不等，但不约而同地描绘了同一幅画卷：人们将打猎、捕鱼的工具以及农产品献给田园之神以望获得丰收。其中富于诗意的一篇刻画了比其他书写更为简单的田园神形象，即阿卡迪亚半羊神。[2] 在漫长的文学艺术长河中，关于潘神的故事版本多种多样，甚至不乏相互矛盾之处，但不变的半神半羊形象是其核心特征。从词源上来看，"pan-"源于古希腊语"παν-"，通常与其他词缀组合使用，其含义为"所有、整体的、全部、总体、无所不有"，通常与整体宇宙或全部人类相关。因此，潘神的形象背后隐含了对整体自然或宇宙的想象。福斯特借用潘神的意象，试图表达浪漫想象式的人融入自然和宇宙的生态共

———————

[1]　Taft, Michael. *Greek Gods and Goddesses*. New York: Britannica Educational Publishing, 2014, p. 96.

[2]　Merivale, Patricia. *Pan the Goat-God: His Myth in Modern Times*. Cambridge, MA : Harvard University Press, 1969, p. 2.

同体观念。

《惊恐记》的题目便点明了潘神主题。题目中的"惊恐"（panic）一词与"潘神"（"Pan"）一词来自同一词源，事实上，"惊恐"的词义同样跟潘神的故事有关。古希腊诗人的田园诗中提到，手持排箫的潘神拥有一项重要的技能，就是能够以箫声制造恐慌，引起牛羊等牲群的慌乱狂奔，当然，也会引发人群的四散惊逃，也就是"惊恐"。《惊恐记》便是以此为情节原型。故事伊始，五月一个晴朗无云的下午，住在意大利拉韦洛镇一家小旅馆度假的一群英国人去往山上的栗树林中野餐。突然之间，一阵异样可怕的寂静降临山谷，除了一个十四岁的男孩尤斯塔斯，其余的几个人都感到莫名的恐惧，身体也像被什么东西控制了一样，开始撒开腿向山坡下面狂奔。在奔逃的时候，他们"所有感官与理性的通道都被堵塞了"[1]，只有一种粗暴的、压倒性的肉体上的恐怖。等到恐惧消失，他们再次回到山上，发现尤斯塔斯躺在地上，一只蜥蜴从他的袖口爬出，旁边树下的泥土上还有羊蹄的印子。之后，尤斯塔斯就像变了一个人，从前的他愠怒、寡言、懒散，现在的他不仅时常露出微笑，还喜欢在树林里跑来跑去采摘鲜花。显然，在他们野餐的时候，潘神突然降临。而且，作者通过在场人物的行动表现了潘神的两面性：对于无法感知到潘神精神的人来说，比如在场的除了尤斯塔斯之外的英国绅士淑女们，他们只感觉到惊恐与被惩罚的屈辱之感；而能够感知潘神精神的尤斯塔斯，却能够经历某种神秘的狂喜体验，之后，他的人性得到了完善，开始渴望沉浸于自然之中，与自然建立亲密交融的关系。短篇小说《助理牧师的朋友》"The Curate's Friend"中则出现了跟潘神相对应的罗马农牧神（Faun），说在任何山毛榉树林、

---

① E.M.福斯特：《福斯特短篇小说集》，谷启楠译，北京，人民文学出版社，2009，第8页。

谷地、河流和乡野都有他的踪迹。[①] 潘神也出现在小说《看得见风景的房间》中。同样，在一群在意大利度假的英国游客驾马车前往山上的时候，"潘神混入了他们中间"[②]，因此，在上下山坡的时候发生了各种错综复杂的事情，大多数人无法感知潘神精神且拘泥于英式习俗与思维，他们只感到迷惑不解与惶恐不安；而感知到潘神精神的人，比如乔治和露西，则会跟自然建立更为密切的关系，并且更加自然地回归真实自我。

在《最漫长的旅程》这部小说中，潘神更是作为主题性的线索贯穿始终，类似潘神突然降临并引发慌乱的经历也发生在斯蒂芬身上。斯蒂芬第一次出场，便表现为帮助弗里驱赶羊群的牧羊人形象。和里基在山中骑马的时候，他忆起了自己童年的一次奇怪经历：有一天，他在狭窄的林中空地上跟一群没有牧羊人或牧羊犬看管的羊不期而遇。看到蜂拥而上的羊群，他害怕地后退，可羊群紧紧追赶，他惶恐大叫，不顾一切地冲进矮树丛，身上扎了好多刺，后来惊慌失措地逃回家中。菲林先生说他是遇上了"潘神，羊群的守护者"[③]。福斯特在小说中所写的"潘神，羊群的守护者"（"*Pan ovium custos*"）这句话是一句拉丁语，来自维吉尔的作品《农事诗》（*Georgics*），英文版为"Pan, Caretaker of the Flocks"。[④] 在《农事诗》中，维吉尔强调劳作者和大地的持久关系，用潘神与森林女神的意象来代表一种悠闲、宁静、诗意的乡村牧羊人生活，以此抨击当时充满政治野心与贪欲的古罗马精英的价值观。实际上，维吉尔诗集对于潘神的描写为英国文学中的田园诗和戏剧提供了潘神形象与行动特征的创作素材，福斯特也在小说中引用了这一典故。这种从希腊神话到古罗马牧歌的田园传统渗透于福

① E. M. 福斯特：《福斯特短篇小说集》，谷启楠译，北京，人民文学出版社，2009，第 88 页。

② Forster, E. M. *A Room with a View*. Middlesex and New York: Penguin Books, 1978, p. 90.

③ Forster, E. M. *The Longest Journey*. Middlesex and New York: Penguin Books, 1982, pp. 123-124.

④ Virgil. *Georgics*. Trans. Peter Fallon. Oxford: Oxford University Press, 2006, p. 5.

斯特早期的创作和思想之中。

在这几部作品中，福斯特引入潘神的形象和对潘神两面性的描写，再次表达了前文提到过的英国工业文明社会和已然逝去的田园牧歌时代的对峙，而意大利作为前工业时代宁静自然生活的象征，也总是成为潘神显现的场所。在《惊恐记》中，除尤斯塔斯之外的英国一行人代表深受工业文明影响、无法感知自然精神的庸俗钝化之人，他们不仅无法感知潘神，而且无法包容后来被潘神改变、试图逃离文明约束的尤斯塔斯。在《看得见风景的房间》中，爱默生父子反思、质疑英国拘谨保守的文化，倡导顺应自然精神，却同样遭到被工业文明驯化的其他人的非议和排挤。对于因工业文明而自视优越的英国人来说，受到潘神的恐吓与惩罚似乎是他们罪有应得，而唯有领悟潘神精神才能获得充满惊奇讶异感的狂喜体验。在《最漫长的旅程》中，童年曾遭遇潘神事件的斯蒂芬在成年之后被塑造为牧羊人的形象，并与潘神息息相关。斯蒂芬在无形之中影响了与他同母异父的男主角里基。里基在作品中是能够敏锐感知自然精神与诗意的人物，但是，在娶了信奉理性主义、成功进步观念的彭布罗克小姐之后，他几乎被生活毁灭。正是在潘神精神的指引下，兄弟两人后来和好如初，里基得以找回自我。在这些作品中，福斯特试图用或隐或显的潘神形象与精神，传达人与自然交融联结的重要性。

在梅里韦尔看来，英国文学史的不同阶段对于潘神主题有着多种多样的表现与阐释：比如，古希腊与罗马诗人笔下的潘神有不同的形象，与其他众神之间发生不同的故事；伊丽莎白时期田园牧歌中的潘神形象多借鉴维吉尔与奥维德的潘神描述，潘神一度成为田园景象的标志或符号象征；浪漫派在俄耳甫斯赞歌（Orphic hymns）中发掘了俄耳甫斯式的作为万物灵魂的潘神；而维多利亚时期的诗人则"重新将潘神塑造为阿卡迪亚式的经典半羊半神形象，并使之具有个性化特征，参与推动故事情节和人物行动"①。对比分析福斯特对潘神主题的运用，笔者认为，福斯特笔下的潘神综合了浪漫派和维多利亚式的潘神特征与内涵。《惊恐记》中的潘神形象更多地体现了维多利亚式的潘神描写，潘神被赋予鲜明的个性化特征，并在推动故事情节和人物行动方面发挥显而易见的重要作用；而在《最漫长的旅程》及其他作品中，潘神并未以明确的形象出现，虽然像斯蒂芬与里基在一定程度上感知到潘神并受其影响，但潘神还是主要体现为隐于自然山水之中的某种普遍精神与灵魂，也就是带有明显的浪漫派特征，并在一定层面上体现了俄耳甫斯式潘神的核心内涵及其背后的自然宇宙观念。

在古希腊的神话传说中，俄耳甫斯（Orpheus）是色雷斯（Thrace）地区最伟大的诗人和音乐家。他的音乐可以对任何生命甚至石头施展魔力，他凭借音乐才能，在帮助伊阿宋（Iason）夺取金羊毛的"阿尔戈号"（Argo）英雄队伍中建立卓越功绩，他深入冥界试图救回妻子欧律狄刻（Eurydice），等等，这些都是西方文化中耳熟能详的故事。此外，俄耳甫斯还被视为俄耳甫斯教的创建人和先知，他的赞歌是西方古典文化中的瑰宝。俄耳甫斯在赞歌《致潘神》中，将"Pan"一词的词源意义"全体性"（allness）作为核心内涵。《致潘神》中有着这样的诗行："我呼唤强大的潘神，整体性的本质 / 天空的，海洋的，大地的，共有灵魂 / 不朽的火焰；整个世界属于你 / 所有都是你神圣力量的一部分。"② 作为自然守护神的潘的形式得以扩展至天空、海洋、大地与火焰，甚至整个宇宙。潘以及他功能的扩展，则成为某种至上统治者或者世界的灵魂。俄耳甫斯教派的核心教义之一，就是万物来自全一（One），也消融于全一。在不同的时间里，法涅斯（Phanes）和宙斯（Zeus）都曾将一切生命的种子包含在自己体内，

---

① Merivale, Patricia. *Pan the Goat-God: His Myth in Modern Times*. Cambridge, MA: Harvard University Press, 1969, p. 76.

② Taylor, Thomas. *The Hymns of Orpheus*. London: Philosophical Research Society, 1981, p. 130.

从全一的混合状态中生成了我们的整个多重性世界，包括自然中的生命与非生命物质[①]。浪漫派诗人将俄耳甫斯赞歌中作为万物灵魂的潘神变成了一个重要的充满诗意的主题，这种主题既表达田园理想，又富含宇宙一体的观念。在浪漫派笔下，潘神代表了渗透于自然风景中的普遍精神，展现了自然宁静和谐的一面。然而，工业化以来的人类活动破坏了自然的宁静状态，与潘神精神形成一种对比，正如贯穿于文学史的乡村和城市之间的鲜明对比。因而，浪漫派文字中的自然观由于俄耳甫斯赞歌而被赋予了更为深刻与微妙的意蕴，这种意蕴也出现在福斯特的作品中。

在《惊恐记》中，作者十分明确地描述了潘神降临山谷的过程，那种超出理性把握的惊恐奔逃以及泥土上留下的山羊蹄印都表明了这一点，而且潘神在整个故事情节发展与推动人物行动上都起着至关重要的作用。在潘神引发的慌乱结束后，尤斯塔斯这个人物发生了重大的变化。他在潘神来临时经历了什么不得而知，当后来其他人看到他时，他一动不动地躺在地上，袖口爬出的蜥蜴以及此后他摘花、跑进树林等异常举动，都表明他与自然的关系更加亲密。在返回的路上，尤斯塔斯像一只山羊一样跑在前面，他还会吟唱各种乐曲。我们知道潘神的特征之一正是非凡的音乐才能，而后来所有的情节都围绕性情大变的尤斯塔斯跟其他人之间的矛盾展开。可见，潘神被赋予个性化的外形等特征，并推动了整个故事的发展与人物行动。与此同时，福斯特试图以这样的故事，以潘神所代表的希腊文化为载体，传达隐于自然山水且被现代文明所忽视的一种普遍精神。比如，作者借由故事中的艺术家之口说出，他们这些文明人都是庸俗的，就是因为他们，湖泊、海洋和森林生态被人类破坏，"海中女神涅瑞伊得斯（the Nereids）离开了海洋，山中女神俄瑞阿得斯（the Oreads）离开了高

---

① Guthrie, W. K. C. *Orpheus and Greek Religion: A Study of the Orphic Movement.* Princeton: Princeton University Press, 1993, p. 75.

山，潘神也不再栖息在森林之中"①。而尤斯塔斯回到旅馆后，就拒绝待在狭小的房间中，在深夜跑到外面花园溜达。叙述者从楼上看下去，只见一团白色的东西幻化为各种形状，一会儿是大狗，一会儿是巨大的蝙蝠，一会儿是迅速飞动的云彩；他像球一样弹跳，像小鸟一样俯冲，像鬼魅一样游弋。②不难看出，这个幻化为各种形态的东西正是潘神附身的尤斯塔斯，这影射了前文提到过的俄尔甫斯式的潘神内涵，即潘神的形式囊括了宇宙的各种存在形态，是一种存在于世间万事万物中的普遍精神。此外，这时的尤斯塔斯还试图触及那些最伟大的诗人都无力表达的主题：他谈到夜晚和头顶的星星；谈到萤火虫、海洋以及海中沉睡的海葵与礁石；谈到河流、瀑布和串串饱满的葡萄；谈到冒烟的火山与暗处的岩浆；谈到地下迷宫中的蜥蜴以及飘落在他头发上的白玫瑰花瓣。③可以说，生态是福斯特在这篇故事中所要表达的关键主题：通过将潘神意象和少年尤斯塔斯合二为一，他试图传达那种渗透、贯穿于一切生命与物质中的潘神精神，一种人与山川河流的原始统一体的精神。但是，这种精神在被工业技术文明支配的英国已然消失。不仅那些神灵离开了山川河流，变为潘神化身的尤斯塔斯也无法得到其他人的接纳和理解。当他说不能容忍待在只能看见墙壁的房间，坚持去往自然中时，以叙述者为代表的一行人坚决阻止他，想尽一切办法要把他带回房间。作者试图用潘神附身的奇想故事，表达潘神精神的重要性，传递返回人与自然的统一体的需求与渴望。

《最漫长的旅程》中斯蒂芬的塑造跟尤斯塔斯在很多方面有相似之处。跟尤斯塔斯一样，经历过潘神事件的斯蒂芬变得行为乖张，不合常规。斯

---

① E. M. 福斯特：《福斯特短篇小说集》，谷启楠译，北京，人民文学出版社，2009，第5页。

② E. M. 福斯特：《福斯特短篇小说集》，谷启楠译，北京，人民文学出版社，2009，第18页。

③ E. M. 福斯特：《福斯特短篇小说集》，谷启楠译，北京，人民文学出版社，2009，第20页。

蒂芬四肢发达，举止粗鲁，不在乎规矩礼节。然而，他对于大自然有着发自内心的热爱，生来就有一种活跃在户外的本能。在里基到访姑妈菲林太太家，同时也是斯蒂芬从小长大的家时，斯蒂芬和里基被要求一起骑马出游。羸弱的里基觉得身体有些吃不消，而斯蒂芬在山间则如鱼得水一般，望着眼前的景象，他用叶片吹起了婉转的呼哨。文中不止一次描写斯蒂芬在自然中悠闲享受的神态，他会躺在草地上，连声感叹真好，就算淋雨也不会觉得不舒服，被干草树枝拂打脸庞和身体，他也同样不以为意。有时他会一直待在田野中，太阳升起时他沐浴晨光，在雾霭中奔跑；夜幕降临后，周围黑暗阴凉，他却仍然热血沸腾，在黑暗中扔石头或抽烟。① 跟尤斯塔斯一样，斯蒂芬的身上也承载了潘神的精神。福斯特通过塑造尤斯塔斯和斯蒂芬这两个人物，直接表明了渗透于作品中的潘神主题，并以此强调贯穿于自然中的潘神精神对于人类的重要性。

以潘神为载体的生态主题同样贯穿于《最漫长的旅程》中，虽然这部小说不像《霍华德庄园》和《印度之行》那样受到文学界的重视与研究，但福斯特表示，他个人最喜欢的小说就是《最漫长的旅程》。同时，这是一部半自传式的小说，主人公里基可以说就是以福斯特本人为原型的。在小说中，里基以及他同母异父的兄弟斯蒂芬都与象征万物普遍精神或者全一性的潘神密切相关，福斯特在人物塑造中寄托了对人和自然关系的思考。斯蒂芬和里基虽然都与潘神相关，但两个人的形象是大相径庭的：以牧羊人形象出场的斯蒂芬在外形上更加贴合潘神羊群守护者的形象，他学识不精，身强力壮，透着一种跟荒野自然融合的原始野性气息；而里基外表羸弱，甚至跛着一只脚，但他反思现代工业技术文明，能够充分地欣赏存在于自然中的野性与诗意，在一定程度上实现了智性追求和潘神精神的结合。

① Forster, E. M. *The Longest Journey*. Middlesex and New York: Penguin Books, 1982, p. 240.

除了具有潘神形象特点的人物，小说中还设置了与潘神栖居地相似的重要场景。小说开篇就介绍了里基在剑桥的求学生活，重点描画了对里基特别重要的一个地方，即剑桥附近的一个小谷地。那个小谷地位于道路的一侧，里面绿草茵茵，四周环绕着茂密的冷杉树，因此与道路隔离开来。里基曾在一个充满浪漫色彩的季节来过这里，之后就常常独自或者带朋友造访这里。他在生命开始蓬勃发展的时候发现此地，随着时间的推移，这个地方好像成了他的圣地，他在这里可以感受到一种亲密精神。① 值得注意的是，不论是剑桥，还是这个谷地，都是以福斯特现实生活中的地方为原型的。在剑桥求学期间，福斯特发现仅仅通过独自在户外漫步便可以在某种程度上实现自由，他也通过在学院周边骑行获得这种自由感。通过观察周围的环境与景物，他感觉自己找到了真实的英格兰和传统的根，可以说，剑桥的地理空间让心灵获得自由。在大学求学的一个春天，福斯特在西城外的开阔地带骑行，无意中发现了一个具有奇特地质特征的地方，似乎是一个废弃的白垩矿场，但已有嫩芽从松柏的树干上重新萌发。在那处谷地的庇护下，绿色的树木遮挡了外界的道路，只能看到雪白的岩石和常青的冷杉树叶，他感觉自己进入了一个与世隔绝的神奇世界。② 他向气象万千的自然敞开自我，感到自己是那么渺小，同时又是那么重要，就像任何存在物那样既渺小又重要。借由里基的经验，福斯特试图表现一种基于身体感知的人与自然交融一体的状态，表达人只是大自然的一分子的素朴观念。里基一次次来到这个地方，说明他对人与自然的统一体或共同体的需要。在这个地方，他能够体会到由潘神所代表的一种普遍精神，找寻到他与自然联结的原初能量。也正是在里基带彭布罗克小姐来到这个地方

---

① Forster, E. M. *The Longest Journey*. Middlesex and New York: Penguin Books, 1982, p. 23.

② Moffat, Wendy. *A Great Unrecorded History: A New Life of E. M. Forster*. New York: Farrar, Straus and Giroux, 2010, p. 43.

的时候，他做出了人生最重大的选择之一，即跟彭布罗克小姐确定了恋爱关系。

除了这个谷地，小说中还有一个地方，不仅对于里基与斯蒂芬，而且对于整个故事情节的发展走向都异常关键，这个地方就是斯蒂芬的家或者说是菲林太太的家附近位于卡德福村的卡德伯里圆环阵地。福斯特花了大量的笔墨描述这个呈圆环结构、一圈一圈直至通向中心一棵大树的特别之所，从这里观望，附近村落一带的乡村地貌体系全部展现在眼前。作者详细描绘了从这里所能看到的堤岸、丘陵、草原、河流的汇集、土壤的变化、河谷与巨石阵、沿河而建掩映于林中的村子，以及远处的公路和路边的灌木丛。在福斯特看来，英格兰的一条条筋脉在那里聚集联合，那里应该被当作神龛膜拜，同时，那朴实无华的田野也着实受人们喜爱。① 正是在这里，里基找到了那种身心与山水合一的愉悦满足感，也正是在这里，里基得知了斯蒂芬原来是他兄弟的震撼消息。这个地方的原型是福斯特在威尔特郡漫步时所看到的费格斯伯里圆环阵地。福斯特认为，威尔特郡集中充分地体现了英格兰的特质，既可以被当作避世的隐遁之所，也是可以给人回归之感的家园。1904 年 7 月中旬的一天，福斯特独自前往威尔特郡乡村的山水之间漫步。到乡间的小路上漫步在当时是很流行的消遣，可以说，继浪漫派华兹华斯的诗歌发表一个世纪以来，"英国的文人雅士都将去往未被工业文明污染、破坏的宁静乡村寻找自我、寻找真正的英格兰作为表达浪漫主义情怀的仪式性做法"②。福斯特当然也不例外，他的作品，尤其是早期的短篇故事和长篇小说，浸润着浓浓的浪漫主义色彩，就连小说题目"最漫长的旅程"也源于浪漫派诗人雪莱的诗句。就在那次漫步的

---

① Forster, E. M. *The Longest Journey*. Middlesex and New York: Penguin Books, 1982, pp. 131-132.

② Moffat, Wendy. *A Great Unrecorded History: A New Life of E. M. Forster*. New York: Farrar, Straus and Giroux, 2010, p. 72.

时候，他看到了索尔兹伯里附近的山丘与古堡垒遗迹，即被称为费格斯伯里圆环阵地的呈同心圆形状的堡垒遗址。福斯特朝着圆环阵的中间走去，那里是一片十五英亩左右的空地，正中心是一棵大树。就在那棵树的树荫下，福斯特偶遇了一个一只脚有些跛的牧羊少年。刹那间，福斯特感到自己似乎回到了意大利的拉韦洛，眼前的一切景象都洋溢着情感。拉韦洛就是出现在短篇小说《惊恐记》中的意大利小镇，而在费格斯伯里圆环阵地的经历则为他的小说《最漫长的旅程》提供了关键性的灵感。不仅是这个地方，而且邂逅牧羊人的经历，都为塑造小说中的重要场景和重要人物斯蒂芬提供了素材。

在虚拟小说和现实生活彼此交融的情境中，我们充分体会了福斯特一直想要表达的那种人景合一的生态观。费格斯伯里圆环阵地的堡垒遗址完美地体现了人类意志力和自然风景的相互融合。一方面，这里的景观向人们揭示了历史长河中的人类活动，它是古罗马征服过程中留下的印记。虽然随着时间推移，这一次次征服逐渐淡出人们的记忆，但是它还是象征了当时的辉煌和功绩。另一方面，这样使人印象深刻的遗迹在广阔宏伟的大自然面前微不足道。站立在堡垒的高处，福斯特体会到一种由大地与历史激发的复杂感受。他既感叹人类建造物的精妙，又深感面对广阔山川景象时人类意志的渺小。在某一时刻，人类自命不凡，似乎感觉可以驾驭世界，但实际上人类又始终处在大自然的庇护之下，跟周遭的山川河流处于全一性的状态中，人类意志的产物最终汇入大自然的万千景象之中。站在那个地方，眺望威尔特郡的整体布局，看到的既有自然形成的景观，也有人类意志的产物，从而形成了森林、农田、河流、教堂等交相辉映的壮观场景，福斯特似乎领悟到了一种隐秘的启示，"他把这种感情叫作体会人与自然关系的系统性认识"①。威尔特郡的费格斯伯里圆环阵地使福斯特

① Moffat, Wendy. *A Great Unrecorded History: A New Life of E. M. Forster.* New York: Farrar, Straus and Giroux, 2010, p. 73.

感受到古希腊罗马神话中的潘神精神，而不管是小说中的里基还是福斯特本人，都在那个地方体验到一种广阔无际之感，跟牧羊人的邂逅更是增加了这一神奇之地的神秘性。通过在小说中再现这一地方以及牧羊人与里基之间的故事，福斯特生动地展现了具有浪漫主义色彩的生态整体观念。浪漫主义自然观认为存在一种全一生命或者内在活力，把世界上的一切生命或非生命物质凝聚为统一的有机体。浪漫主义自然观的核心就是强调自然是有生命、有活力的整体，而世界精神则无处不在。[1] 在这个有机整体中，各个部分之间相互依存和关联，而人类作为一个组成部分，跟地球有机体有着紧密的联系，并通过感受和想象体悟这种联系。站在山丘顶端眺望威尔特郡乡村整体格局的福斯特，感受到了这种宏观有机世界的和谐性和影响力。通过观察眼前的山水，想象隐于山水之后又贯穿渗透整体宇宙的灵魂或者潘神精神，这种普遍精神似乎又"将能量传递给观察者"，经由这种途径，"人和有机环境保持和谐一致性，个体和宇宙获得了"紧密的统一性"。[2] 由此，福斯特赋予这一地方神秘性，并将其与英格兰的特质以及人与自然的统一性相联系，从而表达了浪漫主义的人与自然的共同体观念。在小说中，里基和菲林太太在圆环阵地中央的大树下交谈的时候，里基看到这里的圆环把外面的世界遮挡了起来，于是想起了剑桥附近树林掩映下的小谷地，他说，在这片地方游荡的灵魂都是崇拜战神或潘神的士兵和牧羊人。由此，福斯特将这个地方直接明确地跟潘神以及历史联系起来，在现实中体悟自然精神的福斯特将这种整体性生态观写在了小说中。

二、返回密林深处：《另一个王国》和《莫瑞斯》

福斯特对于树木或森林有着格外的热爱之情。1934 年，福斯特生活

---

[1] Wellek, Rene. *Concepts of Criticism*. New Haven: Yale University Press, 1963, p. 184.

[2] Merchant, Carolyn. *The Death of Nature: Women, Ecology, and the Scientific Revolution*. New York: Harper & Row, 1989, p. 85.

的社区邀请他参加当地的一项活动，可福斯特一直不大习惯也不情愿参加此类活动。但是，当听说此次庆典活动的主题与树相关时，他欣然同意。在讲稿中，他写道："早在人类存在以前，树已经存在；村庄的历史就掩埋在这林中……人类来去匆匆，树木则永存，从摇篮到坟墓，那些树木始终与人同在。"① 在自己的作品中，福斯特一再赞颂自然的神话，以树木或者自然神为载体，表现前现代神话世界与机械工业化社会之间的巨大反差，由此反思现代社会的种种常规制度与道德准则，并哀叹往昔由个体或微观宇宙凝聚成的有机主义共同体的逝去。

《最漫长的旅程》中的里基曾说他喜欢写作，也在尝试写一些短篇小说。他给阿格尼丝·彭布罗克和斯蒂芬都读过一篇关于女孩化身为树的故事。他还说，想要把写好的八九篇短篇编成一本书，名字就叫《潘神的箫声》。显然，福斯特试图以这种方式将里基跟潘神联系在一起。事实上，这里提到的短篇小说正是收录在福斯特《短篇小说集》中的《另一个王国》（"Other Kingdom"），这是一个渗透了古希腊罗马神话元素的关于树与自然的故事。故事开头，以叙述者身份出现的家庭教师在给雇主沃特斯先生的未婚妻伊夫琳·博蒙特小姐、福特等人上古典文学课。他们所学习的正是维吉尔的《牧歌》，里面提到"诸神栖身于树林中"②，几个人还讨论了众神所在的地方：主神所在的奥林匹斯山，塞壬、特里同（Triton）、涅瑞伊得斯所在的海洋，那伊阿德斯（the Naiads）所在的河流，农牧神等所栖身的森林。他们当然还提到了无处不在的潘神，正如他的名字所暗示的那样。③ 可见，这篇故事同样是以潘神为主题的。只是，在这个故事中，并

---

① Furbank, P. N. *E. M. Forster: A Life*. Vol. II. London: Oxford University Press, 1979, p. 198.

② E. M. 福斯特:《福斯特短篇小说集》，谷启楠译，北京，人民文学出版社，2009，第56页。

③ E. M. 福斯特:《福斯特短篇小说集》，谷启楠译，北京，人民文学出版社，2009，第57页。

没有出现那半羊半神的经典意象，也没有出现代表潘神精神的男性健壮形象。不过，作者在小说中营造了超自然的神秘氛围，而伊夫琳•博蒙特小姐则代表了那渗透于自然尤其是树林中的潘神精神。

在故事中，沃特斯先生对伊夫琳说为她买了一片山毛榉树林。伊夫琳非常高兴，把手高高举起，扮演起了山毛榉树，然后拉开身上绿裙子的裙摆，又模仿了银桦树。伊夫琳的绿裙和举动暗示她跟树建立起了某种联系，为后面的情节埋下伏笔。后来的事情表明，沃特斯先生对待树林的实用性、功利性态度跟伊夫琳的南辕北辙。沃特斯先生仅仅将树林那块地看作他名下的地产，可以将自己和爱人的名字刻在树上，以表明自己的地位与爱情，他还要用栅栏将树林围起来，并修建通往树林的小桥和柏油路。而所有这些规划都遭到了伊夫琳的反对和批评，她只想要树林保持原有的自然状态，而自己可以无拘无束地待在里面做自己喜欢的事情。当然，最后沃特斯先生还是一意孤行按照自己的想法占有、利用树林，这使得伊夫琳从失望、困惑到恐惧、厌恶。就在栅栏、小桥和柏油路完工后，伊夫琳不再穿绿裙，而是换上棕裙，并且与她有关的超自然事情开始发生。外面开始不停地刮大风，将山毛榉的叶子都吹上天空。当沃特斯先生说等风小了要去小树林宣告正式占有树林时，伊夫琳说："只要她待在房中，风就不会小。"[1] 伊夫琳似乎可以驾驭某些自然元素，导致了大风天气。后来当伊夫琳同意一起去往树林时，她又换上了绿裙。在阳光下的美丽风景中，伊夫琳和着悠扬的鸟鸣翩翩起舞，那时小河、风儿、云彩都看得入了迷；"她跳着舞远离了我们的社会和生活，又跳着舞穿越了重重岁月，回到那栅栏与房屋还未立起，太阳下的大地仍是荒野的时候"[2]。伊夫琳舞动着，狂喜地叫喊着，她的衣裙、四肢、喉咙、头发都好像树木的某些部分：树

---

[1] E. M. 福斯特:《福斯特短篇小说集》，谷启楠译，北京，人民文学出版社，2009，第 82 页。

[2] Forster, E. M. *Collected Short Stories*. Harmondsworth: Penguin Books, 1980, p. 82.

冠、树干、树枝等等。就这样，她一边舞动，一边奔跑，而沃特斯先生在后面拼命追赶，最终伊夫琳神秘地消失在了树林之中。小说并未说明伊夫琳的下落，但也以某种暗示给读者留下了想象的空间：或许她只是化身为了树林中的树，或许她化身为某种隐藏于自然背后的类似潘神的超自然力量或精神。因为当其他人在树林中寻找她的时候，总是感觉她就在他们的旁边、前方、上边。此处再次使我们联想到俄耳甫斯主义神秘教义的某种观念，这种观念认为，可以通过狂喜等个体灵魂脱离身体的方式实现人跟某种神性力量交融统一的状态。[①] 那么，崇拜自然精神并在树林中陷入狂喜状态的伊夫琳·博蒙特小姐似乎在某种程度上化身为超自然的精神，达到了与自然、神灵身心合一的整体性。

以象征主义手法表现自然元素和精神性提升之间联系的主题也体现在另一篇短篇小说《始于科罗诺斯的路》（"The Road from Colonus"）中，故事背景仍然是福斯特所痴迷的希腊。在和家人去往希腊旅行的途中，主人公卢卡斯先生发现了一棵里面有清泉涌出的巨大空心树，清泉恣意地流淌，树皮上覆盖了一层蕨类与苔藓，流到远处则滋润出一片茂盛的草场。当地的村民崇拜这处美丽与神秘之所，将其打造成一处神龛，作为淡水女神那伊阿德丝和树之女神的共同栖所。卢卡斯先生禁不住进入了空心树的内部，发现树皮上固定着许许多多当地人们给它献上的祭品。他似乎感到，许多来过这里的人跟此刻身处自然的他体会过一样的心境，自然并不是孤寂的，这棵大树的胸怀中就印刻着人类的悲伤和喜悦。卢卡斯先生背靠树干，聆听着潺潺的水声，经历了"内心的巨大转变与精神上的顿悟，似乎触及了神话的源头"[②]。那一刻，他一动不动地躺着，只能意识到脚下的水流，感觉世间万物都融入那股清流，自己则随之漂流。后来，他被一种震撼之感惊醒，

① Bentwich, Norman. *Hellenism.* Skokie: Varda Books, 2001, p. 63.

② Stone, Wilfred H. *The Cave and the Mountain: A Study of E. M. Forster.* Stanford: Stanford University Press, 1966, p. 146.

睁开眼睛的瞬间似乎看到某种"超出想象之外、无法定义的东西贯穿于一切事物之中，使它们变得美好而且可被理解"①。此时，他再回看周围的景象，其认识发生了重大的改变。太阳在树根上照出的光影图案、风中摇曳的花朵以及河流的叮咚声响，此刻都变得富含意蕴，他不仅重新"发现与认识了希腊，而且发现了英格兰，发现了全世界以及生活本身"②。有学者提出，福斯特对于此处场景的塑造，正是基于自己在希腊旅行的所见与经历，不仅是卢卡斯先生这个人物，作者自己也经历过从出神狂喜的状态中获得某种启示的经验，并以此为灵感构思了这个故事，正是他的亲身经验使得故事的每一个细节都栩栩如生，令人难忘。③ 小说中的卢卡斯先生不满于自己的生活总是被别人决定，然而，当卢卡斯先生与树融为一体的时候，他感到包括人、动物乃至自然在内的整个世界都似乎充满了美和意义。④ 在他获得启示与顿悟的时刻，其生活的平庸性得以向一种崇高的神性提升。于是，他暂时从被动、空虚、庸常的生活中解脱，找到了本真自我，也获得了救赎与自由。通过自然与精神或灵魂的联结，一种超验的整体性的浪漫主义生态观在作品中得到了生动的展现。福斯特将大自然作为获得顿悟的源泉，树木、水流等自然事物都是渗透着普遍精神与活力的有机整体，人类经由感官的知觉、与生俱来的直觉以及超越日常生活的想象力，领悟到人与宇宙万物的一致性和统一性。

通过返回林中以摆脱现代文明的羁绊，从而在人与自然交融中找到本真自我的书写同样出现在《莫瑞斯》这部长篇小说中。虽然有学者指出，在这部长篇小说中，福斯特"使希腊主义文化元素服务于自己同性恋的特

---

① Forster, E. M. *Collected Short Stories*. Harmondsworth: Penguin Books, 1980, p. 98.
② Forster, E. M. *Collected Short Stories*. Harmondsworth: Penguin Books, 1980, pp. 98-99.
③ Thomson, George H. "Where was 'The Road from Colonus'?" *E. M. Forster: A Human Exploration*. Eds. G. K. Das and John Beer. London: Macmillan, 1979, p. 30.
④ Storey, M. L. "Forster's 'The Road from Colonus'". *Explicator* 49.3 (1991): 171.

殊兴趣"[1]，然而，福斯特对于同性之爱的表达是跟人与自然的亲密交融联系在一起的，其背后体现了他对现代文明社会准则的挑战以及对生态共同体的渴望。福斯特在小说的尾声中明确表示，在小说所描绘的时代，英格兰仍然存在可以让人们隐遁其中的茂密绿林。可是，现实中的密林遭到了不可避免的巨大破坏；在两次世界大战对体制化的加强和科学发展的助力之下，英格兰原本就不算广袤的荒野被彻底践踏或占领，布满人类的足迹，今天已经"没有可供隐遁的森林与小山，没有可供蜷身其中的洞窟，也没有可供与世无争的君子独处的空旷山谷"[2]。因此，《莫瑞斯》是关于英格兰最后一片绿林的小说，福斯特在文中用克莱夫·德拉姆家族位于彭杰的庄园一带的风景来代表他心中的那片绿林。那个庄园坐落在茂密的森林中，周围被树篱围起的园子里有阳光、新鲜空气以及可供牛群吃草的牧场，园子之外是很久以前栽种下的树林，郁郁葱葱。然而，与此同时，福斯特笔下的庄园给人一种荒废之感，"即使不能说已经腐朽，可也有了停滞不动的印记"[3]。作者以此暗示庄园所代表的绿色密林即将消亡。莫瑞斯喜欢在这样的地方四处走走，观看落日，倾听树林中的滴水声，满地散发着幽香的月见草令他心动，"他喜欢这样待在外面，跟知更鸟与蝙蝠作伴"[4]。因为对于莫瑞斯来说，这个僻静无人的庄园提醒他，将人分为三六九等、设立各种标准，以及试图支配控制未来都是多么的不合时宜。[5]作者做出此番论述的重要目的之一，就是质疑社会上占主导地位的异性婚姻制度与准则，指出这些传统常规背后的支配主义、殖民主义逻辑；同时，他也以此批判社会中的阶层划分，以及现代工业文明对于有机共同体

[1] Heacox, Thomas L. "'Idealized through Greece': Hellenism and Homoeroticism in Works by Wilde, Symonds, Mann, and Forster". *Sexuality & Culture*. 8.2 (2004): 52.

[2] Forster, E. M. *Maurice: A Novel*. New York: W. W. Norton & Company, 1971, p. 254.

[3] Forster, E. M. *Maurice: A Novel*. New York: W. W. Norton & Company, 1971, p. 86.

[4] Forster, E. M. *Maurice: A Novel*. New York: W. W. Norton & Company, 1971, p. 185.

[5] Forster, E. M. *Maurice: A Novel*. New York: W. W. Norton & Company, 1971, p. 239.

生活方式的破坏。基于莫瑞斯的性格与自然观，他最初的恋人克莱夫必然与他分道扬镳，因为克莱夫后来表明，自己要与女人订婚，并"致力于维护社会等级制，融入当地乡绅模式，急切地维持现有阶级界限"①。可是作者暗示，在维持巩固社会建构性自我的同时，克莱夫已经在向非自然的自我靠近，在否定或失去本真的自我。由此，作者塑造了能够吸引并适合莫瑞斯的人物形象，即庄园猎场的守卫阿列克·斯卡德。斯卡德跟莫瑞斯并不属于同一阶级。此外，他跟自然以及潘神力量相联系，象征着一种原始的性、直觉和生命能量。跟斯卡德在一起，莫瑞斯能够拒绝被社会化，释放压抑的那部分自我，从而实现人与自然的完全交融。在《莫瑞斯》和《最漫长的旅程》中，福斯特通过对英格兰往昔葱郁绿林的追寻和缅怀，试图恢复那源于忒奥克里托斯、维吉尔等人笔下的阿卡迪亚，创造一个"隐于自然中的离遁之所"，至少，这样的地方存在于像里基、莫瑞斯这样"跟大地密切接触的人们的心灵深处"。②在那里，身体与精神、自我与自然都可以无限接近并成为一个整体。

福斯特这一时期作品中的生态共同体书写带有明显的浪漫主义色彩。一方面，福斯特频繁借助希腊主义元素与神话意象来表达自己的自然观，因为在希腊神话中，奥林匹斯山诸神的统治从根本上说就是对自然的阐释。宇宙中的基本元素、天体星座以及自然力量构成了深入人心的多神论的原始素材，它们被古希腊人丰富而瑰丽的想象赋予了人格，并产生了类似于人类的激情和愉悦、愿望和争吵等情感和行为。③这种将自然现象人格化或者与人类情感、想象密切联系的象征手法同样被浪漫主义者采用。然而，浪漫主义者与古人不同，古人并非将超验的精神加于自然之

---

① Stape, J. H. "Comparing Mythologies: Forster's Maurice and Pater's Marius". *English Literature in Transition, 1880—1920*. 33.2 (1990): 147.

② Alley, Henry. "To the Greenwood: Forster's Literary Life to Come after *A Passage to India*". *Papers on Language & Literature* 46.3 (2010): 302.

③ Bentwich, Norman. *Hellenism*. Skokie: Varda Books, 2001, p. 56.

上，而事实上"他们总是同时看到树和树精"，他们和自然之间存在一种互渗，"人类领域的边界打开，外溢到自然中"①；而浪漫主义者则更为强调超验于自然的普遍精神。福斯特显然也承袭了浪漫主义传统，将自然看作心灵获得顿悟和提升的源泉，同时自然不是自然本身，而是抽象的自然的观点。在表现小说人物伊夫琳跟潘神的联系时，福斯特将她的形态比喻为树，把她的衣裙、头发比作树木的某个部分；当表现里基、卢卡斯先生等人跟自然的亲密关系时，福斯特强调他们在自然中顿悟并体会到超越万物之上的精神，于是，自然中的事物与现象被赋予了很强的主体化色彩。这种客观事物与主观感受、自然景观与人类心灵的交融是依靠人类主体主观的情感、想象、幻觉以及基于象征符号的类比等方式而达到的。这也是约翰·罗斯金（John Ruskin）所说的"情感的误置"（pathetic fallacy），即事物的属性依赖于人们对它们的感知，正是"人类心灵的状态将特征属性投射到了生命体之上"，因而所谓的客体不过是主体"对外在事物的印象"。②如果是这样，那么肥沃的土地、无际的天空以及潺潺的流水不过是人们心中产生的印象或观念的表现，整个宇宙似乎也是一个由这样的符号、象征所组成的体系。因此，这种浪漫主义的共同体本质上仍然强调高于自然现象的人类心灵或精神能力，并因为个体情感与想象的私人化而走向无法被理解或者彻底神秘化的道路。

另一方面，福斯特反复将象征城市文明对立面的潘神作为作品的中心意象，表明了一种与现实社会相分离的浪漫主义怀旧观念。在前面提到的几部作品中，主人公或重要人物要么在远离人类居住区的野外邂逅潘神，要么在心里有意无意地追寻潘神精神，其结果往往是听从内心深处的

①　Babbitt, Irving. *Rousseau and Romanticism*. Cleveland and New York: The World Publishing Company, 1966, p. 210.

②　Ruskin, John. *The Complete Works*. Vol. 4. New York: The Kelmscott Society Publishers, 1900, p. 155.

直觉的召唤，打破自我与环境的界限。^①他们走出与乡野山川隔离的人类社会，隐遁、沉浸于自然世界，有些甚至置身于某种超出人类理解范围的自然力量或超自然精神力量之下，从而逐渐削弱人性特征，实现自我与自然交融的真正全一性或整体性。比如，在《莫瑞斯》中，莫瑞斯在向克莱夫坦白了跟与自己阶级地位完全不匹配的斯卡德的恋情之后，便跟斯卡德消失得无影无踪，"只留下一些月见草的花瓣作为其来过的唯一痕迹"；克莱夫直至人生暮年，再也没有见过莫瑞斯，或者听说任何有关他的消息。^②无独有偶，在《最漫长的旅程》的结尾处，斯蒂芬带着自己的女儿，在暮色降临之时走向开阔的丘陵草原中。他自己经常睡在那里，就连婚礼之夜也睡在那里，他表示是时候让女儿也学着在野外睡觉了。在草原上宁静的夜晚，他低头亲吻了怀里的孩子。领悟潘神精神的莫瑞斯，以及象征原始潘神力量的斯卡德与斯蒂芬，或者归隐于那最后的绿林的某处，或者回到远离人类社会的野外，实现了与自然交融的整体性；在短篇小说《惊恐记》和《另一个王国》中，主人公更是变成与之前截然不同的人或者彻底丧失了人类特征，而幻化为森林中的树木。综上可见，福斯特在早期的作品中以潘神精神作为象征，表达了强烈的回归自然统一体的诉求。然而，其故事发展都不约而同地走向与社会现实完全脱节的精神化、理想化结局，也具有强烈的浪漫主义色彩。

虽然以上小说中的人物在离身性的潘神精神的指引下走向了与现实人类社会的分离，但是，在自我与自然联结统一中领悟这种原始能量或精神，对于现实社会不无意义。在古希腊罗马诗人的作品中，阿卡迪亚是最

---

① Poland, Michelle. "Walking with the Goat-God: Gothic Ecology in Algernon Blackwood's *Pan's Garden: A Volume of Nature Stories*". *Critical Survey* 29.1 (2017): 62.

② Forster, E. M. *Maurice: A Novel*. New York: W. W. Norton & Company, 1971, p. 246.

古老的原初之地，代表了一种前城市文明的最初的幸福生活方式。^① 阿卡迪亚人自始至终都生活在那里，未曾与自己的家园分离。^② 透过与土地、家园联系密切的潘神意象，福斯特试图以最为原始的乡村生活方式表明通过潘神触及某种普遍的东西。他告诉我们，回归大地共同体的情结仍然蛰伏在每一个人的身上。回归共同体的主题在福斯特的所有作品中都占据核心地位。不过，在后来的作品，比如《霍华德庄园》中，这一主题的呈现与表达方式有了很大的改变。福斯特在某种程度上摆脱了与现实严重脱节的浪漫主义倾向，而是关注城市的环境问题，其结局也不再是走向虚无缥缈的理想化世界，而是注意到现实车轮的滚滚前行，这一点将在后文详细论述。

---

① Borgeaud, Philippe. *The Cult of Pan in Ancient Greece*. Trans. Kathleen Atlass and James Redfield. Chicago and London: The University of Chicago Press, 1988, p. 6.

② Borgeaud, Philippe. *The Cult of Pan in Ancient Greece*. Trans. Kathleen Atlass and James Redfield. Chicago and London: The University of Chicago Press, 1988, p. 9.

第三章

《霍华德庄园》: 扎根地方的生态共同体

福斯特在《霍华德庄园》中说，关于潘神和世界基本元素的故事，人们觉得已经听得够多了，似乎这些都属于过去的时代，如今的伦敦早已将潘神无情地赶出了他的栖居地。[①] 在某种程度上，此番评论表明了福斯特从浪漫主义生态观向思考城市环境问题的全新生态观的转向。在《霍华德庄园》中，福斯特试图突破之前带有浓重浪漫主义主观色彩的对荒野或乡村的生态书写，转而充分关注当下的城市环境与社会问题。福斯特在这部小说中并未盲目地沉溺于对黄金时代的怀旧之情，而是深刻思考了城乡之间紧张的对立关系以及现实中棘手的社会问题，并将解决方案与理想寄托在人与地方深度融合的生态共同体书写之中。

---

① Forster, E. M. *Howards End*. London: Edward Arnold, 1973, pp. 106-107.

第一节　流落城市的牧羊人

牧羊人的形象曾多次出现在福斯特早期的短篇小说以及《最漫长的旅程》等长篇小说中，在《霍华德庄园》中，牧羊人以伦纳德·巴斯特的形象再次出现。只是这次，牧羊人并非游走于绿草如茵的乡村或旷野，而是彻底脱离了大自然，穷困潦倒地流落于城市之中。

福斯特笔下的伦纳德应该是"家族中的第三代，是牧羊人或者耕种者的后辈，是文明将他们吸入城中；成千上万像他一样的人已经消磨掉了身体的活力，却又没有达到精神上的升华"，不过身体里还有原始的野性。[①]当伦纳德结识施莱格尔姐妹的时候，他白天在城中的消防保险公司上班，夜晚则住在铁路隧道附近的廉价公寓中。事实上，伦纳德代表了 20 世纪初英格兰伦敦郊区一大批生存状况类似的人。《霍华德庄园》首次出版于1910 年，而在同时期出版的《英格兰状况》一书中，马斯特曼（C. F. G. Masterman）指出，郊区人口从事的并不是工业生产劳动，而是伦敦商业与服务活动所需的职员工作。文中的伦纳德正是在威尔考科斯所代表的商业大亨拥有的公司里工作。芸芸大众默默无闻地承受着千百年来的沧桑巨变：从耕种生活转为城市生活，"这些家族十有八九在城中生活的时间不超过三代"[②]，男性成员漫长的工作时间都在狭小、拥挤的办公室中度过，终日进行着无休止的计算与书写；他们"黎明时纷纷涌入城中，当黑暗降临又四散开去"[③]。小说中的伦纳德正是过着马斯特曼所描述的那种生活。在福斯特看来，在以城市文明为导向的发展过程中，人类为了一件燕尾服或一些抽象的理念付出了沉重的代价，没有了动物的活力，也失去了与土地紧密联系的纽带。

---

①　Forster, E. M. *Howards End*. London: Edward Arnold, 1973, p. 113.

②　Masterman, C. F. G. *The Condition of England*. London: Methuen & Co., 1910, p. 96.

③　Masterman, C. F. G. *The Condition of England*. London: Methuen & Co., 1910, p. 70.

由人与土地的分离所导致的生态问题以及人类的身心压抑与异化历来受到哲学家们的关注。马克思早在《资本论》第一卷中就鞭辟入里地揭示出，资本主义原始积累正是从大量的人被强制与土地、生产资料分离开始的。这种农民与土地的分离以及之后所引发的农民成为雇工、生产资料转化为资本的情况，正是资本主义制度的基础和要求。圈地运动从 15 世纪末一直持续到 19 世纪，其中英格兰的情况可谓最为典型，无数农民的土地被剥夺，他们自身也被当作"不受法律保护的无产者抛向劳动市场"①。威廉斯在《乡村与城市》中指出，到 19 世纪中期，英国城市人口超过农村人口，这在人类史上尚属首次，是转向一种新文明的标志，具有重大的意义；而到了 19 世纪末，城市人口占据总人口的四分之三。②资本主义生产使得农业人口不断减少，甚至摧毁了农村小规模的农场、手工业等经营，而城市中则拥挤着大量的工业人口。城乡分离、产品生产者与消费者分离的远距离贸易迅速发展与膨胀，破坏了人与土地之间的物质交换，"这些条件在社会的以及由生活的自然规律决定的物质变换的过程中造成了无法弥补的裂缝"③。

生态马克思主义者约翰·贝拉米·福斯特（John Bellamy Foster）详细解读了马克思的生态观，指出马克思的新陈代谢概念表达了人类活动引起、调整和控制人与自然之间的物质变换的过程。"大规模的资本主义社会中产生了这样一种人类与土壤之间的新陈代谢断裂，可持续性所必需的自然条件遭到了破坏。"④一方面，以传统模式经营的小规模农场纷纷倒闭，

---

① 马克思：《资本论》第一卷，中共中央马克思恩格斯列宁斯大林著作编译局译，北京，人民出版社，1975，第 784 页。

② Williams, Raymond. *The Country and the City*. New York: Oxford University Press, 1975, p. 217.

③ 马克思：《资本论》第三卷，中共中央马克思恩格斯列宁斯大林著作编译局译，北京，人民出版社，1975，第 916 页。

④ Foster, John Bellamy. *Marx's Ecology: Materialism and Nature*. New York: Monthly Review Press, 2000, p. 163.

大规模农业使得土地被过度开垦使用，营养物质流失严重，人们以食物、衣服、日用品等形式消费掉的土地出产物的有机成分不能回到土地；而另一方面，城市人口的排泄物、垃圾等造成恶臭与污染等环境问题，严重影响着城市下层贫困人口的健康与生活。在马克思看来，以工业方式经营的大规模农业破坏了土地的可持续性，资本主义必需的大规模工业则不断滥用和损害人类劳动力，这两者齐头并进，直至使劳动者精力衰竭，土地也日益贫瘠。①

城乡断裂现象在《霍华德庄园》中也有突出的表现。玛格丽特前去霍华德庄园的时候，亨利·威尔考科斯向她介绍说，小型农场的时代已经过去了，小型农场不赚钱已经成了规律，一座接一座的农场纷纷倒下，因为小型农场只能精耕细作，投资回报率不高。这里说的精耕细作，正是在那种耕种与消费还未完全分离、远距离贸易还未盛行之时，以维持土地可持续性为前提的传统耕作模式，霍华德庄园曾经也是这样的农场。在农场面临倒闭之时，是亨利·威尔考科斯这个商业界的代表拯救了它。这里，我们可以看到小说作者对待资本主义的复杂含混态度：一方面，正是资本主义商业贸易以及生产方式的发展造成了他所推崇的人与大地密切联系的农业模式的衰落甚至死亡；另一方面，他也没有无视资本主义不断扩张的社会现实，一味主张回到前现代的社会。此外，福斯特笔下的大城市伦敦以及伦敦劳动者的生存状况也符合前文提到的生态马克思主义者的评论。通过在小说中刻画玛格丽特和鲁丝·威尔考科斯圣诞购物的场景，作者呈现了伦敦灰暗的城市街景与喧嚣的消费热潮。她们穿过灰蒙蒙的浓雾，坐车前往百货公司，闻到的是空气中冷冰冰的金钱味道，心中则惊诧于这样一个神圣的宗教节日竟导致出现商业热潮。在她们眼中，"城市好像面目狰

---

① 马克思:《资本论》第三卷，中共中央马克思恩格斯列宁斯大林著作编译局译，北京，人民出版社，1975，第917页。

狞"，狭窄逼仄的街道"如同矿下的坑道一样"；[1]然而大雾并没有妨碍人们做生意与购物，商店亮灯的橱窗前熙熙攘攘挤满了顾客。面对此景，玛格丽特看到的却是精神层面的黑暗，人们渴望节日祝福和普天同庆，却在拥挤的购物大潮中迷失自我，越发疏离彼此。随着时间的推移，那个时代的消费主义热潮如今已经蔓延到世界各个城市的角落。法国的理论家居伊·德波（Guy Debord）一针见血地指出，这些现象的背后正是资本逻辑对社会的支配。因为促进消费正是为拓展资本主义生产服务；而广大民众则沉迷于将商家对商品的宣传内化为自己的欲望与需要，于是，"纯客观性的拜物教式表象，掩盖了人与人、阶级与阶级之间的关系特征"[2]。

正是在这表面繁华的伦敦城中，大量脱离了土地的底层劳动者却日日过着苟延残喘的生活。小说中的伦纳德就是现代社会赤贫劳动者的典型代表。根据小说的描述，他住在用廉价材料修建的、只能被称为过渡居所的公寓中，属于自己的东西就是一个相框、一幅画和一些书。他日常的饮食包括颜色很深的剩茶、落满灰尘的点心渣、用热水冲开的罐头食品等。因此，他的精神和肉体都营养不良。作为一个贫穷的现代人，他总是渴望更好的食物。作者在小说中写道，如果他生活在还未和土地分离的几个世纪以前，他在世界上会有一个稳定的位置和一份相配的收入[3]，不至于在如今标榜自由平等的城市中却没有一席之地。根据马克思的理论，由于资本、地租和劳动的致命分离，成千上万像伦纳德·巴斯特这样的工人最终沦为自由市场上的商品，即劳动力。他们不再从事满足生命需要的本真劳动，而是拿着维持生存最低标准的工资，被迫从事着一种异化劳动。"在劳动中耗费的力量越多，他亲手创造出来反对自身的、异己的对象世界的力量

---

① E. M. 福斯特：《霍华德庄园》，苏福忠译，上海，上海译文出版社，2016，第103页。
② 居伊·德波：《景观社会》，张新木译，南京，南京大学出版社，2017，第10页。
③ Forster, E. M. *Howards End*. London: Edward Arnold, 1973, p. 43.

就越强大，他本身、他的内部世界就越贫乏，归他所有的东西就越少。"①

只是，像伦纳德一样的资本主义社会的普通劳动者们并不能看透自己压抑、苦难生活的根源，却只是屈从于以商品与资本为代表的物化力量，他们的心理与精神普遍受到压抑与控制。因为在资本主义经济活动中，追逐与获得利润才是终极目的，是促进经济制度的进步和资本的积累的工具。② 个体就如同大机器中的一个齿轮一样，总是服务于外在于自身的目标。卢卡奇曾评论，资本主义社会的劳动者受制于不依赖人之意识的盲目客观力量，无法做自己命运的主人；面对作为庞大整体的机械系统，他们"只能成为旁观者，无能为力地看着自己成为孤立的分子，而后加入异己的系统中"③。小说中的伦纳德就职于波费里昂（Porphyrion）消防保险公司，此处的"Porphyrion"一词影射希腊神话中天神乌拉诺斯（Ouranos）与大地之母盖娅所生的巨人之一。正是这个庞大的巨人迫使伦纳德终日计算、写信，向新老客户解释新规条款；这个巨人有着自己的一套做法规则与道德观，可是像伦纳德这样的普通职员根本无法看清和理解。对于伦纳德来说，"他只了解这架机器中他自己所在的角落，此外就什么都不清楚了"④。"巨人"和"机器"被福斯特用来表达他对资本主义经济运作机构的印象。小说提到，伦纳德喜欢托马斯·卡莱尔（Thomas Carlyle）的文字 ⑤，而卡莱尔作为 19 世纪对英美文化产生重大影响的哲学家，曾对当时的社会特征发表一针见血的评论。他的著作《文明的忧思》针砭时弊，指出当时的英国看上去繁华富有，商品琳琅满目，然而人的精神却空虚浅薄，他们"自

---

① 马克思、恩格斯：《马克思恩格斯全集》第四十二卷，中央中共中央马克思恩格斯列宁斯大林著作编译局译，北京，人民出版社，1979，第 18 页。

② Fromm, Erich. *Escape from Freedom*. New York: Avon Books, 1969, p. 130.

③ 卢卡奇：《历史与阶级意识—关于马克思主义辩证法的研究》，杜章智、任立、燕宏远译，北京，商务印书馆，1996，第 152 页。

④ E. M. 福斯特：《霍华德庄园》，苏福忠译，上海，上海译文出版社，2016，第 173 页。

⑤ Forster, E. M. *Howards End*. London: Edward Arnold, 1973, p. 138.

称成功的工业体系迄今并不成功"①，而且不论是慵懒安逸的富人还是穷困潦倒的工人都受到"无形魔法的围困"②，他们无法控制金钱，金钱也无法带给他们幸福。

福斯特在小说中犀利地指出，在现代社会中，正是"民主的翅膀将阶级与不平等掩盖起来"③，比如，小说中一贫如洗的伦纳德所处的阶层跟施莱格尔姐妹以及威尔考科斯家族所代表的阶层之间，有着尖锐而又难以化解的矛盾。施莱格尔姐妹衣食无忧，通过利用父辈的遗产投资股票而得到稳定的收入，是食利者（rentier）。值得注意的是，作者福斯特本人在现实生活中也是一名食利者，他小时候就和母亲各自继承了他的婶祖母玛丽安·桑顿（Marianne Thornton）的八千英镑，才可以得到良好的教育与居住条件，并无牵无挂地从事写作。④ 威尔考科斯家族的男性成员则是典型的富裕商人，他们对于追逐金钱有着强烈的欲望，甚至将触角伸向海外的非洲国家；而亨利·威尔考科斯的企业中雇用了许多像伦纳德一样穷苦的劳动者。威尔考科斯无意之间对波费里昂公司面临的风险所做的评论、海伦·施莱格尔出于好心向伦纳德传递的消息，却让伦纳德辞职跳槽，又最终被解雇。伦纳德重新就业无果，只能破产，靠乞求亲戚接济度日；而海伦·施莱格尔出于愧疚将自己财产的一半即五千英镑从投资中撤出，送给伦纳德但遭到拒绝，她便改为投资其他股票项目，反而变得更加富有了。

福斯特从社会现实的角度对个体经济收入和人文素养水平的关系与道德给予了深切的关注与反思。在《我们时代的挑战》（"The Challenge of Our Time"）一文中，他深刻批判了充斥着饥饿与沮丧，可谓一团糟的现

---

① 托马斯·卡莱尔：《文明的忧思》，宁小银译，北京，中国档案出版社，1999，第115页。

② 托马斯·卡莱尔：《文明的忧思》，宁小银译，北京，中国档案出版社，1999，第113页。

③ Forster, E. M. *Howards End*. London: Edward Arnold, 1973, p. 43.

④ Delany, Paul. "'Islands of Money': Rentier Culture in *Howards End*". *English Literature in Transition, 1880—1920*. 31.3 (1988): 285.

实世界，并反省了人文主义的局限：我们"拿着丰厚的利息分成，构筑着高高的思想大厦，可是我们没有意识到，一直以来我们都在剥削本国以及海外落后民族的穷人，从我们的投资中得到超过自己应得的利润"①。而且，他借由小说中的人文主义者玛格丽特·施莱格尔之口指出了这种收入或者物质的重要性。玛格丽特曾经对姨妈讲述了自己的观点，像她们这样的人经常会忘了钱的存在，极少细想可靠的收入到底意味着什么；她甚至说这世界的灵魂是经济，而最深的深渊是缺乏钱；在一次聚会上，她还说思想独立很大程度上是经济独立的结果。这样看来，小说中的那句"唯有联结"所代表的人文主义理想，在这样的社会现实面前，是脆弱不堪的，离开了社会阶级与公平正义等问题谈论人文主义联结，自然是空洞与无力的。事实上，不乏学者指出这种人文主义联结观的局限。比如，丹尼尔·伯恩（Daniel Born）就指出，人文主义理想的私人花园和贫富悬殊的公共泥沼之间存在触目惊心的深刻裂隙。②这样的评论与观点不无道理，不过，笔者认为，这样的解读与评论没有充分考虑福斯特作品中非常重要的生态主题所承载的意义。如果我们深入发掘作者通过伦纳德所表现的生态观，便会发现，作者试图传达比自由人文主义理想更为复杂深刻的对于存在问题的思考。

像伦纳德一样的都市底层劳动者由于脱离土地而过上了困苦且异化的生活，与此同时，小说自始至终透露，伦纳德们怀着一种回归大地的渴望与需求。福斯特明确表明，抨击伦敦城市的做法已不再时髦，艺术家崇拜大地的日子已经不存在，就连文学家，或许不久以后也会无视乡村，而从都市中寻找灵感。人们已习惯了伦敦这种大城市里的生存方式，沉浸于热闹的城市生活，不再关注潘神与自然。然而，福斯特仍然认为，"我们

---

① Forster, E. M. *Two Cheers for Democracy*. London: Edward Arnold, 1972, p. 55.

② Born, Daniel. "Private Gardens, Public Swamps: *Howards End* and the Revaluation of Liberal Guilt". *Novel: A Forum on Fiction* 25.2 (1992): 141-142.

来自大地，也必须回归大地"①。那些乡村的人不受办公室的钟点管束，而是根据太阳的运转和庄稼的状态安排劳动；这些日出而作、日落而息的耕种者是英格兰民族的希望。

　　小说中的伦纳德作为农民的后代，总是有意无意地表达自己想要仰望星空、回归大地的愿望。他喜欢阅读经常描绘自然风景、名山大川的拉斯金的作品，并且时而想象自己是梅瑞迪斯小说《理查德·费弗莱尔的苦难》（*The Ordeal of Richard Feverel*）中的男主人公理查德，时而感觉自己像写作《致少男少女》（"Virginibus Puerisque"）的罗伯特·史蒂文森。在《理查德·费弗莱尔的苦难》中，心灵处于放逐状态的理查德第一次震惊地得知自己有一个儿子时，他感到自然将他揽入怀中，一种和谐在自己的整个生命中绽放。他在月夜的林中走了又走，直至黎明到来，同时体会着找到自我的喜悦以及后悔、忐忑、哀伤等复杂情绪。②正如该章的题目"大自然的私语"（"Nature Speaks"）所暗示的那样，作者梅瑞迪斯对从夜间到黎明的大自然景色以及这种风景带给理查德的心理启示有着令人印象深刻的精彩描写。而史蒂文森在散文集中的《徒步旅行》（"Walking Tour"）一文中提出，相较于乘坐交通工具，徒步出行就像小口啜饮美酒，更能品出其韵味。徒步旅行应该单独一人，以享受充分的自由，而且这样可以全身心投入风景，在令人心旷神怡的户外暂时抛除任何理性思考，获得心灵的宁静与愉悦。这样的旅行会将你的整个身心带至无限的领域。③想要摆脱压抑生活的伦纳德受到这些文字的影响，也在某一天从伦敦城中出发，一路前行，独自在乡下林中徒步行走了整整一夜。他后来对施莱格尔姐妹说这样做是想要回归大地。

---

① Forster, E. M. *Howards End*. London: Edward Arnold, 1973, p. 107.

② Meredith, George. *The Ordeal of Richard Feverel: A History of a Father and Son*. New York: Charles Scribner's Sons, 1917, pp. 426-428.

③ Stevenson, Robert Louis. *The Works of Robert Louis Stevenson*. Vol. 2. London: Chatto & Windus, 1911, pp. 406-414.

从出生起就生活在城市文明中的伦纳德崇尚精英文化，总是试图以文学提升自我修养，无奈自己资质平平，也从未领悟到真学之道，以福斯特的话说，他是错将路标当成目标。而且，伦纳德真正需要的并非精英主义的文化修养，而是响应回归大地的召唤。根据荣格的理论，感知回归大地的召唤正是一种集体无意识。不论是作为农夫之孙的伦纳德，还是生活在城市中的大多数人，都具有来自"祖先历史残留"和"遗传力量形成的一定的心理倾向"①。这种回归大地的想法蛰伏在人们的无意识中，超越了个人的经验与心理，在深层次上将伦纳德、施莱格尔姐妹甚至威尔考科斯家联结在一起。当然，我们也很容易将回归大地的绿色理想跟具有浪漫主义色彩的生态观联系起来。那么，福斯特是否只是怀着不切实际的怀旧之情，简单浪漫地赞颂昔日的前现代文明呢？实际上，许多人都注意到了福斯特在《霍华德庄园》中的怀旧与田园情结。一方面，有学者指出福斯特在该部小说中对于现代化对城镇与乡村的冲突持天真、简单的态度，比如杰里米·坦布林（Jeremy Tambling）指出，福斯特只是随心所欲地赞颂了农业的、无工业与前机械的图景②；保罗·德拉尼（Paul Delany）也认为，福斯特小说中存在同时代文学中常见的一种危险处境，即墨守一种怀旧之情，从而未能表现普通民众当代生活中的问题与热情③。另一方面，也有学者从不同的视角评论该小说，伊丽莎白·欧特卡（Elizabeth Outka）认为，小说反映了当时将怀乡之情商业化的社会现象，也表达了福斯特将地方作为集过往记忆与未来理想于一身的载体④；而朱迪思·威斯曼（Judith Wiessman）则在霍华德庄园这一神话般的空间中看到，被现代社会工业

① 荣格：《心理学与文学》，冯川、苏克译，南京，译林出版社，2011，第 100 页。

② Tambling, Jeremy. *E. M. Forster*. New York: St. Martin's, 1995, p. 2.

③ Delany, Paul. "'Islands of Money': Rentier Culture in *Howards End*". *English Literature in Transition, 1880—1920*. 31.3 (1988):294.

④ Outka, Elizabeth. "Buying Time: *Howards End* and Commodified Nostalgia". *Novel: A Forum on Fiction* 36.3 (2003): 330-350.

化、城镇化所摧毁的乡村文化，借助从鲁丝到施莱格尔姐妹一脉相承的精神性得以复活，与农事活动联系密切的施莱格尔姐妹的生存方式暗含着"可能颠覆威尔考科斯式商业帝国的新经济秩序的开始"[①]。笔者认为，此时福斯特已经超越了早期那种浪漫主义的生态意识，或者说，在《霍华德庄园》中，福斯特通过伦纳德·巴斯特展现的是一种"想象性、复杂型的田园主义"，而非"大众的、感伤的田园理想"。[②]

根据利奥·马克斯在《花园里的机器》中的界定，大众的、感伤的田园理想表达了退回到原始、纯朴、和谐、幸福乡村生活的感伤情趣。无论是这种类型的农耕神话，还是怀旧田园诗，都倾向于将乡村生活理想化，对于现实持肤浅、歪曲的看法，因而容易无视与掩盖工业文明真正棘手的问题。然而，想象性、复杂型的田园主义文学作品也源于归隐田园的冲动，却以更加敏锐的感知和想象力把握事件本身的意义，以及事件所在时代的典型特征，并揭示田园情境的政治寓意和权力关系，因此也显得更为复杂与深刻。从《霍华德庄园》的伦纳德身上，我们可以看出，福斯特并非只是寄托一种玫瑰色的美好怀旧之情，而是时刻不忘记将资本主义现代化的强大力量所催生出的贫富悬殊的真实世界跟渗透在字里行间的田园主义想象进行并置。伦纳德痴迷地阅读拉斯金的散文，陶醉于充满诗意的景色描写，但当他抬起头却只觉得自己的小房间昏暗而闷热。福斯特评论说，那些文字中的声音充满了美、同情和爱，可总是避而不谈像伦纳德这样的人生活中最真实、常见的事情，只因那声音来自一个"从来没有受过穷、挨过饿的人"[③]。当伦纳德受到所读文字的激发而独自夜行后，他向施莱格尔姐妹讲述了自己的经历。施莱格尔姐妹好奇而兴奋，称他是冒险

① Wiessman, Judith. "*Howards End*: Gasoline and Goddesses". *Howards End*. Ed. Alistair M. Duckworth. Boston: Bedford Books, 1997, p. 444.

② Marx, Leo. *The Machine in the Garden*. New York: Oxford University Press, 1964, p. 5.

③ E. M. 福斯特：《霍华德庄园》，苏福忠译，上海，上海译文出版社，2016，第59页。

者，还向他打听沿途的风景。他说到处都是一片漆黑，路上坑坑洼洼，自己在林中迷了路，到处都是吓人的灌木丛。施莱格尔姐妹询问，拂晓时分的景色是否如书中一样美妙，伦纳德则回答说没有什么美妙的，只是灰蒙蒙的一片，更糟糕的是，他又冷又饿，根本无心观看风景，只感觉糟透了！

值得注意的是此处两种林中旅行的并置，一种旅行是伦纳德所读文字中对于林中独自旅行的生动精彩描述，另一种则是伦纳德亲身体验的独自夜行的感受。像伦纳德这样的人在脱离大地的城市中过着灰暗、机械、困苦的现代生活，然而内心仍然残存着渴望回归大地的集体无意识。当在书中看到书写自然与大地的优美篇章之后，他们心中便燃起了与自然和谐相融的绿色田园梦想。只是，福斯特显然认识到了这种田园梦想中自恋与幻象的危险成分。那铺满落叶的树林、妙不可言的晨曦、芬芳四溢的花朵，说到底都是依赖于人的感知产生的意象，和谐与恬静只是一时的主观感受，这种感受使人忘记了美景之下所潜伏的巨大危险，比如那样的树林曾让伦纳德迷失其中、又冷又饿且深感恐怖。在小说接近末尾的地方，伦纳德更是死在了霍华德庄园这一象征田园理想的地方。因此，通过两种旅行描写的并置以及伦纳德的结局，福斯特告诉人们，自然不依赖于人的感知，而是自在存在的事实，揭示了浪漫感伤的田园理想的盲目性以及真正的田园世界的残酷性，从而表达了一种基于现实的真实复杂的田园主义思想。

这种复杂的田园主义跟情感型田园理想一样源于对技术的批判和对绿色的遐想，只是前者能够同时意识到遐想的对立面以及历史的真实。福斯特通过伦纳德这个人物的塑造，展现了田园理想在想象性文学中所具有的影响力。虽然我们不能夸大这种力量，但是在《霍华德庄园》首次出版的20世纪初，新旧力量剧烈冲突，这样的田园理想能够将逝去的绿色乡村和崛起的充斥着新技术的城市进行连接，它通过连接两者的方式，唤起人们内心深处曾经与栖身之地结为共同体的无意识，也帮助人们应对因面临日新月异的变化而产生的强烈无措感。在小说中，玛格丽特·施莱格尔曾经说，伦纳德夜行是为了摆脱令人窒息的迷雾，寻找真正的家；而大家都在和灰色的日常生活做斗争，有些人的斗争就是"靠记住某个地方——某个美丽的地方或者树木"来进行的。① 虽然伦纳德向往并最终看到、感受到的那些星星与树木、微风与晨曦未能改变他的现实处境，却已经进入了他的日常生活和内心深处。

第二节　流动感与扎根性

上一节提到，在《霍华德庄园》中，无数像伦纳德一样的农民后代由于跟土地的分离，像无根的浮萍般在城市中漂泊，过着异化与困苦的日子。事实上，不仅是伦纳德，像威尔考科斯这样富有的商业家族同样无法定居一处，而是四处流动。这样无根的流动生存跟栖身霍华德庄园所代表的扎根地方的生活方式形成鲜明的对比。不同的生存与生活方式又跟各种各样的空间、地方紧密相连。本节拟从 20 世纪文化地理学中的空间（space）与地方（place）概念出发，解读福斯特在该小说中的多重生态空间书写及这些空间对于存在的意义，并以此探究作者扎根地方的生态共同体想象。

一、空间规划与地方体验

在《霍华德庄园》中，福斯特细致地刻画了爱德华时期与不同社会阶级相关联的千差万别的各种英国的空间与地方，比如伦敦西边体面的威科姆街区、郊区廉价简陋的过渡性居所、位于英格兰与威尔士边界的奥尼顿

---

① Forster, E. M. *Howards End*. London: Edward Arnold, 1973, p. 140.

山庄、迪西街的豪华公寓、英格兰南部风景优美的斯沃尼奇，当然还有与大地紧密相连、充满精神性的霍华德庄园等。通过这些空间与地方的描写，福斯特试图传递它们所承载的时代精神以及其对于人类生存的意义。

在《霍华德庄园》首次出版的那个年代，即 20 世纪初，国际协商、技术创新以及文化领域翻天覆地的变化催生了思考与体验时空的全新模式，出现了既非主观又非客观，但又合并了主观性与客观性的"世界标准化时空"①，也造成了繁忙、疏离的伦敦都市时空和缓慢、连续的乡村时空之间的断裂。这样的时空观在小说中亦有明显的表现，那种非持久的、充斥都市商业经济气息的"空间"跟扎根过去与大地的"地方"之间的张力始终扮演着关键的作用。"空间"与"地方"是两个有所区别又相互交织甚至可以彼此替换的概念。此处的"空间"与"地方"概念可分别对应菲尔·赫巴德（Phil Hubbard）在《空间／地方》一文中指出的两种盛行于 20 世纪 70 年代左右的空间理论：前者是运用西方马克思历史唯物主义方法解读的社会空间，后者是带有人文主义哲学色彩的生存地方。② 这两种空间理论质疑并反驳了传统地理学中的"经验—物理"绝对空间概念，且都认为空间跟社会关系、主体认同、生存问题等都有难解难分的紧密联系。"空间"概念被用来研究社会空间中的支配与抵抗关系以及空间的生产与消费；而"地方"概念则强调与个体特定的情感、体验、记忆息息相关的地方感，主张特定的地方由于人的境遇和体验而被赋予意义。

如果以历史唯物主义的视角来看待空间，那么，现代空间绝对不是本身不参与塑造社会关系的空白画布或者仅仅用来容纳社会活动的单纯界面。反之，资本主义世界中的空间有着自己的特殊性与历史性，即被资本

① Kern, Stephen. *The Culture of Time and Space:1880—1918*. Cambridge, MA: Harvard University Press, 1983, p. 34.

② Hubbard, Phil. "Space/Place". *Cultural Geography: A Critical Dictionary of Key Concepts*. Ed. David Atkinson. London and New York: I. B. Tauris, 2005, p. 41.

支配的空间。列斐伏尔在《空间：社会产物与使用价值》一文中犀利地批判了资本主义社会中抽象空间的生产，指出，人们以为社会改造的只是自然空间，却没有意识到，自然空间早就已经在人类的征服活动中消逝，而空间总是某种社会的产物。在现代资本主义社会中，空间作为整体进入了生产方式中，无论是地表、地下，还是海洋、空中的空间，都成了生产资料或者生产出来的产品；并且，从物体的生产到空间本身的生产导致了"现代经济的规划倾向于成为空间的规划"①。空间的规划与生产正是《霍华德庄园》中所凸显的一个问题。小说所描写的伦敦，从城中到郊区到处都在拆迁与重建。无论什么地段，到处可见旧的房屋纷纷被拆掉，崭新的公寓及其他建筑物拔地而起。②施莱格尔家族从其父辈就居住的位于威科姆老街的房子同样难逃即将被拆迁的厄运，因此，姐姐玛格丽特·施莱格尔就开始四处物色新的居住之所。于是，整部小说都围绕着到底该住在哪里的问题展开。

　　小说中所描述的伦敦城市的规划与修建，就是基于将空间视为二维地图的认知。人们把空间看作一个空荡荡、毫无差别的容器，可以"客观地根据其功能性、经济效率甚至规划开发者的一时兴致"任意操纵摆置。③在地理学家迈克·克朗（Mike Crang）看来，按照理性主义逻辑对土地进行设计并将整齐划一的秩序强加于土地的做法，反映了"笛卡尔式的世界观"，强调"人类理智对于自然的权威"。④作为观察者的人和空间是分离的，人按照科学知识决定土地的用途并对之随意处理改造。这会产生两个方面的后果。一方面，正如前文所讲，在 19 世纪之初，铁路修建等技

① 列斐伏尔：《空间：社会产物与使用价值》，载包亚明主编《现代性与空间的生产》，上海，上海教育出版社，2003，第 47 页。

② Forster, E. M. *Howards End.* London: Edward Arnold, 1973, p. 44.

③ Relph, E. C. *Place and Placelessness.* London: Pion Limited, 1976, p. 23.

④ 迈克·克朗：《文化地理学》，杨淑华、宋慧敏译，南京，南京大学出版社，2003，第 133 页。

术的发展催生了按照精确的度量单位进行划分的标准化空间模式，也加强了资本主义社会对抽象空间的控制与生产。这种做法抹除了源于自然、历史、性别、身体等要素的差异，以疯狂再生产的形式产生了重复性、均质化的空间。在《霍华德庄园》中，不论是伦纳德所在的郊区地带，还是施莱格尔姐妹的威科姆老街所在的西区，都在拆除旧屋，然后统一建造可供更多人居住的高层公寓楼。唯一的区别就是，富裕地区的公寓楼会更加豪华，从城中到郊区，都耸立起一幢幢千篇一律、毫无生气的写字楼、公寓等建筑。另一方面，根据效率与用途的专业知识规划并生产的现代城市空间，看似反映出成熟的技术和繁荣的面貌，表面上提高了人们生活的便利程度，却产生了非人格化的现代都市景观，将人与身边空间的联系以及人对环境的责任感降到了最低程度，进一步导致了道德、审美以及情感上的危机。在福斯特的笔下，这种危机首先体现在伦敦一片灰色的街景之中，就连日常生活也是单调的灰色。住在廉价公寓中一贫如洗的伦纳德自不用说，他已经站在了深渊的边缘；施莱格尔姐妹一再表明自己厌恶没完没了的搬家和变动；就连视变化为商机、从不深思精神层面的问题的亨利·威尔考科斯也感觉到了生活的孤独，无形中受到重视精神生活的玛格丽特的吸引，并在经历了精神崩溃后寻求玛格丽特的帮助与抚慰。

　　都市人群的情感危机部分源于现代空间对于心灵的影响。现代城市的空间规划并不考虑人与大地的直接交互体验，以及想象、精神价值等要素，而只是基于地图符号和土地利用率的粗暴命令。因此，更加注重人与大地互动的地理学空间理论运用现象学哲学方法，强调对于人类生存至关重要的"地方"概念。在这种视角下，对于空间的研究不应该只是进行科学的描述以及资料数据的收集，而是应该探究空间所包含的人类意向和隐于表面现象之下的意义。因此，"地方"绝不仅仅是一些事实的集合体，而是代表了一系列的文化与精神特质。生活在一定地方的人们的思想与行为方式不断地与这个地方进行勾连，结果就是地方"为人们提供了一个系物桩，拴住的是这个地区的人与时间连续体之间所共有的经历"①。随着时间连续体的推移，空间变成了"地方"，在过去、现在和将来的全部时间把人们系于它的周围，形成共同体一般的存在。在《霍华德庄园》中，施莱格尔姐妹自出生起就居住的威科姆街老房所面临的拆迁，这对她们造成了巨大的影响。对于她们来说，不得不搬离承载着无数记忆的常住之地意味着人生中的一次断裂，一次时间连续体中的断裂。这种断裂使施莱格尔姐妹产生了持续的失落与焦虑感，失落是由于过去所拥有的自以为持久的人与物的小范围共同体即将逝去，焦虑则是因为不知能否找到新的合适住所，毕竟她们不想租一个现代社会中那种"得到容易、放弃也容易"的过渡住所。② 此外，由于伦纳德失业、玛格丽特与亨利订婚、海伦未婚先孕等种种事件的发生，海伦与玛格丽特的关系出现严重的疏离。后来，姐妹俩在霍华德庄园重逢，当时威科姆街老房子里的家具被埃弗丽小姐摆放在了庄园房间中，这在某种程度上修复了之前由于搬家而断裂的纽带，过去以这样的方式回到了现在。海伦打量着从小熟悉的那些餐桌、书架、椅子以及父亲的宝剑等，"渐渐恢复得更像过去的海伦"③。在这样的氛围中，姐妹俩很自然地开始谈论家具的摆放、椅子上的咖啡渍，以及关于父亲与童年的琐事。正是通过与空间相连的经历、体验和记忆，施莱格尔姐妹弥合了之前的感情裂隙，和好如初，恢复了之前的亲密关系。

长期生活在一个地方的人们，在体验地方之物质特征的基础上，还能够感受到一种超越性的精神与情感上的依恋。这时，"地方"不再仅仅是可见的、表象的空间，而是深入人们的心灵深处，福斯特的小说呈现了这种人与"地方"的交融所赋予人们的情感意义。弗雷德里克·詹姆

① 迈克·克朗：《文化地理学》，杨淑华、宋慧敏译，南京，南京大学出版社，2003，第131页。

② E. M. 福斯特：《霍华德庄园》，苏福忠译，上海，上海译文出版社，2016，第57页。

③ E. M. 福斯特：《霍华德庄园》，苏福忠译，上海，上海译文出版社，2016，第371页。

森（Fredric Jameson）曾经在《现代主义与帝国主义》（"Modernism and Imperialism"）一文中评论道，福斯特将"地方的精神特质作为一切大地之美的基础，并进而将其阐释为某种由亲密的人类关系和直接体验的土地风景所构成的双重救赎系统"[①]。笔者认为，福斯特借由文学的方式表达了人类嵌入并扎根周围生态环境的重要性，表达了一种涵盖且超越人类关系的共同体意识；并且，这种生态共同体意识通过流动性与扎根性的鲜明对比得以强调和凸显。

在《霍华德庄园》中，福斯特多次感慨，现代文明是一种游牧文明，其最大的特征就是流动性。小说中的威尔考科斯父子就是这种流动性的典型代表，其背后则是资本和技术的驱动。作为实干主义的商人，他们对文学、艺术、大地之美等并无兴趣，只看重实实在在的物质和利润，他们的生活也总是处在不断的、快速的变动之中。作为富商的代表，威尔考科斯家族拥有多套房产，而且不断进行现有房产的出租、出售以及新房产的购置。除了乡下的霍华德庄园、奥尼顿庄园以及长子查理·威尔考科斯婚后所住的房子，威尔考科斯家在伦敦威科姆街、迪西街也有公寓，而亨利·威尔考科斯购入迪西街的公寓不久后又准备将其卖出，准备另外在城里置办一套房子。用他自己的话说："一切都在快速变化，是做生意的好环境。"[②] 这种快速的流动和变化的背后正是资本的驱动，只有在变化中资本才能够创造更多的利润。而且，从威尔考科斯家族的商业背景中，还可以看到技术与资本的相互推动和促进关系：追逐更多利益需要提高效率，发展新技术；而技术的发展又促进了资本的积累。威尔考科斯家拥有多辆在当时十分昂贵的汽车，为了提高办事效率，乘坐汽车是他们主要的出行方式，正是汽车制造技术的发展大大提高了社会的流动性。亨利·威尔考科

① Jameson, Fredric. "Modernism and Imperialism". *The Modernist Papers*. London and New York: Verso, 2007, p. 161.

② E. M. 福斯特：《霍华德庄园》，苏福忠译，上海，上海译文出版社，2016，第 228 页。

斯能够积累大量的财富，主要是靠从事橡胶生意，橡胶又与汽车制造等技术发展紧密相关。实际上，在19世纪和20世纪之交的几十年间，橡胶成了风靡工业化城市的最热门的重要商品，也使得自行车与汽车数量激增，汽车速度迅猛提升。[①] 技术所推动的速度的提升不仅进一步促进了旅行文化的普遍化，更是剧烈地颠覆了人类在时空中的体验结构和表达形式。

　　技术推动的速度提升不断压缩时空，人们可以在很短的时间内出现在相距甚远的多个地方，之前由于远距离导致的相互隔离、并无联系的各个地方似乎被连成了统一体。无独有偶，同样在这几十年间，另一项对生活与文化产生重大影响的技术——胶片电影问世，它可以将大量图片同时展现并形成统一的整体。这两项技术的相似性与联系显而易见。当人们坐上高速行驶的汽车与火车，观看窗外的风景就像观看胶片电影一样。在小说中，听说海伦订婚的消息，朱莉姨妈心急火燎地乘坐火车前往霍华德庄园拯救外甥女。福斯特以胶片电影式的手法描写了朱莉姨妈乘坐火车的体验：火车一路向北，穿过一个个的隧道，一会儿出了隧道看见了亮光，接着又倏地钻入另一个隧道。她跨越宏大的高架桥，绕过绿色草原、梦幻般的河流和宁静的公园，又跟无尽的大北方公路并肩而行。[②] 在詹姆森看来，电影技术和现代主义语言的结合提供了某种介于主体与客体之间的第三种空间现实。[③] 一方面，胶片电影式的感知不是客观现实，无论在车窗内所看到的一闪而过的风景，还是胶片中呈现的图片，都绝非本真或真实；另一方面，这种感知也被剥夺了某些主观体验，这种情况下人主要通过视觉感知空间，嗅觉、听觉无法发挥作用，空间对人心理上的触动大大减少。朱莉姨妈就对窗外的景色毫无任何心理触动，她所关心的就只有尽快到达

① Bradshaw, David. "*Howards End*". *Cambridge Companion to E.M. Forster*. Cambridge: Cambridge University Press, p. 164.

② E. M. 福斯特：《霍华德庄园》，苏福忠译，上海，上海译文出版社，2016，第15页。

③ Jameson, Fredric. "Modernism and Imperialism". *The Modernist Papers*. London and New York: Verso, 2007, p. 159.

旅行的目的地，以便履行将海伦从混乱中拯救出来的使命。

人类最初对空间的认识源于身体的感知，比如"表面"与皮肤、测量单位与方向和身体组织结构的联系等，这种"空间概念是植根于生理有机主义之中的"①。人在空间中旅行，就意味着各种感官与空间发生全方位的亲密接触与互动。然而，在机械技术代替人类心理感知的条件下，人与空间只能以有限、特定的方式进行互动，正如从车窗内看到窗外倏忽而过的风景。虽然技术导致的时空压缩似乎将遥远的几个地方连接起来，然而，人们不再拥有过去那种与地方长期、紧密、有机的互动，因而丧失了与地方亲密互动而产生的同一性与归属感，也就在某种程度上变得更加隔绝与孤独。福斯特在小说中详细描述了玛格丽特乘汽车旅行时那种空间感的丧失。她第一次坐车前往霍华德庄园时，天公不作美，天上灰蒙蒙的云团似乎暗示了哈福德郡不欢迎开车的人前来，而那些驱车风驰电掣般行驶的绅士则完全不会留意山水之美。当玛格丽特试图看向窗外的风景，发现风景起起伏伏，模糊得好像煮沸的粥，那些"房屋、树木、人群、动物、山川都若隐若现，混合成一团脏兮兮的东西"②。实际上，玛格丽特每次坐上汽车都会感到失去空间感。到奥尼顿山庄参加婚礼时，她乘坐的汽车更是在乡间路上撞死了一只猫，玛格丽特要求下车查看却被拒绝，于是她从车上跳下来，弄伤了手。之后她坦言，从伦敦驱车一路走来的行程都不真实，那些驾车旅行的人不能融入大地，感受不到与土地的感情。

福斯特敏锐地感知并呈现了 20 世纪初的现代伦敦所代表的现代化城市的扩张与发展，以及当时"世界的流动变化所产生的世界主义而非归属特定地方的生活基调"③。正如斯蒂芬·科恩（Stephen Kern）所说："世界

① Kern, Stephen. *The Culture of Time and Space:*1880—1918. Cambridge, MA: Harvard University Press, 1983, p. 134.
② E. M. 福斯特:《霍华德庄园》，苏福忠译，上海，上海译文出版社，2016，第 257 页。
③ Thacker, Andrew. "E. M. Forster and the Motor Car". *Literature& History* 11.1 (2000)：39.

向着未来飞驰，就像冲向北大西洋的泰坦尼克号，站在船上向前看的人，不光预见时光旅行的奇迹，也预见了即将到来的轮船失事。"[1]技术发展带来的快速变化的视觉冲击和时空压缩使人们产生全新的体验，却也剥夺了人与空间的亲密接触、感官体验与回忆，使得人和周围环境融为一体的归属感日益消逝。如果说地方是人存在于世的关键要素之一，是个体以及集体安全感与认同感的源泉，那么，至关重要的一点就是不能失去体验、创造、维护充满意义的栖身之所的方式。然而，种种迹象表明，这些存在方式正在消逝，而"无地方性"成了支配力量，不断削弱着独特多元的亲身体验和地方认同。因此，探究"地方"与众不同的本质特征以及人在地方中的体验至关重要，应该设法创造与保护对我们的生存来说意义非凡的地方情境。福斯特在小说中将流动的城市空间跟具有地方色彩和民族特性的空间进行并置，强调扎根地方的生态共同体的重要性。

二、主体认同和本真存在

在小说《霍华德庄园》中，伦敦城区到处都在统一规划修建非地方性的公寓，无法使人找到归属感。与之相反，霍华德庄园以独特多元和融入大地的特质，激起居住之人浓厚的依恋之情。霍华德庄园的原型正是福斯特小时候跟母亲一起居住过十年之久，叫作"鸦巢"的房屋。取名"鸦巢"是因为房屋所在地曾经是一个叫作"鸦巢"的带农场的小村庄，虽然小村庄已经消失不见，但这个名字还是保留了下来[2]，连接了过往的历史和当下的时光。福斯特15岁的时候曾经写下一篇题为《鸦巢》（"Rooksnest"）的随笔。在文中，他回忆了初次来到"鸦巢"那天的所见所闻以及房屋内外构造的种种细节，还详细描述了周边农场的动植物和邻居等。当然，他

---

[1]　Kern, Stephen. *The Culture of Time and Space:1880-1918*. Cambridge, MA: Harvard University Press, 1983, p. 88.

[2]　Moffat, Wendy. *A Great Unrecorded History: A New Life of E. M. Forster*. New York: Farrar, Straus and Giroux, 2010, p. 28.

也提到了后来出现在小说中的那棵位于房子旁边、令人印象深刻的高大的山榆树,"树干上离地四英尺左右的地方,有三四颗野猪的獠牙深深地嵌在粗糙的树皮中"①。跟小说中的情形一样,这些曾经带给人们无限稳定感的"地方"即将消失在伦敦郊区快速剧烈的变化之中。这处童年的故居在福斯特的生命中占据关键的位置,那世外桃源般的所在是福斯特在心中无数次遥望与返回的家园。

作为浸润了浓郁个人体验色彩的地方,"家园"对于人类心理与灵魂具有不可估量的重要性。巴什拉(G. Bachelard)曾在《空间的诗学》(*The Poetics of Space*)中指出,我们对于家屋的研究不应停留在描述层面,并将房屋作为对象去分析其形状、特征、舒适因素等,而是应当以心理学与现象学的方法,发掘内在于居住功能中的依恋感,探究我们该如何栖居于重要的空间或者日复一日扎根于世界的某个角落。② 家屋作为我们在世界上占据的角落,就是我们的原初宇宙。这个"家"就是"鸦巢"之于福斯特,霍华德庄园之于鲁丝·威尔考科斯,也是威科姆街老房之于施莱格尔姐妹。家园对他们早期的心理认同产生了不可估量的影响,以一种强有力的力量将他们的回忆、思想、幻想以及对未来的期许融合在一起。没有了家,他们就成了流浪者。因此,家园以庇护与象征等多重功能参与了人类身体与灵魂的原初认同。不仅是家园,空间的意象本身就跟人类的心灵与精神联系十分紧密。当荣格试图分析人类的灵魂或者精神世界时,他将精神意象比作一幢房子,位于上层的是陈设气派的现代风格,下层则摆放着陈旧的中世纪家具,地窖中可以发现罗马时代的痕迹,而更深处的洞穴里却是原始人的文化遗留甚至冰河期的动物残骸。③ 在此,荣格将人的精神

---

① Forster, E. M. *Howards End*. London: Edward Arnold, 1973, p. 346.

② Bachelard, G. *The Poetics of Space*. Trans. Maria Jolas. New York: The Orion Press, 1964, p. 4.

③ Jung, C. G. *Contributions to Analytical Psychology*. Trans. H. G. and Cary F. Baynes. New York: Harcourt, Brace, 1928, p. 119.

结构同建筑的空间结构相联系，从而试图解释原型这种"所有人所共有的相同精神结构"①。原型揭示了只关注日常生活的人们所忽视的心灵深处神秘阴暗的角落，能够更加深刻地揭示人类与自然、地球以及宇宙的联系。②

家或者居所的种类有千千万万，而那种生态共同体式的具有立体空间式的家园更能丰富人们的内心与想象。在笔者看来，无论是福斯特本人曾经在"鸦巢"度过的生活，还是小说中两任威尔考科斯太太栖居于霍华德庄园的存在方式，都是人类扎根大地，跟土地之上、天空之下的万物相融合的生态共同体的典范。小说开篇就通过海伦写给姐姐玛格丽特的书信介绍了霍华德庄园：略显陈旧的三层红砖房子本身并不大，旁边依着那棵最显眼的高大的山榆树，除此之外还有橡树、梨树、苹果树、青梅树以及葡萄藤架，花园和草坪上有野蔷薇形成的花环，再远处还有鸭子、牛等动物。完美融入这一切的还有怀抱一束干草、拖着长裙在潮湿的青草地上漫步的鲁丝·威尔考科斯。鲁丝一直给人沉静的印象，无论是生活琐事、政治、艺术还是各种人群，都不能激起她特别的兴趣。唯有谈到她眼中真正的家霍华德庄园时，她的声音才加快了节奏。③鲁丝的生活状态跟她的丈夫、儿子形成鲜明的对比。亨利·威尔考科斯及其两个儿子并不留恋霍华德庄园，他们拥抱新技术，过着以流动性为商机、以金钱与效率为导向的现代生活。鲁丝不属于这种急速变化的时代，她属于这座庄园和那棵高耸的山榆树，"是一束干草，一束花"④。对比之下，福斯特更加推崇鲁丝这种融于大地的心理状态与生活方式，因为这种生存形式更加能够体现生态环境对主体认同的重大意义。

---

① Stevens, Anthony. *Jung: A Very Short Introduction*. New York: Oxford University Press, 1994, p. 47.

② Jung, C. G. *Contributions to Analytical Psychology*. Trans. H. G. and Cary F. Baynes. New York: Harcourt, Brace, 1928, p. 118.

③ E. M. 福斯特：《霍华德庄园》，苏福忠译，上海，上海译文出版社，2016，第84页。

④ E. M. 福斯特：《霍华德庄园》，苏福忠译，上海，上海译文出版社，2016，第89页。

自笛卡儿哲学以来，肉体与精神的两分对立日益得到强调。在《第一哲学沉思集》中，笛卡儿指出，肉体和精神有着巨大的差别，"肉体永远是可分的，而精神完全是不可分的"，只有当人在精神层面思维的时候，才能把"自己视为一个单一、完整的东西"。①这种"我思故我在"的论断使得人们在定义主体性的时候，将精神或者灵魂置于优先地位，忽视肉体与感官体验的重要性。于是，人类定义主体性时，将其从身体中抽离出来，当然也彻底摆脱了人所嵌入的生态环境。然而，正如莫里斯·梅洛－庞蒂（Maurice Merleau-Ponty）在《知觉现象学》中所言，所有关于世界的知识，"都是基于我自身独特的视角，或者来自我在世界上的体验"，正是"通过我的体验或者意识，世界才开始在我的周围形成并为我而存在"。②理性抽象的科学认识以及"我思"本身都建基于人们直接体验的世界，体验就意味着"跟世界、身体、他人建立内在的交流"③，这种内在交流其实就是人跟他人以及世间万物、环境等的内在联系。如果没有这种联系与体验，没有"思"所指向的人与万事万物交错纠缠的世界图景，"我思"只会是一片空白。因此，主体认同不能走上脱离肉体或身体、脱离生态环境的本质论道路。换句话说，并不存在绝对本质内在的人，相反，人总是处在世界中，也只有将人与生态环境或其他所有生存形式联系起来，人才能真正认识主体自己。

福斯特在《霍华德庄园》中非常强调栖身之所对人类的重要意义。他并非将房屋及其他事物当作僵化客观的对象，而是认为它们都是活生生的，这种鲜活感正是人与物、人与生态环境内在联系的结果。在小说中，海伦曾经问玛格丽特，既然她认为构成这世界的经线是金钱，那么纬线是

① 笛卡尔：《第一哲学沉思集》，庞景仁译，北京，商务印书馆，1986，第 90 页。

② Merleau-Ponty, Maurice. *Phenomenology of Perception*. Trans. Colin Smith. London and New York: Routledge, 1958, p. ix.

③ Merleau-Ponty, Maurice. *Phenomenology of Perception*. Trans. Colin Smith. London and New York: Routledge, 1958, p. 111.

什么。玛格丽特回答说，对于她自身而言，纬线就是栖身之所。她们一直以来的栖身之所是威科姆街一带，而对于鲁丝·威尔考科斯来说，栖身之所是霍华德庄园。借由玛格丽特之口，福斯特指出了长期固定的栖居地对于生存甚至生活的重要性。然而，当现代社会流动性日益加剧，玛格丽特姐妹由于老房拆迁而被抛入一种无根的处境。玛格丽特迟迟不能定下新房的选址，因为她想要找到适合永久扎根之地，重新恢复人与生态环境密切融合的和谐状态。在一个雨天，玛格丽特独自待在霍华德庄园的房间里，听到了房子的阵阵回响，她询问是否有人，没有人回答，却又响起回声。她感到那是房屋的心脏在跳动，开始是轻轻的，随后愈发响亮，如进行曲般盖过了窗外的雨声。[1]另外一次，在跟亨利共进午餐时，玛格丽特更是明确表达："房子迷住了她"，"房子是活生生的"。[2]另外，作者详细描述了房屋被推倒并消失的过程，说房屋有着各种各样死亡的方式，有些发出悲剧般的怒吼，有些悄无声息地转化为城市中的鬼魂，有些则在身体死亡之前便已灵魂脱壳。[3]他使用了"死亡"一词来对应之前房子的活力，这种活力正是人生活在房中、人与物联系互动所赋予房子的。因此，威科姆街老房在倒塌之前便已经成为僵尸，只有三十年来生活在其中的人的种种经历和幸福记忆才能赋予它温情；而因为这老房的变故，玛格丽特姐妹才会神不守舍、手足无措、焦虑失落。由此可见，人与栖身之所之间是彼此不分的深度融合关系，人的认同、情感与生活时刻都被栖身地所影响与规定。如果是这样，那么，人的主体认同的边界就不应该只限于人的思维甚至人的身体界限，而是应该扩展至人的栖息地，囊括生态环境中的其他存在形式。

小说中的鲁丝·威尔考科斯以及施莱格尔姐妹都喜欢永久扎根于栖

---

[1] Forster, E. M. *Howards End*. London: Edward Arnold, 1973, p. 198.

[2] Forster, E. M. *Howards End*. London: Edward Arnold, 1973, p. 151.

[3] Forster, E. M. *Howards End*. London: Edward Arnold, 1973, p. 254.

息地，本能地希望跟栖身之地深度融合。当鲁丝·威尔考科斯听说玛格丽特不得不离开自出生起就一直居住的威科姆街老房，她不仅满怀同情与难过，而且激动地直言，经历这样的事情比让她去死还糟糕。她感慨道："如果人们不能在自己出生的房间里死去，那么所谓的文明还文明吗？"①对于鲁丝来说，她绝对不能忍受跟自己所扎根的霍华德庄园生生分离，她已然将霍华德庄园当作自我认同的一部分。与之相反，威尔考科斯家族的男性成员似乎从未细想过生态环境对于自己的真正意义。他们选择住所时，仅仅将价值、效用等当作考量标准。亨利·威尔考科斯曾表示，放弃迪西街的公寓是因为后面有马场这个缺陷，不住在美丽的奥尼顿山庄，是因为旁边有河流，导致房子很潮湿，当然，他也不会住在霍华德庄园，因为那地方又小又旧，而且不如住在城市里做生意方便。结果，他们永远处在不断变动居所的状态中，根本谈不上跟栖息地融合。

基于效用与价值的理性考量是现代西方思维的主流，这种理性思维只能看到事物之间的表面联系，即因果联系。人们会想方设法运用技术手段利用或改变这种联系，使其可以为己所用，许多生态学理论也无法忽视物种之间的紧密联系，强调一个物种的存亡会导致其他物种的变化。而且，物种的区分和独立性被视为理所当然的真理，并应用在研究动植物等物种的生物学中。人们广泛使用的分类系统根据生物之间的差异，为物种划分界线，并为每个物种贴上标签。然而，近年来的研究结果显示，那些被认为由单独一整套基因控制的某一种有机体，事实上或许是两种甚至多种有机体相互依赖、和谐共生的集合体。甚至，人类和其他物种也具有这样的共生性。研究发现，世界上有许多独立于人体但又与人类具有共生关系的存在形式，比如：对于人类存活至关重要的肠道菌群，像独立于植物的叶绿体一样具有独立性的人体细胞中的某些细胞器，独立于人体细胞的线粒

---

① Forster, E. M. *Howards End*. London: Edward Arnold, 1973, p. 81.

体等。① 此外，人们发现，仅仅凭借基因突变与自然选择，哺乳类动物的演化不可能达到如此迅速的程度，可以说，物种群甚至整个有机体的共同体在某种程度上是共同演化（co-evolve）的关系。② 这些研究成果指向与西方主流的因果联系论背道而驰的内在联系论。如果说生物之间都是相互依存的共生、共同演化关系，那么就会产生一系列的问题：我们该如何划分生物之间的界限？人与非人世界又是否可以分离？将人作为区分于其他存在形式的离散实体进行定义与研究又有无意义？

定义主体离不开主体所处的地方情境，自我认同和地方之间具有紧密交织的内在联系。生命体跟周围的特定存在形式及事件发生联系，在特殊的经历中产生特定的记忆、信念和思想，由此生命体与地方形成了某种程度的统一，正是在这种"地方"，主体建立了主体性所必需的统一性。③ 换句话说，并不存在内在的人，因为人总是内嵌于地方的生存情境，并成为地方的一部分。因此，人们应该深入思考非人世界对人类主体认同的重大意义，研究人就要把人放置于与周围生态环境组成的共同体之中。小说中的两任威尔考科斯太太，即鲁丝与后来嫁给亨利的玛格丽特，都与庄园形成了生态共同体。当扎根地方的主体认同的范围不断扩展，便关系到整个国家的民族认同。福斯特的小说中也渗透了对民族认同的深刻思考。

福斯特是一个具有强烈地方感的作家，此处的"地方感"指的是人对地方的一种主观感受以及深刻思考，包括地方在主体认同中所扮演的重要

---

① Evernden, Neil. "Beyond Ecology: Self, Place and the Pathetic Fallacy". *The Ecocriticism Reader: Landmarks in Literary Ecology*. Eds. Cheryll Glotfelty and Harold Fromm. Athens and London: University of Georgia Press, 1996, p. 94.

② Evernden, Neil. "Beyond Ecology: Self, Place and the Pathetic Fallacy". *The Ecocriticism Reader: Landmarks in Literary Ecology*. Eds. Cheryll Glotfelty and Harold Fromm. Athens and London: University of Georgia Press, 1996, p. 95.

③ Malpas, J. E. *Place and Experience: A Philosophical Topography*. Cambridge: Cambridge University Press, 1999, p. 174.

角色。① 在《霍华德庄园》中，福斯特浓墨重彩地刻画了具有浓郁地方性与民族性的地理空间，比如霍华德庄园所在的哈福特郡，施莱格尔姐妹的朱莉·芒特姨妈家所在的斯沃尼奇地区等。在玛格丽特看来，斯沃尼奇不像伦敦一样有前卫丰富的文化活动，似乎有些无趣，然而那里风景优美，空气新鲜，以一种安稳感持久滋养着人的心灵。而伦敦只能刺激人，却不能抚慰人，她在伦敦的氛围中无法集中精神。② 福斯特还感慨："如果要把英格兰介绍给一个外国人，或许最好的办法就是带他到伯贝克山脉的末端部分，让他站在那里的群山之巅"③，俯视英格兰。这个地方就位于斯沃尼奇境内，从这里可以遥望星星点点的海岛、莽莽苍苍的弗洛姆峡谷与荒野，再远处就是水文特征复杂的河流、隐约可见的艾文河谷以及克莱尔伯里圈地。当然，如果凭借一些想象力，就不难望见更远处的茫茫平原和英格兰中部壮阔的丘陵草原。往海岸的右方看去，可以望见伦敦的景观、崖壁、海岛以及远方波涛汹涌的大海。视野所及，壮观旖旎的自然风光、星罗棋布的村庄与教堂、纵横交错的交通网络，以及斯沃尼奇的海浪，使得观望者的理性霎时消失，感受力与想象力不断深化，直至达到一种强烈的家国情怀和民族认同。在福斯特笔下，这样的"地方"完美地承载了英格兰的精神与希望，也是英格兰民族认同不可或缺的重要组成部分。正是在深深扎根的一方山水和日日过着的平凡生活中，一个民族的成员们彼此结成了共同体。这样的共同体超越了主体自身的界限，而是必然依赖并包括人所扎根其中的地方生态环境。

在小说中，鲁丝·威尔考科斯和施莱格尔姐妹的扎根地方的生活方式跟威尔考科斯父子四处流动寻找商机的无根性生存形成了鲜明对比。通过

---

① Finch, Jason. *E. M. Forster and English Place: A Literary Topography.* Abo: Abo Akademi University Press, 2011, p. 2.

② Forster, E. M. *Howards End.* London: Edward Arnold, 1973, p. 147.

③ Forster, E. M. *Howards End.* London: Edward Arnold, 1973, p. 164.

对比，福斯特试图表明，前者才是他自己发自内心所赞同与欣赏的生存方式，因为对于人类来讲，他所扎根的栖居地有着超越居住功能的情感与精神维度的意义，或者说，"扎根大地是人类精神最重要却最容易受到忽视的基本需求"[1]。扎根于大地共同体的生活才是更加本真的生存方式。

人类亲身体验并赋予意义的"地方"汇集了人们的记忆、情感、思想、梦以及想象，人正是在体验地方的过程中产生了强烈的亲切感与依附感，产生了深刻地了解某个特定地方，同时也被这一地方庇护的本能需求。[2] 地理学家段义孚将这种"人类与物质环境之间的情感纽带"定义为"恋地情结"[3]。在深入论述扎根大地这一人类的本能需求时，他提出了一个问题：如果说扎根大地的本能与崇拜土地的情感对于长期在土地上耕作的农民来说很正常，那么，对于那些不必扎根于一处，拥有游牧生活方式的猎人和食物采集者来说，情况又如何呢？他指出，实际上，过着游牧生活的人也对土地怀有强烈的依附情感。例如，具有迁徙习惯的美洲平原上的印第安人每年都会改变扎营生活的地点，但是他们仍然崇拜土地母亲。并无农业耕种历史的澳大利亚土著同样跟"地方"联系紧密，他们对土地产权与领土界限没有清晰的意识和严格的规定，但他们区分两种地方：可供坐卧的地方和可供猎食的区域。相较于后者，他们对坐卧的"地方"怀有更加深厚的情感。在坐卧的那片地方，祖辈的传奇与神话铭刻在持久的自然物上，比如石头、山脉以及存活了成百上千年的树木。[4]

由此，《霍华德庄园》中，鲁丝至死也不愿与栖身的庄园分离，玛格丽特在失落中寻求新的永久居所，也正是出于这种基本的精神本能与需

---

① Weil, Simone. *The Need for Roots*. Trans. Arthur Wills. London and New York: Routledge, 2002, p. 40.

② Relph, E. C. *Place and Placelessness*. London: Pion Limited, 1976, p. 37.

③ 段义孚:《恋地情结》，志丞、刘苏译，北京，商务印书馆，2018，第136页。

④ Tuan, Yi-Fu. *Space and Place: The Perspective of Experience*. Minneapolis: University of Minnesota Press, 1977, pp. 156-158.

求。玛格丽特初次见到霍华德庄园时，她就惊讶于眼前土地的盎然生机：鲜艳无比的水仙、郁金香，正值花期的樱桃树、李子树，隐约可见的草地和郁郁葱葱的松柏，还有前来捣乱的母牛。眼前的景象瞬间使一年以来困扰玛格丽特的因找房产生的流离失所、无家可归的感觉烟消云散。玛格丽特记起"十平方英里并不会比一平方英里美丽十倍"①，伦敦的那种宏大幻觉被小小的霍华德庄园驱散了。霍华德庄园激发了玛格丽特丰富的情感与想象力，也满足了她渴望扎根大地的精神需求。作者明确表示，空间美是世间一切美的基础，而玛格丽特试图从霍华德庄园开始重新认识英格兰。海伦·施莱格尔也对地理空间有着特殊的喜好。海伦喜欢乡下，她总是在写给姐姐的信中详细描述她心仪的美好景物：安静优美的霍华德庄园、静谧威严的雪山、奔流不息的入海口、白雪覆盖的田野、四处奔跑的小鹿，还有壮丽的群山、平原、松树林、溪流等。当一位向她求婚的护林员先生站在奥德贝格山顶向她指认远方林中自己的房子，海伦赞叹道："好美啊！这地方真适合我！"②因此，无论是鲁丝，还是玛格丽特姐妹，她们都将自身的情感和精神需求跟所嵌入的地方紧密联系在一起。

福斯特推崇鲁丝、玛格丽特、海伦扎根地方的生活方式。然而，他也注意到，现代资本主义文明的发展造成的，反而是一种把人从土地上连根拔起的无根的生存方式。随着现代技术的发展与资本的扩张，脱离大地的无根性已经成为目前社会所面临的最危险的弊病之一，因为它会自我繁殖。"对于那些已经被从大地上连根拔起的人来说，他们的行为只有两种发展可能：或者陷入行尸走肉般的冷漠、麻木状态，就像罗马帝国时代大多数奴隶那样"；或者成为城市的掌权者或管理者，"以强迫手段使那些仍

---

① Forster, E. M. *Howards End*. London: Edward Arnold, 1973, p. 198.

② Forster, E. M. *Howards End*. London: Edward Arnold, 1973, pp. 102-103.

然扎根大地（或者部分程度上如此）的人们背井离乡"。①小说中的威尔考科斯父子以及贫穷的伦纳德都是无根生活的代表人物，尽管伦纳德是被迫成为无根者的。在当今社会，这种无根式的生存无疑已经成为主流的生活方式，像伦纳德租住在廉价公寓且频频搬家一样，城市中大多数人也住在层层叠叠像盒子一样的楼房公寓中，这种住房本身缺乏空间的复杂性，也无法使居住者亲近周围的生态环境。这样的家不再处于自然环境中，也不能使居住者自然而然在心理上产生密切联系，其空间关联变成了完全机械与人工的。②这种生活方式无疑会导致人类精神上的无家可归感，它无法满足人们追求归属感的本能需求。

在海德格尔看来，无根存在的根本原因就是技术。技术的本质有关于解蔽，然而，"统治现代技术的解蔽并不是把自身展开于（自然产出）意义上的产出"，而是"一种促逼，向自然提出蛮横要求，摆置自然"。③这种技术追求以最小的投入与消耗来挖掘事物最大的利用价值。那种散居、良性循环的农业模式显然不能使土地的产量达到最大。于是，小规模农庄纷纷倒闭，用人工化肥等手段提高产量的大型农庄才可以提高利润，这其实就是霍华德庄园所代表的传统劳作、生活方式消亡的原因。在出行方面，仅以马车代步显然无法使效率最大化，于是，火车、汽车等交通工具纷纷出场，这进一步加剧了社会的流动性。正是技术与资本的完美联姻导致了小说中威尔考科斯父子、伦纳德等的现代生活方式。追求更大利用价值、更完全地统治地球的人们就这样将自己从土地上连根拔起，使自己成为无家可归者。福斯特在小说中表示，这种现代技术社会的主流生活方

①　Weil, Simone. *The Need for Roots*. Trans. Arthur Wills. London and New York: Routledge, 2002, p. 44.

②　Bachelard, G. *The Poetics of Space*. Trans. Maria Jolas. New York: The Orion Press, 1964, p. 27.

③　海德格尔：《演讲与论文集》，孙周兴译，北京，生活・读书・新知三联书店，2005，第12—13页。

式绝非本真性的存在：蜗居在廉价公寓的伦纳德无时无刻不在渴望回归大地，拥有一个永久的地方或居所；在失去了妻子鲁丝之后，亨利·威尔考科斯无法忍受住在城市公寓的孤独生活，平素只注重物质生活的他不自觉地被重视精神生活的玛格丽特所深深吸引；庸俗暴躁的查理·威尔考科斯则因为针对伦纳德的故意伤害罪而锒铛入狱。对比之下，像鲁丝、玛格丽特融入生态共同体的生活方式才是真正本真的存在，因为人不能像四处飘浮的幽灵似的，而必须跟周围的世界形成密切交织的关系。在本真性的关系中，人才能将周围的空间变成家园，实现真正的栖居。

海德格尔认为，栖居是人类生存的基本特征之一。以栖居方式生存的人不会仅仅以功用性为导向、用计算和评价的方式对待其他生命或存在形式，不是"一味地利用大地"，而是"领受大地的恩赐"，"保护存在之神秘，照管可能之物的不可侵犯性"[1]，或者说人要"守护着这片大地上的万物的遮蔽状态"[2]。这就意味着，望向周围万物的眼光不再只是理性的，不再总以技术解蔽的方式分析、计算、利用万物，而是泰然任之，顺应它们自身的存在方式；不是将空间当作客观对象进行刻意、任意的打造与改变，而是在依恋地方的基础上呵护地方，出于尊重地方以及万物本身的责任感，保护结成生态共同体的纽带。在《霍华德庄园》中，福斯特通过鲁丝、玛格丽特与霍华德庄园之间的关系表达了扎根地方的栖居观。

福斯特所塑造的鲁丝性格简单，毫无城市人的那种世故。她在玛格丽特所举办的知识分子聚会中总是显得格格不入，对于政治、文化、经济等话题并无高见，或者说不感兴趣，用文中的话说："对人世的邪恶和智慧，鲁丝不比她花园里的花朵、田野中的野草知道得更多。"[3]她不属于汽车与

---

① 海德格尔：《演讲与论文集》，孙周兴译，北京，生活·读书·新知三联书店，2005，第 101 页。

② 海德格尔：《演讲与论文集》，孙周兴译，北京，生活·读书·新知三联书店，2005，第 33 页。

③ E. M. 福斯特：《霍华德庄园》，苏福忠译，上海，上海译文出版社，2016，第 109 页。

速度引领的现代都市，只有在霍华德庄园中才会感到自由自在。她时常一边拖着裙摆在草地上行走，一边闻怀里抱的干草或者观看花木；她会怀着欣赏之情千万次地抬头细细观望那棵高大的山榆树，并饶有兴致地回忆并讲述树干里嵌着猪牙的故事。在施莱格尔姐妹的谈话中，作者经由玛格丽特之口评论鲁丝"无所不知，她就是一切。她是庄园的房子，也是那棵依着房屋的山榆树"，"她的知识不会像我们的知识这样容易腐朽湮灭"。① 这里，容易毁灭的知识应该包括被暂时证明正确的，以分析、计算事物为基础的科学技术知识，以及浮于表面的政治、经济等社会知识，而鲁丝似乎已然在某种程度上领悟了本真存在就意味着守护万物的本质与遮蔽状态，因而她无所不知。鲁丝对待自己的栖身之所霍华德庄园的态度就是一种照顾或呵护的态度，当然，这种照顾或呵护并非她一时的行为，而是出自她的本性。实际上，这种照顾或"呵护是人与世界之关系的基础，这种关系绝非人作为主体、世界作为客体的二元分立关系"②，而栖居的基本特征就是这样一种保护。鲁丝不喜欢大幅度地改造庄园的环境，是个温和的保守主义者。她十分喜欢房子旁边的花园，喜欢爬满了南墙的碧绿藤条，对于马圈更是情有独钟。对比之下，亨利·威尔考科斯总是考虑怎么重新改造霍华德庄园，他出于对妻子的爱才没有毁掉那满墙的绿藤，但他和儿子费尽口舌游说鲁丝，最终得以成功地把马圈改成车库。他嫌弃山榆树乱七八糟的根须，因为妨碍他建车库，还总想着铲掉一块草地来修建假山园林；他讨厌农场上老是四处乱跑的珍珠鸡，并卖掉了大多数的动物；他让老管家一遍遍地修剪树篱，可还是觉得树篱稀稀拉拉不成样子。虽然他铲除了无数的绣球花与老树，挖掘了排水沟，还改造了房子结构，可他还是嫌庄园没有什么变化，也不适合他居住。

---

① Forster, E. M. *Howards End*. London: Edward Arnold, 1973, p. 311.

② Vycinas, Vincent. *Earth and Gods: An Introduction to the Philosophy of Martin Heidegger*. Hague: Martinus Nijhoff, 1969, p. 33.

亨利·威尔考科斯那种视环境为客观对象，并刻意、任意改造庄园的态度与做法，无疑是社会中人们改造空间的普遍做法，这种做法甚至随着现代技术的发展愈演愈烈。如今的城市空间中充斥着纯粹人工规划和建造的建筑：高速公路、大型立交桥梁、各种工厂等。而在拥挤的城市空间中，过着普通生活的人们能够有个住宿的地方已经实属不易，也就无暇去思索暂时寄居的建筑是不是符合本真存在的居所了。在海德格尔看来，现代人总是把"栖居和筑造看作两种分离的活动"，却把它们之间"本质性的关联伪装起来了"。① 但实际上，筑造本身就应该是一种栖居，筑造建立在爱护与保养的意义之上。在筑造的过程中，我们将万物保护在它们的本质中，使它们自由。实现了筑造即栖居的存在，才是扎根大地的本质存在，而在大地上就意味着在天空下，这种真正自由的存在从一种"原始的统一性而来，天、地、神、人'四方'归为一体"②。那么，当我们思考其中的一方，就已经在一道思考其他的三方。比如，当建造一幢房屋时，我们不应当仅仅用抽象的标记和测量数据在抽象的地图上进行标记，然后在数学层面上凭空地设置这一空间。相反，筑造应该符合物本身的特性，在依山傍水的合适地点、在充分保护周围生物与存在形式本质的基础上筑造。当我们想起这幢房屋，会同时想起建造房屋的木材、石材的前世今生，那些木材本也是接受阳光雨露的树木，而建成的房屋在茫茫天地中给终有一死的人提供庇护，并以这种方式把天、地、人、神聚于一体。在某种意义上，这就是海德格尔隐于黑森林中的农家院落，也是鲁丝那立于英格兰农村的霍华德庄园。福斯特试图以此表明，鲁丝与庄园组成了扎根地方的生态共同体，庄园的生活也是符合本真存在特征的栖居。

---

① 海德格尔:《演讲与论文集》，孙周兴译，北京，生活·读书·新知三联书店，2005，第 153 页。
② 海德格尔:《演讲与论文集》，孙周兴译，北京，生活·读书·新知三联书店，2005，第 157 页。

然而，福斯特并未不切实际地认为，人们应该退回到技术不发达的前现代社会，小说中作为前现代精神代表的鲁丝·威尔考科斯突如其来的死亡似乎暗示了这一点。福斯特只是想要强调继承这种本真存在精神在现代社会中的重要性。对于鲁丝来说，"霍华德庄园是一种精神，她想要找到合适的精神继承人"①，而她找到的继承人就是玛格丽特。虽然威尔考科斯父子违背她的意愿，不愿将霍华德庄园让给玛格丽特，但最后，玛格丽特成了第二任威尔考科斯太太，还是阴差阳错地继承了霍华德庄园。玛格丽特继承了鲁丝的精神性，但是跟鲁丝最大的不同是，玛格丽特同时也肯定铸就现代社会的实干精神。她试图保持物质生活与精神生活的平衡，并指出，没有那些经济、技术等领域的实干主义者，就不会有社会现在的样子，她们这些文化人也无法享受文明成果与便利条件。只是，当继承了本真存在精神的玛格丽特想要融入生态共同体的时候，她只能在离开了现代城市空间的位于乡村的霍华德庄园中实现这一点。只是，现代化的大潮滚滚向前，乡村并不能在这种大潮中永远独善其身。在小说末尾玛格丽特与海伦的谈话中，玛格丽特明确指出了这一点："伦敦正在悄悄扩展。"②就在那乡村草地的尽头，伦敦式的红砖建筑已然成片出现，整个世界似乎都将如此。然而，正如海德格尔所说："技术之本质现身，就在自身中蕴含着救渡的可能升起。"③在揭露现代社会技术与资本的统治本质，在思索何为本真存在之时，就包含了救渡的可能。那么，当我们走进福斯特的小说世界，重新品味那扎根大地的生存韵味，思索扎根地方的生态共同体对当今世界与人类的重要意义时，我们就已经走在了救赎的路上。

---

① Forster, E. M. *Howards End*. London: Edward Arnold, 1973, p. 96.
② Forster, E. M. *Howards End*. London: Edward Arnold, 1973, p. 337.
③ 海德格尔：《演讲与论文集》，孙周兴译，北京，生活·读书·新知三联书店，2005，第 33 页。

第四章

《印度之行》: 解域化后人文主义的生态共同体

E. M. 福斯特在"一战"前出版的四部小说,《天使不敢涉足的地方》《最漫长的旅程》《看得见风景的房间》和《霍华德庄园》,其思想都立足于地中海文明准则的界限之内;而经历了跨越地中海向东去往埃及、印度的旅程之后,福斯特的文学思想增加了新的维度。如果说埃及之行让他的视野更加广阔的话,那么,在印度的体验让他的视角"超越了人类准则的疆域"①。在此之前,福斯特主要关注如何调整人类交往准则以实现联结,关注人如何与周围环境亲密融合以对抗现代工业文明的侵蚀。经历了印度之行后,福斯特开始深入地探索另一种完全异质的世界,将包括人与非人的整个生态系统纳入视线范围。

---

① Shaheen, Mohammad. *E. M. Forster and the Politics of Imperialism*. London: Palgrave Macmillan, 2004, p. 77.

第一节　媚俗生态与共同体

在《印度之行》中，福斯特通过对印度生态的书写，揭示卑贱/文明、污秽/优美、死亡/生机等二元世界双方的毗邻与连接关系，隐含了一种媚俗生态伦理，即放弃以英式理性主义思维将世界概念化并加以控制的做法，并正视、接受与照管卑贱污秽事物。从某种程度上来说，这种伦理指向一种以共同体为导向的生态观。

马泰·卡林内斯库（Matei Calinescu）在《现代性的五副面孔》（*Five Faces of Modernity*）中指出，媚俗艺术"从 19 世纪六七十年代开始出现在慕尼黑画家和艺术商人的行话中，用于指廉价艺术品"。[①] 在艺术圈中，"媚俗"一词总是与假冒伪造、粗制模仿等含义紧密相连。从某种程度上来说，接受媚俗艺术的人往往非常强调主观体验，容易陷入过分感伤的心理状态，还自认为被客观物体或情境打动。他们一反传统高雅艺术强调冷静严肃的审美态度，并且"抛弃传统美学中主客体的审美距离"[②]，转而追求主体沉浸在感性、切身的享受之中。蒂莫斯·莫顿（Timothy Morton）则把媚俗与生态问题联系起来，他认为，作为"生态模仿"（ecomimesis）的自然书写同样强调主体与自然的直接亲密联系，生态模仿主张将"主客体二元搁置一边，其目标就是即时性、直接性，即思考越少越好"[③]。然而，这种主张主客体一体或同一的想法无疑是个陷阱，因为自认为沉浸于自然、与自然达到同一性的主体只是将自然化约为了主体的感受。比如，当一个人陶醉于雨后小鸟那美妙的歌声中时，并未充分意识到"歌声的背后恰恰潜伏着某种可怕的危险，因为那并非歌声，而只是鸟儿遵循自然魔力做出

---

① 马泰·卡林内斯库：《现代性的五副面孔》，顾爱彬、李瑞华译，北京，商务印书馆，2002，第 252 页。

② 李明明：《西方文论关键词：媚俗》，《外国文学》2014 年第 5 期，第 116 页。

③ Morton, Timothy. *Ecology Without Nature: Rethinking Environmental Aesthetics.* Cambridge: Harvard University Press, 2007, p. 151.

的必然反应而已"①。因此，莫顿进一步指出，自然书写中的自然其实成了各种概念的占位符，是容纳了各种观念与幻象之对象的潘多拉之盒②，而真正独立、持久、单一的"自然"并不存在。于是，"无自然的生态学"成了莫顿生态理论中的关键词，"无自然的生态学"要求我们无论在诗学、伦理还是政治层面都要承认不可化约的他者性，更需要我们挖掘媚俗背后的深层理论根源。

媚俗（kitsch）作为一个德语词，其词义的复杂性与灵活性并非汉语的"媚俗"便可以表达的，比如"媚俗艺术"的语义就涉及以陈腐、庸俗、下流、廉价、品质低劣、夸张浮华、多愁善感、坏趣味、自我欺骗等为特征的艺术。在卡林内斯库看来，俄语中的"poshlust"一词非常接近德语中的媚俗艺术概念。虽然符拉基米尔·纳博科夫（Vladimir Nabokov）在《尼古拉·果戈理》（*Nikolai Gogol*）中并未提到"kitsch"这个德语词，但他的论述在所有对媚俗艺术的探讨中，"当属最诙谐、最睿智之列"③。纳博科夫幽默地说"poshlust"一词中"第一个'o'声音大得像大象掉进烂泥塘后的扑通声"，其形状像"德国明信片上出浴美女的酥胸"。④ 而米兰·昆德拉（Milan Kundera）在《生命中不能承受之轻》（*The Unbearable Lightness of Being*）中指出，人们对于"kitsch"一词的反复使用淹没了该词的初始含义，即"媚俗就是对大粪的绝对否定"⑤。人们划定了生存中所要排斥与否定的事物之范围，并装作像上帝是否会大便之类的事情根本不存在，从而

---

① Adorno, Theodor W. *Aesthetic Theory*. Trans. Robert Hullot-Kentor. New York: Continuum, 1997, p. 66.

② Morton, Timothy. *Ecology Without Nature: Rethinking Environmental Aesthetics*. Cambridge: Harvard University Press, 2007, p. 14.

③ 马泰·卡林内斯库:《现代性的五副面孔》，顾爱彬、李瑞华译，北京，商务印书馆，2002，第251页。

④ 符拉基米尔·纳博科夫:《尼古拉·果戈理》，刘佳林译，桂林，广西师范大学出版社，2010，第69页。

⑤ 米兰·昆德拉:《生命中不能承受之轻》，韩少功、韩刚译，长春，时代文艺出版社，2002，第222页。

达到"无条件认同生命存在"① 的状态。

昆德拉语境中的"大粪"令人联想到朱莉娅·克里斯蒂瓦所说的"卑贱物"、萨特笔下"黏滞"（slimy）的事物、《古舟子咏》（*The Rime of the Ancient Mariner*）中"黏滑"（slimy）的水蛇、《印度之行》中昌德拉布尔城混乱肮脏的低洼街区等。大粪代表了包括环境元素在内的一切卑贱、污秽、混乱、黏滞、恶心的事物，而人类的存在与文明便建立在排斥上述事物并赋予人生正面意义的基础之上。细想之下，不难发现这一点与生态、环境正义等问题的深层联系：为了摆脱尘土、泥泞与粪便，人们利用各种工业技术手段，打造了完全人工的地板、马桶等设施，却并不深究在生产这些产品与设施的过程中又造成了多少肉眼看不见的化学污染；人们舒适便利地生活在看似整洁干净的城市中，却很少细想每日成千上万吨垃圾以及地下管道中的污物都去了哪里。实际上，资本主义文明将垃圾或污染物放置于经济体系的边缘区或者"穷人、无政治能力去反抗环境污染的人所居住的地方"②。从历史上来说，（美国的）有毒倾倒物和本地的垃圾场选址都会遵循最弱抵抗策略，即选在黑人社区或贫穷社区周边。③ 只要这些污秽物不对资本主义经济或文明产生威胁，人们便可以装作其并不存在。这正是："对于这种卑贱，现代观念学会了如何压抑、回避或掩饰它。"④ 而压抑与掩饰卑贱的思想根源就是，人们有意无意地将卑贱与文明置于不平等的两极对立状态，将世间万物进行概念化并为其建立等级次序，以主动、全方位的理性主义姿态对周围世界进行干预、把握与掌控。

---

① 米兰·昆德拉：《生命中不能承受之轻》，韩少功、韩刚译，长春，时代文艺出版社，2002，第222页。

② 张嘉如：《全球环境想象：中西生态批评实践》，镇江，江苏大学出版社，2013，第47页。

③ Bullard, Robert D. *Dumping in Dixie: Race, Class and Environmental Quality.* Boulder: Westview Press, 2000, p. 3.

④ 朱莉娅·克里斯蒂瓦：《恐怖的权力：论卑贱》，张新木译，北京，商务印书馆，2018，第35页。

在《印度之行》中，英国殖民者对于印度的态度与统治正跟以上逻辑不谋而合。昌德拉布尔城中脏乱差的环境代表了当地人的卑贱：靠近河岸的低洼区域可谓垃圾遍地，街道狭窄鄙陋，"一切都是那么猥劣而又单调"[①]；房屋的木料看上去像是烂泥糊的，而且会被泛滥的恒河水冲垮；溺死者的尸体就任由其腐烂。而英国殖民者文明有序的形象则在优美的风景中得以呈现：在英国殖民者官署驻地所在的内陆地区，昌德拉布尔城则呈现出一副园林之城的模样，仿佛一座森林中的热带乐园，周围散布零星房舍，旁边又有圣河流过；官署驻地本身的建筑设计合理，没有任何丑恶的东西，风景也相当漂亮。英国殖民者打着将所谓的美好、秩序带给印度的口号试图掌控印度，在追逐利润的经济活动中"对印度当地的生态系统进行剥削与重塑，却很少顾及其造成的恶劣的环境后果"[②]。与此同时，英国人对待印度当地人的态度就是排斥与鄙视。英方行政长官明确表示，跟印度当地人并无社交上的往来，法官罗尼甚至因为母亲莫尔夫人跟印度医生阿齐兹近距离交谈而大为光火。可以说，殖民者从未真正想要同被殖民者平等交往，他们只希望保持支配与顺从的关系。[③]这种殖民统治正是建立在高贵与卑贱的等级划分之上的。殖民者试图将自己的主体概念化思维强加于被殖民国之上，控制与支配其民族、领土以及其他任何生命存在形式。更进一步说，这种殖民主义行为跟媚俗一样，在深层意义上是植根于西方思维中从主体视角出发，将世界概念化、等级化并否定卑贱的逻辑。

那么，这是否意味着，我们应该绝对地否定与拒斥媚俗？在资本主义商业化社会中，媚俗早已大行其道，如同黑洞般吞噬一切。我们要做的并非一味地逃离、无视、否定媚俗，实际上我们也不可能做到这一点。相

---

① E. M. 福斯特：《印度之行》，冯涛译，上海，上海译文出版社，2016，第3页。

② Oppermann, Serpil. "Ecological Imperialism in British Colonial Fiction". *Journal of Faculty of Letters* 24.1 (2007): 181.

③ Hossain, Muhammed Elham. "The Colonial Encounter in *A Passage to India*". *ASA University Review* 6.1 (2012): 306.

反，我们应当充分挖掘媚俗与存在的关联，识破媚俗背后的欺骗性。一旦媚俗的欺骗与谎言被识破，"它就进入了非媚俗的环境牵制之中，就将失去它独裁的威权，变得如同人类其他弱点一样动人"①，由此也就产生了一种新的媚俗伦理。如果将这种媚俗伦理应用于生态批评，那么我们就不能像自然书写所倡导的那样，将自然看作一个独立、神秘、优美的和谐体，而是要解读生态模仿文本的反面的意义。要知道，生态模仿文本那种搁置主客二元、强调即时感官享受的理念不仅会出现在媚俗艺术中，也同样会出现在非常前卫严肃的实验性艺术中。这意味着，我们在解读文本的时候，要分析其是否主张放弃按既定模式将现实世界概念化以符合理性掌控的做法，解读其是否提倡正视与接受不和谐、卑贱与黏滞污秽的事物的做法。笔者认为，《印度之行》体现了这样的媚俗生态伦理。福斯特在小说中质疑建基于等级制与二元对立的西方文明的合法有效性，探索与重建了二元双方的毗邻与连接关系。在此基础上，他反思卑贱的强大力量，认为应当放弃以西方理性主义思维掌控世界的做法。

媚俗背后所隐含的逻辑是人类以自我为标准为事物赋予正面或负面意义，并从理性主义角度为万物建立等级秩序，从而将自己的意志凌驾于其他存在形式之上。在生态问题迅速恶化的今天，应当深刻反思基于逃离排斥卑贱与污秽事物的人类文明和存在方式。在《印度之行》中，福斯特对于卑贱与文明二元对立论的合法性与有效性进行了深入的反省。

一方面，拒斥卑贱的一极不会必然导致通往文明那一极，而以理性分析与掌握为特征的英式文明本身值得被推敲与质问。《印度之行》中，印度当地的阿齐兹医生，也是小说的主人公，一开始对卑贱事物表现出强烈的回避与排斥。与英国人交谈时被问及自己的住处，他满怀恐惧地想起自己所住的靠近低洼市集的小棚屋，房间里还有许多黑色的苍蝇。于是，他

---

① 米兰·昆德拉：《生命中不能承受之轻》，韩少功、韩刚译，长春，时代文艺出版社，2002，第229页。

赶紧转换话题，建议谈点别的。① 在英国人菲尔丁出其不意到他家里去看病的时候，阿齐兹羞耻地感叹自己肮脏的房间"遍地都是甘蔗渣、坚果壳以及墨渍"，自己与印度朋友的聚会"粗鄙邋遢"，还说"他可不是存心想住在这样的地方，跟这帮三等公民混在一起"。② 只是，排斥卑贱的出身并不能使阿齐兹跻身所谓的文明之列。相反，被放置于至高地位的西方理性主义反过来变成了一种暴力与非理性，后来阿齐兹因为遭到英国人奎斯蒂德小姐起诉而被送进监狱一事便影射了这一点。而奎斯蒂德小姐的英式理性显然在小说中也丧失了确定性与正确性，她一直到最后都未能弄清楚自己亲身经历的马拉巴尔洞窟事件的真相到底是什么。

另一方面，在福斯特看来，英式文明意图赋予印度秩序与形式的有效性也是备受怀疑的。通过描述与评论印度当地的生态环境与自然现象，福斯特再三指出，印度这个国家超出了思想可以理解的范围：奎斯蒂德小姐在前往马拉巴尔山的火车上望向窗外连绵不断的田野、山丘以及丛林，感觉其"隐含的信息……是她那装备精良的头脑所无法理解的"③；当她看到清晨的天空逐渐明亮、绚烂的色彩，并凝神屏息期待奇迹般的日出景象时，却发现在这黑暗将亡、白昼诞生之际，什么都没有发生，太阳的升起既不辉煌也不耀目，这里的天气与景象并不会满足人类的殷切期望。此外，虽然人们期望快乐、悲伤都应该是有形式的，可是印度却无法提供这些形式；这里热浪袭来以及移动的路径毫无规律、反复无常；极端的天气、喧嚣与混乱都对"人类秩序井然的美好向往"发出"嘲弄性的评论"；甚至，"文明这架洋洋自得的机器可能会突然卡了壳，再也无法运转"。④

既然卑贱与文明的二元对立问题重重，那么我们是否应该消除这样

---

① E. M. 福斯特：《印度之行》，冯涛译，上海，上海译文出版社，2016，第 133 页。
② Forster, E. M. *A Passage to India*. London: Harcourt, Brace & World, 1952, p. 110.
③ E. M. 福斯特：《印度之行》，冯涛译，上海，上海译文出版社，2016，第 169 页。
④ E. M. 福斯特：《印度之行》，冯涛译，上海，上海译文出版社，2016，第 267 页。

的二元论或者两极性？正如昆德拉所说，如果北极近到可以接触南极，那么地球就会消失。如果崇高与低贱、脏乱与优美等之间没有区别，"那么人类存在便失去了空间向度，成了不可承受之轻"①。因此，一元论并不是解决二元论局限的理想对策，我们真正需要的是深入研究二元性，并避免简单静态的二元对立。这意味着，我们不能只是无限拥抱优美、光明的正面，摒弃卑贱、阴暗的一面，而应该探索二元世界的两极之间秩序等级混杂不明的中间地带。在《印度之行》中，福斯特通过生态书写揭示了卑贱与文明、肮脏与优美、生与死等二元之间并非遥远对峙的关系，而是可以接触与连接的毗邻关系。

在昌德拉布尔城中，连接脏乱与优美这两个空间的是高大的热带树木。那些林木"从窒闷的贫民窟和荒僻的庙宇中拔地而起，寻求阳光与空气，被大自然赋予了远比人类及其人造物更为丰沛的生命力"，它们"冲出底层污浊的沉渣"，遮掩了位于低洼处的脏乱街市，并美化着这座城市。② 人类费尽心思所区分的二元世界由于树木与其他生物而得以连接。生发于污浊中的树木蓬勃茁壮，为鸟儿们营造出绿色家园。树木、鸟儿及其生活的环境展示了腐败和生机之间的毗邻关系。印度傍晚的空中满是燃烧牛粪的味道，在参天大树上倒挂了一整天的狐蝠开始掠过水面捕食，头顶上推迟迁徙的候鸟像是挥着翅膀的骷髅头，"空气中弥漫着死亡的气息，但并无悲伤"③。当印度医生阿齐兹于夜晚时分坐在他喜欢的清真寺中，他在一片寂静中隐约听到许多声音——英国业余管弦乐队的演奏声、印度教徒的鼓点声、猫头鹰的叫声、人们伏于尸首上的恸哭声、邮车的声音等。同时，他还闻到了远处花园中沁人心脾的花香。在阿齐兹看来，各种异质

① 米兰•昆德拉:《生命中不能承受之轻》，韩少功、韩刚译，长春，时代文艺出版社，2002，第 218 页。
② E. M. 福斯特:《印度之行》，冯涛译，上海，上海译文出版社，2016，第 4 页。
③ Forster, E. M. *A Passage to India*. London: Harcourt, Brace & World, 1952, p. 307.

的元素共同构成了夜晚的魅力，而寺中墓碑上的铭文"呜呼，我离开人世已历千载／玫瑰依然盛开，春天依旧然美丽……"将生机和死亡相融合，这富有哲理的诗句令阿齐兹心潮澎湃。[①] 此外，在福斯特看来，印度人坐卧举止中的平静透露出超越理性的和谐，展示出一种会被西方人暂时破坏却永远无法被西方人习得的文明，他们那伸出的手、抬起的膝盖"具有死的永恒却全无死的哀伤"[②]。因此，在这里，乐与悲、生与死等相距很远甚至对立的不同事物自由自在而又顺应本性地相互结合，它们之间的毗邻与连接关系得以建立与显现。而在西方文化中，联系与毗邻关系被人类"臆想出来的彼世的高低层次所分割，致使事物互相远离而无法直接接触"[③]。在彼世的等级制世界中，死亡无疑位于主导地位，并与生形成静止对立的关系，生活中的一切不过是为那必然到来的死亡做准备。但是，在福斯特描绘的印度生态图景中，死亡并不是什么至关重要的大事或者终结，死亡也并非一定要与悲伤联系起来。由此，西方世界中的价值等级被打破，而万物也不再被划分为三六九等，从而实现了平等与解放。

在书写印度生态时，福斯特经常将视野转向人类世界之外，聚焦更为广阔的非人世界，揭露人类费尽心思所建构起来的价值等级与秩序的狭隘和局限。比如，在以罗尼为代表的英国人对印度当地人评头论足、充满鄙夷之时，福斯特则将视角转向超脱于万物的苍穹，甚至更高远的实体。他指出，就在这人类世界的是是非非之上，有飘荡着的风筝与盘旋的兀鹫，再往上，"半透明的天穹上只有丝丝缕缕的青云，以一种超越一切、不偏不倚的达观笼罩着世间万物"，"在天穹之上必定还有某种更为超拔的实体笼罩着九重天，甚至比苍穹更为不偏不倚？那么在它之上呢？"[④] 通过超越

① E. M. 福斯特:《印度之行》，冯涛译，上海，上海译文出版社，2016，第 18—19 页。
② E. M. 福斯特:《印度之行》，冯涛译，上海，上海译文出版社，2016，第 319 页。
③ 巴赫金:《巴赫金全集》第三卷，白春仁、晓河译，石家庄，河北教育出版社，1998，第 365 页。
④ E. M. 福斯特:《印度之行》，冯涛译，上海，上海译文出版社，2016，第 45 页。

性的生态视角，福斯特试图告诉读者，基于西方理性主义的人类世界的文明也好、卑贱也罢，在更为高远广袤的自然、宇宙之中，似乎都变得微不足道。正是在这样的视角下，小说揭示了媚俗背后的二元对立论之局限与狭隘。在揭示卑贱与文明的毗邻关系和人类世界等级秩序之狭隘的基础上，福斯特透露出对卑贱力量的深入思考，并通过莫尔夫人这个人物的塑造，表达了放弃以西方理性主义掌握世界的媚俗生态伦理的观点。

对于人类来说，逃离与排斥卑贱跟追寻正面、美好的意义形成一种趋于平衡的态势，拒斥与反抗卑贱正好跟人的本能与欲望趋同，而最卑贱的即是尸体，象征可怖的死亡。那么，驱动人们拒斥卑贱的，就是对于死亡的恐惧和排斥。生存的本能使得人们厌恶、远离卑贱和死亡，知道死亡的不可避免使得人们迫不及待地寻找生的正面意义。于是，卑贱与文明、死与生之间被划出鲜明的界线，从而形成了静态对立的态势，由此，人生的正面意义得以建立。然而，死亡与卑贱随时都在发出召唤，准备将自我"拉向意义崩塌的地方"①。通过解读《印度之行》中莫尔夫人在印度的经历和心理变化，可以看出，福斯特通过莫尔夫人这个人物的塑造，表现出对卑贱的强大力量的思考，也表达了放弃按英式思维将世界概念化并加以掌控的生态伦理。

初到印度的莫尔夫人跟奎斯蒂德小姐一样，充满了新鲜与好奇感，希望能够近距离接触当地人，认识真实的印度。这时的莫尔夫人仍然秉持英国基督徒式的处世伦理与价值观，试图将其推及印度的民族与领土。她在与儿子罗尼的谈话中说，上帝就是爱，即使在印度也要践行爱的宗旨，将爱施及作为邻人的印度人。②随着她待在印度的时日增加，她看到印度拥有神奇的一面，也不乏恐怖可怕的一面。在这片迥异于英国的土地上，她感到念诵上帝圣名的功效似乎越来越不灵验了，原本兴致勃勃想要了解印

---

① 朱莉娅·克里斯蒂瓦：《恐怖的权力》，张新木译，北京，商务印书馆，2018，第2页。
② E. M. 福斯特：《印度之行》，冯涛译，上海，上海译文出版社，2016，第60页。

度的热情似乎也减退了，而同行的奎斯蒂德小姐也表示，印度使她对一切都失去了掌控能力似的。[①] 在后来的马拉巴尔洞窟之行中，莫尔夫人的心态发生了转折性的变化。在莫尔夫人看来，马拉巴尔一带是个可怖的地方，这里具有一种寂静的特质，可以全面入侵人的各类感官，使得一切都丧失了重要性，思想似乎也停止运作。莫尔夫人跟随众人进入洞窟，里面极度的拥挤与难闻的臭味使得她像疯子一样四处打转、气喘吁吁。更恐怖的是，里面一直充斥着一种回声，这种"层层叠叠的可怕回声以某种无以名状的方式彻底动摇了她对整个生活的把控"[②]。在厌恶与恐惧之余，她似乎听到那永远一成不变的回声告诉她，所谓正面、被赞颂的东西与淫猥、肮脏并无不同，不过是一回事。于是，她那基督的信仰也变得可怜而渺小，所有的圣谕之结果好像也就是那一声回声。可以说，"自然环境能够揭示人所不能表达的信息"[③]，莫尔夫人以其既定思维无法理解印度当地与自己国家的巨大差异，而马拉巴尔的生态环境以其区别于西方理性模式的异质性，"重创了帝国主义逻辑并揭露了人文主义的虚伪"[④]。于是，莫尔太太毕生所接受的关于卑贱与文明的价值判断与等级制思想遭到了前所未有的打击与颠覆。

经历洞窟之行后，莫尔太太陷入了一种无力的冷漠麻木之中。在她的准儿媳奎斯蒂德小姐因起诉阿齐兹骚扰的案件向她求助、征求意见时，她也没有丝毫的兴趣，显示一副冷峻的样子，拒绝主动地给出任何分析与意见。看起来，她已经认识到不可能经由理性分析得出确定的结论。正如《古舟子咏》中的老水手，他只身一人孤独地漂浮在茫茫大海上，受尽

---

① E. M. 福斯特:《印度之行》，冯涛译，上海，上海译文出版社，2016，第118页。

② E. M. 福斯特:《印度之行》，冯涛译，上海，上海译文出版社，2016，第186页。

③ Al-Abdulkareem, Yomna. "*A Passage to India*: An Ecocritical Reading". *Words for a Small Planet: Ecocritical Views.* Ed. Nanette Norris. Lanham: The Rowman & Littlefield Publishing Group, *2013*, p. 93.

④ Sultzbach, Kelly. *Ecocriticism in the Modernist Imagination: Forster, Woolf, and Auden.* Cambridge: Cambridge University Press, 2016, p. 62.

折磨与痛苦。精疲力竭之际，他不再将黏滑的水蛇概念化为负面色彩的卑贱事物，而是将自我与那成千上万黏滑的东西并置，还在"浑然不觉中为它们祈祷"，称"没有语言可以描述它们的美"。[①] 老水手在浑然不觉中为黏滑的水蛇祝福时，他已经接受了那原本被概念化为卑贱的事物，认识到"自我与黏滞物之间的原初纽带"[②]。而莫尔夫人在放弃将西方的思维强加于印度，承认万物不可把握，并认识到企图掌控它们的徒劳之时，她认识到这种不可能性就是存在本身，这便是卑贱物的强大力量。因此，媚俗生态批评引发我们思考如何重新认识卑贱的力量，如何对待污染、毒气以及黏滞恶心的事物。一旦我们认识到媚俗、卑贱以及生态之间的伦理关系，那么，文化与精神的成长就不会意味着逃离、拒斥卑贱物，而是正视、照管卑贱物，与卑贱物共存。媚俗生态批评必然要求接受卑贱黏滞之物，将其纳入主体的考虑与责任范围，正如《印度之行》中所书写与反思的那样。

在小说中，原先排斥卑贱污秽的阿齐兹在被英国人起诉骚扰罪而身陷囹圄之后，表示自己想要到印度教的某个土邦里谋个职务，愿意从事卑贱的工作。在情节的高潮部分，即轰动一时的阿齐兹案件的庭审环节，作者指出，法庭上最引人注意的反而是人群中最为卑贱的摇扇杂役：他拥有底层贱民身上有时如花般绽放的力量与美感，当那个下等种姓成员沦落至泥垢与尘土中，大自然却突然记起她曾经的完美肉身之杰作，并将其塑为神祇，为的是告诉人们，将人分为三六九等的种姓制度多么无足轻重。在昌德拉布尔城，这个摇扇杂役如同不朽的神祇一般高贵。同时，他也是属于城市底层的卑贱者，"以食残羹废物为生，也将在成堆的垃圾中度过余生"[③]。在福斯特眼中，这样一个卑贱的人物却俨然法庭审判的主宰。在英

①　Coleridge, Samuel Taylor. *The Rime of the Ancient Mariner*. New York: Dover Publications, 1970, p. 40.

②　Sartre, Jean Paul. *Being and Nothingness: A Phenomenological Essay on Ontology*. New York: Pocket Books, 1978, p. 606.

③　Forster, E. M. *A Passage to India*. London: Harcourt, Brace & World, 1952, p. 217.

国人与印度人各执一词、发生激烈冲突之际，他超然于人类命运之外的特质深深触动了奎斯蒂德小姐，使其认识到自身的狭隘小气。最能够体现作者接受和包容卑贱事物的是对一场庆祝黑天（Krishna）神降生的印度教宗教仪式的描写。这场仪式颠覆了人们对于宗教仪式的氛围应是严肃、有序、神圣的传统印象，可谓"理性与形式上的全盘落空"①。圣坛上一片混乱，神明混杂在一堆劣等雕像、玫瑰花叶、石印油画、列宗牌匾之中，甚至被破烂的香蕉树树叶遮挡，已经难以分辨。仪式现场挤满人，隆隆的发电机声响与风扇声音破坏着圣歌的节奏。唱诗班领班戈德博尔教授在情绪激烈状态下理性思维愈发不起作用，对眼前的黄蜂以及黄蜂所趴的那块石头充满爱心。在嘈杂、混乱、肮脏的殿中，戈德博尔教授与其他人满身油脂和尘土，人们甚至玩起了抢食游戏。在一片混杂脏乱中，苍蝇也赶来索要属于它们的神明的恩赐。直至走出神庙时，戈德博尔教授仍在思忖"一个英国老妇人和一只很小、很小的黄蜂"②的事情。在代表主神的座驾从神祇宫殿起驾之前，还必须奏响被认为是不圣洁的清道夫乐队的音乐，因为这在宗教仪式上是属于被藐视与厌弃的卑贱者的时刻。在这个仪式上，如没有污秽、不洁与卑贱的要素，神灵根本无法凝聚成形。③此时，只有在包容了万事万物、包容了圣洁以及卑贱的情形下，主神才有可能降生。然后，黑天的降生释放了所有被理性压抑的情感。那时，高贵者、卑贱者、英国妇人、黄蜂、石头、苍蝇都俨然处在平等的位置。可以说，这场印度教仪式颠覆了高贵文明与卑贱污秽等的理性形式序列，从而达及一种接受、包容、平等、共存的生态共同体境界，也呼应了前文提到的媚俗生态伦理。

媚俗生态伦理揭示了被理性压抑与排斥的卑贱物的强大力量，使我们

---

① E.M.福斯特：《印度之行》，冯涛译，上海，上海译文出版社，2016，第363页。
② E.M.福斯特：《印度之行》，冯涛译，上海，上海译文出版社，2016，第370页。
③ E.M.福斯特：《印度之行》，冯涛译，上海，上海译文出版社，2016，第389页。

重新思考卑贱与文明的边界，看到两者汇合的瞬间，就在那里，存在的真相若隐若现，而人类末日的危机也悄然潜伏。福斯特曾经说，他的《印度之行》实际上并不是关于政治的，而是关于某种比政治更宽广的东西，关于为人类寻求更恒久的家园，关于嵌于印度天空下与土地上的那部分宇宙的。[1]或者说，他真正关注的是"存在于世的艰难"[2]。虽然福斯特明确表示，他塑造的印度和他所见过的印度之间存在不可逾越的鸿沟，而那些英国人越努力就离理解印度本地的思维越远。[3]然而，就在他试图呈现与发掘东西方不可相容的差异性，并认识到将英式理性思维强加于印度大地的徒劳时，福斯特已经触及存在问题的根源，借助二元论两极之间的电闪雷鸣瞥见了真相的一角。

第二节　失效的语言与逻辑

福斯特于 1912 年第一次前往印度，之后便提笔写作《印度之行》。写作时，他发现印度具有一种无法透视的混乱特质，感觉自己无法将经验中的印度用语言塑造出来，创作也曾几度搁置。1921 年，福斯特再次访问印度，在此期间，他一直从事这部小说的创作与修改，直至 1924 年小说发表。[4]在《印度之行》的创作中，12 年的间断期无疑使福斯特获得了迥然不同并且更加宽广的视野。他试着直面一种超越以往准则规范的现实世界。在福斯特看来，他在印度遭遇了一种始料未及的混乱感。这种猝不

---

[1] Shaheen, Mohammad. *E. M. Forster and the Politics of Imperialism*. London: Palgrave Macmillan, 2004, p. 93.

[2] Furbank, P. N. *E. M. Forster: A Life*. Vol. II. London: Oxford University Press, 1979, p. 308.

[3] Shaheen, Mohammad. *E. M. Forster and the Politics of Imperialism*. London: Palgrave Macmillan, 2004, p. 94.

[4] Childs, Peter. *A Routledge Literary Sourcebook on E. M. Forster's A Passage to India*. London: Routledge, 2002, p. 7.

及防的混乱似乎没有起始也没有结束，以它极端异质的无序性挑战地中海文明的规范准则，揭露英格兰文化的有限性，破坏外部现实所显现的平衡感。[①]在小说中，福斯特通过对印度的天空、太阳、泥土等生态景物的描绘，传达出一种深深的失落感。他以此表明，真实的印度无法用语言表达，或者说，语言与理性逻辑在印度似乎处于失效状态。

西方语言和殖民地生态的隐秘关系、语言与生态危机的联系以及语言指涉现实世界的局限，是生态批评无法绕过的关键议题。西方哲学中，理性自古以来便被赋予优先权。物质身体受到轻视，"形而上理性则获得史无前例的巨大权力"[②]；随着近代西方哲学的认识论转向以及启蒙运动的发展，科学获得前所未有的威望。欧洲的精英们怀着无与伦比的好奇心与雄心勃勃的志向，通过观察、计算以及实验等方式探求自然规律，征服外部世界，并以此作为大规模海外殖民活动的合法性基础，在剥削、控制殖民地的过程中永久地重塑了全球生态环境。在这一过程中，欧洲精英们在对于自身以及自己和海外世界之间的关系的认识方式上也出现了重大转变。他们试图以语言为工具描述、命名、记录自然，"建构全球意义系统"，表现出以探索、殖民东方为标志的欧洲"星球意识"。[③]瑞典生物学家卡尔·冯·林奈（Carl von Linné）于 1735 年出版了《自然系统》（*Systema Naturae*），旨在为所有已知及未知的全球植物建立分类系统。经由后代门徒的推广，欧洲的生物知识体系被普及至全球。这就是建立一种符号系统以替代所有语言为万物建立秩序的典型做法。在福柯看来："自然史不是

① Shaheen, Mohammad. *E. M. Forster and the Politics of Imperialism*. London: Palgrave Macmillan, 2004, p. 80.

② Kennedy, Greg. *An Ontology of Trash*. Albany: State University of New York Press, 2007, p. xiii.

③ Pratt, Mary Louise. *Imperial Eyes: Travel Writing and Transculturation*. London: Routledge, 1992, p. 15.

别的，只是对可见物的命名"①。通过对地球表面大量存在、繁衍生息的生物进行区分、限制和过滤，人们把整个可见物领域都归为一个结构体系。由此，动植物的可见特征通过描述性语言得以记录和接受，这种结构主义的方法与语言也意味着确立"在自然存在物之间存在的同一性体系和差异性秩序"②。以分类、管束、掌控为特征的殖民语言在对万物分类的同时，也为物种建立起了等级森严的分类系统。这种等级体系基于西方的认识论差异，导致了殖民色彩浓厚的与种族、性别、本性等有关的生理决定论话语，比如，断言热带地区的人不能达到欧洲人的道德与文化水平高度等。这种决定论话语使得殖民者对殖民地本土居民像对其他动植物一样分门别类，还被用来"把奴隶制合法化，并否认非欧洲人的公民权与主体性"③。

在《印度之行》中，莫尔夫人的儿子罗尼法官便是持这种殖民话语的典型例子。他总是引用一些英国老官僚的措辞和论据，试图说服莫尔夫人和未婚妻千万勿接近本地印度人，因为他们总是另有企图，别有用心，一会儿阿谀奉承，一会儿又要标新立异，花招很多。他还说"大部分印度人都心怀不轨，其余的则会四处煽风点火"④。其实，绝大部分英国官员都如罗尼一样，带着优越感为印度当地人贴上标签，以种族为界限事先为他们建立了符合刻板印象的形象。印度人阿齐兹被塑造成对英国人极尽殷勤的形象，他的热情好客被称为是印度式的。英国人甚至认为让印度人有机会侍奉自己，印度人会心怀感激。就连英国人中最开明的菲尔丁也表示，印度人老是令人失望，说他们见风使舵、胆小怕事、犹豫不决、自我怀疑、畏缩不前，跟自己隔着鸿沟。

---

① 福柯：《词与物：人文科学考古学》，莫伟民译，上海，上海三联书店，2002，第175页。

② 福柯：《词与物：人文科学考古学》，莫伟民译，上海，上海三联书店，2002，第181页。

③ DeLoughrey, Elizabeth and George B. Handley. *Postcolonial Ecologies: Literatures of the Environment.* Oxford: Oxford University Press, 2011, p. 12.

④ E. M. 福斯特：《印度之行》，冯涛译，上海，上海译文出版社，2016，第45页。

福斯特在小说中深入反思了西方理性思维和语言逻辑，并指出这种思维与逻辑在面对印度大地时的无效性，也暗示了其与生态问题的关联。众所周知，19 世纪达尔文进化论的兴起揭示了人类其实与其他动物一样，只是自然演化的一个环节，这无疑重挫了欧洲以往把人的优越性建立于其上帝代理者身份基础之上的人类中心主义。那么，人较之于动物优越性何在？西方哲学与文化转而为人的独特与优越性寻求新的证据，这次找到的重要证据是语言。由此，西方近代哲学赋予了语言以及依附语言所进行的形而上思辨以无与伦比的至高地位。用语言指涉现实，然后以理性逻辑推演的形式把握现实，正是西方人类中心主义思想的基础。可以说，"凭借抽象概念，形式的理论达到了敌视理论的实证主义、伪经验主义社会学想要达到而没有达到的目标：对现实的真正定义"[1]。《印度之行》中的众多英国人物，比如奎斯蒂德小姐、罗尼、菲尔丁、莫尔夫人等都是这种思维方式的典型代表。他们试图通过以语言命名的方式理解周围的世界，从而想当然地认为，他们可以达到通过理性认识与推演掌控生活的目的。但是，福斯特告诉我们，这样的理性主义思维在印度大地上是行不通的。一众英国人在印度大地上都遭遇了迥异于以往的、不可理解的经验世界。而且，"作者使语言与其指示物相脱离，来表现人的认识与经验世界的脱离"[2]。比如，当奎斯蒂德小姐和罗尼在树下就两人是否继续交往的问题谈心时，他们看到一只碧绿的印度野生小鸟，于是就以惯常思维谈论起小鸟：

"你知道咱们上方那种绿鸟叫什么名字吗？"她说着，自己的肩膀紧挨上了他的肩膀。

"蜂虎。"

---

[1] 马尔库塞：《现代文明与人的困境》，李小兵等译，上海，上海三联书店，1989，第 78 页。

[2] Parry, Benita. "Materiality and Mystification in *A Passage to India*". *Novel: A Forum on Fiction* 31.2 (1998): 181.

"哦，不，罗尼，它翅膀上有红色的条纹。"

"鹦鹉。"他冒失一猜。

"我的天哪，不是。"

那只小鸟一头扎进了树冠里。它是什么鸟这件事本就无足轻重，可他们一心想要认出它是什么鸟，仿佛这样做不知怎么地能够抚慰他们的心。然而，在印度没有什么东西是可以识别的，问题一提出来，这个问题不是消失不见，就是跟别的事物混为一谈。①

这段对话展示了福斯特在目睹了西方思维与印度大地的碰撞冲突后对语言所进行的深刻思考。文中奎斯蒂德小姐和罗尼按照惯性的英式思维，试图用语言对引起他们注意的小鸟进行定义，他们还详细地观察了小鸟的斑纹等特征。他们似乎认为，如果按照惯常思维对自然事物进行观察、识别与定义，便可以认为自己理解、掌握了身边的世界，因此可以抚慰他们的心。然而，这样的分析思维在印度的生态环境中似乎失去了往常的效用，因为他们的努力是徒劳的。福斯特评论说，英式思维在印度大地上是行不通的，每当他们提出一个问题想进行分析，这个被提出的问题及与之相关的事物本身便与周遭的一切融为一体，无法辨识。这引发我们重新思考语言的定义功能，以及语言和生态的联系。

在西方摆脱了古老的迷信和宗教信念之后，大自然便被归入科学秩序中。之后很长一段时期以来，语言虽然不被当作真理的标记，却扮演着一种透明、中立的分析与计算工具的角色。语言指称现实事物，与之非常紧密地交织在一起；语言是用来建立自然万物秩序的原则和对其分类的最为关键的符号系统，也通过命名网络规定自然。然而，到了 19 世纪末，语言本身进入了被反省的思想领域。福柯指出，尼采"第一个把哲学任务与

---

① Forster, E. M. *A Passage to India. London*: Harcourt, Brace & World, 1952, pp. 85-86.

语言之根本反思联系起来"①。尼采早在《真理和谎言之非道德论》一文中就对语言的命名提出过种种怀疑：语言的常规用法仅仅是知识的产物吗？事物的名称与事物相符吗？语言能够有效地表达全部现实吗？在尼采看来，语言是通过将神经刺激转换为形象，再用声音模仿形象这样的隐喻方式，来表达被命名事物与语言创造者的关系。因此，说起事物的名称，并不代表人们理解了事物，只是说明他们拥有事物的隐喻而已，人们正是通过忘却的方法才能成功臆想自己拥有了真理。由于世界上没有两片相同的树叶，"树叶"的概念就是基于武断地抛弃个体差异、通过忘记区别而确立的。因此，自然本身是不可理解、不可规定的，所有的形式、概念、分类等不过都是拟人化的，并非源于事物的本质。②

　　语言是人们再现所感知世界中物体与时间的符码，可这种符码跟周围世界并没有内在、固定的联系。然而，人们通过语言的立法确立了真理的法则，却丝毫未觉察其中的幻象成分。文中奎斯蒂德小姐和罗尼正是将语言的定义当真理，试图给那只小鸟贴上标签，但这种做法在印度大地上显然失去了效力。而他们两人之后坐博哈德老爷的汽车离开时，又遇上了另一件事情。黑暗中行驶的汽车撞上了什么东西，他们于是下车查看。奎斯蒂德小姐说看到汽车撞倒了一头巨大的动物，之后就试图弄清到底撞上的是什么动物。几个人讨论这动物的特征，比如毛茸茸的脊背、个头大小、蹄印的样子。他们在黑暗中伏在地上观察，还拿出手电筒照着轮胎旁的痕迹仔细分辨，他们从山羊、水牛猜到土狼，可始终无法确定那是什么动物。后来奎斯蒂德小姐对莫尔夫人说起这件事情，莫尔夫人更是惊恐地脱口说出："鬼魂。"在去往马拉巴尔山的路上还发生了类似的事件，奎斯

①　福柯：《词与物：人文科学考古学》，莫伟民译，上海，上海三联书店，2002，第396页。

②　Nietzsche, Friedrich. *Philosophy and Truth: Selections from Nietzsche's Notebooks of the Early 1870s.* Trans. Daniel Breazeale. Amherst: Humanity Books, 1993, pp. 81-83.

蒂德小姐看到河道对岸有一根细细的黑色的物体竖在那里，就脱口说那是一条蛇，大家都表示同意，还就蛇的毒性、形态发表了一番评论。接着，奎斯蒂德小姐通过望远镜观察后，又觉得那只是一根树枝，而不是蛇，众人则表示反对，阿齐兹更是以拟态为说辞解释一通。针对这个物体，大家"众说纷纭，莫衷一是，最终也没有一个确定的说法"①。于是，被指示物或现实物体跟语言的命名再一次发生了脱离，人们无法就其指涉达成一致，也就失去了确定性或者所谓的真理。通过这些事例，福斯特反思甚至否定了习惯用语言对周围世界进行确定性定义的思维。小鸟和那黑夜中的动物最终都没有被贴上标签、没有分类；那条未知之蛇或是别的什么物体，最终也没有被确定的语言所表征。它们和印度大地上无数其他生命和非生命存在形式一样，被归入了不可规定的茫茫未知领域。

类似的例证还有，戈德博尔教授在菲尔丁家的聚会上为众人吟唱了一首富有诗意的歌，那像某种未知的鸟儿的歌声，既不刺耳，也不难听。然而，在场的英国人，包括菲尔丁、莫尔夫人、奎斯蒂德小姐，听到他的吟唱，只是感觉迷失在一片噪声中，根本无法理解。戈德博尔教授解释了歌词的大意，说他以挤奶姑娘的角色呼唤神的降临，可无论她怎样祈祷呼唤，神都拒绝降临。莫尔夫人还是不解，询问神是否最终会降临，可戈德博尔重复说神拒绝降临。以英式的思维，他们最终也未能理解戈德博尔的歌曲，无论是韵律还是内容。此外，福斯特对于马拉巴尔洞窟以及该地所发生事件的描述，更是明确表明了西方的语言及逻辑在表达印度非人世界的意义方面的无效性。这种无效性将人们带至语言产生之前的混沌嘈杂时刻，也让人们深刻反思基于语言的所谓人类文明与价值的局限性。小说从开篇起就多次反复提及马拉巴尔山和洞窟，不断从侧面铺垫其重要性与非凡之处，却从未正面说明其独特性具体何在。在菲尔丁家的聚会上，阿齐

---

① E. M. 福斯特：《印度之行》，冯涛译，上海，上海译文出版社，2016，第 175 页。

兹提议去马拉巴尔洞窟游玩，马拉巴尔洞窟的真貌似乎就要呼之欲出了。然而，就连最有智慧、深谙东西方文明的戈德博尔教授，面对众人好奇的询问时，也无法介绍马拉巴尔洞窟到底是什么样子，阿齐兹还以为他在刻意隐瞒什么。事实并非如此，而是"一种他无法控制的力量压抑了他的思想，他无法用言语表达，只能沉默"①，最终他们也没能从教授那里得知洞窟有何非同寻常之处。待他们真的到了马拉巴尔山中，才发现不但很难用语言描述这些洞窟，甚至在头脑中将它们区分开来都非常困难。洞窟本身可谓一无所有、毫无特点，并且"根本无法言说"，周围的平原与飞过的鸟儿则惊叹道："非同寻常！"这一声惊叹在空气中生根，又被人类吸入了肺腑。② 于是，福斯特通过人类语言的缺场来刻画马拉巴尔山和洞窟。然而，缺场并非代表不存在，缺场本身也是一种在场。马拉巴尔洞窟的"不可言说性正是意义的混杂与多元性造成的"③。作者通过这样的方式暗示，存在一种人类无法理解的意义，这种意义消解了人类语言的有效性，或者说人类语言无法容纳、表达这更为复杂的感知世界。因此，与其由人类通过语言来表达，不如通过鸟儿、平原、空气等非人类生命形式的惊叹，才更能体现马拉巴尔山和洞窟的非凡之处，也更能使人类心生震撼。

进入马拉巴尔山，人们首先感受到的是一种超自然的死寂。一切都丧失了重要性，所有的思想也都不再运转，"所有的一切似乎都被连根斩断，因而全都蒙上了一层幻觉的色彩"④。最不同寻常的，是山洞中所回荡的那种回声。在洞窟里，无论是什么响声或动静都会产生同样单调的、类似嚎叫的回声，回声又会产生回声，形成层层叠叠嘈杂的一片。这种回声是马拉巴尔洞窟自身的表达方式，是岩壁、石头、空气、火焰、人影以及黑暗

① Forster, E. M. *A Passage to India*. London: Harcourt, Brace & World, 1952, p. 76.

② Forster, E. M. *A Passage to India*. London: Harcourt, Brace & World, 1952, p. 124.

③ Parry, Benita. "Materiality and Mystification in *A Passage to India*". *Novel: A Forum on Fiction* 31.2 (1998): 182.

④ E. M. 福斯特:《印度之行》，冯涛译，上海，上海译文出版社，2016，第175页。

中拥挤的参观者等多种物质进行身体、能量的互动所产生的，因此"回荡着诉说主观性人类经验、非人世界或前语言交流形式以及人类知识替代形式的多重声音"①。在离开马拉巴尔之后，单调嘈杂的回声仍然久久萦绕在他们的脑海。作为马拉巴尔洞窟自身表达的这种声音"先于所有语言"，而且排除了被人类语言赋予意义的可能；在这种表达面前，"苍白的语言只会不停地自我分解"。② 来到洞窟的人们似乎回到了语言起源之前，又似乎到了人类语言的有效范围之外，因为人类理性认知的语言显然无法表述这里似乎存在于时间之外、颠覆了等级秩序的神秘经验。

重叠、可怕的回声消解了一切人类世界的存在价值和意义，使小说中持典型英式思维的莫尔夫人、奎斯蒂德小姐、罗尼法官以及菲尔丁先生等人都不同程度地感觉到了思维的混乱与困惑。菲尔丁在起诉案件中选择站在印度人阿齐兹的立场，并因此跟自己的英国同胞发生冲突。之后，当菲尔丁站在凉台上望向远方暮色中美丽的马拉巴尔群山，他感觉阿拉巴马山峰像仪态万千的女王缓缓走来，在山色和白昼的最后一抹余晖融合的一刹那，群峰在消失的瞬间又似乎无处不在。在繁星闪烁的时刻，美妙的感觉却与他失之交臂，菲尔丁的心头突然涌起了怀疑和不满足的感觉。四十年来的人生中，他自认为已经成功地学会了按照欧洲最先进的思维方式掌控生活、了解弱点、控制激情、发展个性，并尽量不负时光③，然而，面对印度的群山和夜晚，他却突然怀疑以前所谓的成就和准则，感到是不是应该将人生用来追求别的什么事情。奎斯蒂德小姐则在山洞中出现了强烈的幻觉，直接导致了使英印关系恶化的诉讼事件。在离开马拉巴尔山之后，她仍然被回声所影响，一度处于精神崩溃的边缘。莫尔夫人在这里感觉到的

---

① Sultzbach, Kelly. *Ecocriticism in the Modernist Imagination: Forster, Woolf, and Auden.* Cambridge: Cambridge University Press, 2016, p. 71.

② Herz, Judith Scherer. "Listening to Language". *A Passage to India: Essays in Interpretation.* Ed. John Beer. New York: Palgrave Macmillan, 1985, p. 62.

③ Forster, E. M. *A Passage to India.* London: Harcourt, Brace & World, 1952, p. 191.

混乱使得她之前的价值观和信仰都开始动摇，彻底丧失了对生活的把控。在参观马拉巴尔洞窟归来后，莫尔夫人明确表达了对于人类语言的怀疑。在被奎斯蒂德小姐追问回声的缘由时，她尖刻地说道："说，说，说……好像什么事情都能说清楚似的！我已经将毕生的时间都花费在说或是听别人说之上了；我已经听得太多了！"[1]

通过这些人物和事件，作者传达了对于语言的深度思考。在西方的思维模式下，人们总能用语言做出确定的论断，这些论断可以是关于真实、等级、秩序、理性、时间等等，可是使用西方语言和思维的人到了印度，却经历了无法用语言描述的神秘体验。福斯特用印度来象征一种神秘莫测的现实，无论你用什么样的词语，比如邪恶、无情、不公、恶意等，来描述这种现实，这种词语也都是被赋予了人格的拟人化表达，只会屏蔽或遮盖真实的谜团。这些谜团似乎超越了理性思考的范围，却是每个人、每件事物存在的最终基础。[2] 如果要对生态问题进行更深刻的思考，我们就必须超越西方理性的准则与范围，从更加宏观的视角来考虑人类语言与存在的联系。

语言起源于人们对于周围自然环境、声音、景象等的感受以及交流的需要。然而，随着话语的发展，人们为语言确定了超越表达能力的另一维度，即附着于常规惯例的抽象意义层面。[3] 这种抽象意义越来越被当作理所应当的，之后，人们进行生活表达也好，进行哲学思辨也好，都很少去创造新的意义，而是按照常规、约定俗成的方式使用语言，此时的语言与理性思辨其实已经朝着日益僵化、苍白的方向发展。通过科学家、哲学

① E. M. 福斯特：《印度之行》，冯涛译，上海，上海译文出版社，2016，第 253 页。

② Orange, Michael. "Language and Silence in *A Passage to India*". *E. M. Forster: A Human Exploration*. Eds. G. K. Das and John Beer. Hampshire and London: Macmillan Press, 1979, p. 145.

③ Abram, David. *The Spell of Sensuous: Perception and Language in a More-Than-Human World*. New York: Vintage Books, 1996, p. 55.

家的肯定之后，语言约定俗成的抽象意义被认为是语言的本来意义，语言日益被视为一种抽象现象，并和语言最初所携带的表达感受性的意义相分离，它唤起情感的感性维度被极大地忽视。在福斯特看来，相对于确定、直白、基于逻辑的语言，诗歌更加能够唤起情感，表达普通语言所不能表达的意义。小说的主人公阿齐兹是对诗歌痴迷之人，他热爱诗歌，认为科学不过是一种技能，而诗歌可以触及真实的生活。在阿齐兹生病时，朋友们前去家中探望他，他们闲聊的话题从戈德博尔教授生病的事情转到对印度教教徒的尖刻嘲讽，从他们嘈杂的争论声音、浅薄的牢骚抱怨中，可以看出印度流行的各种宗教之间的重重矛盾，这代表语言所承载的不同理念与文化之间的分裂。但是后来，阿齐兹吟诵了一首诗篇之后，大家都对诗中的悲怆感产生了共鸣，一致认为好的诗歌能够触动心底最柔软的部分。在诗歌的感染下，喧闹的房间安静下来，密谋、陷阱、流言蜚语、抱怨讥讽，似乎都烟消云散了，大家心中产生了印度是一个整体的情感。在这群人中，只有个别人对诗歌略知一二，他们倾听的时候并未注意诗句的具体含义。但是他们仍然被诗歌的美感所吸引，而且，他们听了诗歌后，各种原本粗鄙的想法重新涌回头脑时，似乎都被升华了。尽管写下诗篇的诗人早已逝去，但诗歌的韵味仍然像诗中的鲜花一样吐露芬芳；那诗歌中的王国也好像在朝四分五裂的昌德拉布尔招手，告诉她，她是一个统一体。①诗歌就像沟通不同文化、不同文明的桥梁，这也是它不同于科学思维和语言的地方。

诗歌不仅以意味深长的韵味激发人们心中的情感，荡涤阴暗的分裂力量，使心灵重归宁静，诗歌还以多元的表达、神秘的道说，关联着所有生命形式的存在。当人们用语言给事物贴上标签，以约定俗成的科学、哲学逻辑进行思考推演时，语言俨然是一种计算工具，也必然导致主客体的分

---

① Forster, E. M. *A Passage to India*. London: Harcourt, Brace & World, 1952, pp. 105-106.

离。海德格尔曾指出，几千年来形成的偏见认为"思想乃是理性的事情，也即广义的计算的事情"；但实际上，思想并非任何认识的工具，而首先是一种倾听，是让表达者自行道说，思和诗互相需要，乃是"近邻的关系"，处在同一领域中。[①] 在海德格尔看来，一个诗人越是诗意，他的道说便越是"疏远于单纯的陈述——对于这种陈述，人们只是着眼于其正确性或不正确性来加以讨论"[②]。真正的存在应当疏远基于所谓的事实性与可理解性的科学计算语言，而诗意地栖居。这种诗意的道说使人们归属大地，实现真正的栖居。

在《印度之行》中，福斯特认为语言无法解释在印度的感觉、经历和事件，揭示了西方的语言工具和理性思维在面临更为广阔的生态世界时所暴露的局限和狭隘之处，从而将印度大地塑造为多元的生命形式、智性模式和感受力并存的地理空间，也展示了自己对语言、思想与生态世界之间关系的深度思索。人类把语言能力作为引以为傲的标志，将知觉世界隐喻化和概念化，以数学逻辑对这些隐喻和概念进行分类和排序，以将人区别于其他动物。可人类愈加受到抽象概念的支配，误把幻象当成真理，却不知这种所谓的真理只是一种拟人论，并非不以人的意志为转移的普遍真理。《印度之行》反映了福斯特对于这种文明与真理观的反思，作品中时刻透露与传递的不可言说性、不可理解性正是对于人类文明边界的试探和突破。同时，这也引发我们询问：在以现有的方式谈论世界，视其为理所应当，将其化约为可控制与可支配的意义之前，世界是什么样子的？[③] 脱离自我同化的世界以及鸟儿、蛇等其他动物的知觉世界有何意义？人类在整个生态中真正的位置应该是什么？

① 海德格尔：《在通向语言的途中》，孙周兴译，北京，商务印书馆，2004，第 163 页。
② 海德格尔：《演讲与论文集》，孙周兴译，北京，生活·读书·新知三联书店，2005，第 199 页。
③ Merleau-Ponty, Maurice. *The Visible and the Invisible*. Trans. Alphonso Lingis. Evanston: Northwestern University Press, 1968, p. 102.

第三节　走向解域化后人文主义的生态共同体

在印度大地生活的体验与经历使福斯特深度反省以西方理性主义思维将世界概念化并进行殖民掌控的做法，揭示了二元论思维中二元双方的毗邻、连接和原本的一体性关系。西方理性主义殖民逻辑正是以人类语言和逻各斯为工具与基础的，人类运用语言与逻辑对生态系统中的万物进行命名、分类，以将其纳入可以认识和掌握的等级性系统，这正是导致生态问题的根源之一。在《印度之行》中，福斯特指出，人类语言和逻辑在印度大地上似乎都失去了作用，这反映了作者对人类文明与真理观的反思。作品中时刻透露与传递的不可言说性、不可理解性正是对人类文明边界的试探和突破。同时，对语言和逻辑的质问也促使我们思索文明世界的人类中心主义观念。

一、反人类中心主义的立场

人类中心主义源于古老的西方文明，一系列二元论观念在历史中持续发展，从而不断巩固人类中心主义的立场。尤其是启蒙运动以来的人类/自然二元论结构，不仅决定了人类对待自然的方式，也在某种程度上导致了当前的环境危机。二元论结构不仅仅是人类与自然的相对，而且是一系列相互对立的二元论观念，比如男性/女性、主人/仆人、理性/物质、理性/动物性、精神/身体、主体/客体、自我/他者、文明/原始等等，从而形成了内在勾连、逐渐累积、彼此巩固塑造的观念网络。在西方的思想传统中，这一网络中的前者，比如理性、主体、自我、男性等被赋予了优于后者的主导支配地位。于是，将理性作为自身本质特征的人类将精神自我与物质自然截然分开，并将身体与动物性的自然视为外在的、低于甚至从属于精神自我的领域。在这种语境中，"被定义为'自然'就意味着被动、非能动、非主体，它是理性与文化成就所发生的环境或隐形背景，是任由（人类）理性或智性活动强占利用的、没有独立目标或意义的资源"①。在《印度之行》中，福斯特质疑了西方理性主义试图掌控生态万物的殖民逻辑，指出西方理性主义思维和语言在面对印度大地时的无效性，同时，他以前所未有的深度反省了在全球生态系统中人类所持的自我中心主义立场。

　　前文已经提到，在小说中，不管是莫尔夫人、奎斯蒂德小姐，还是菲尔丁先生，他们都感到自从踏足印度的土地，就似乎失去了对于生活的掌控能力，甚至丧失了自己原本的信仰。奎斯蒂德小姐曾经对莫尔夫人说，含混不清、模糊不明的无力掌控感是印度奇特的环境造成的。②不过，即使是印度人戈德博尔教授，在被问及马拉巴尔洞窟的情况时，他也感到自己的思想似乎被一种他无法掌控的力量所压制，从而无法用言语来描述马拉巴尔洞窟。可以看出，福斯特面对迥异于欧洲的印度大地，他更加彻底地跳脱出西欧的思维惯性，从更为宏观、深刻的角度，来思考理性思想传统在处理人类与生态万物的关系时所暴露出的局限性，也反思了人类在整体生态系统甚至宇宙中的位置。福斯特在小说中明确表示，对于地球上的大多数生命来说，"自称人类的这一少数派的欲望及决定其实无足轻重"③，它们根本不把英国甚至人类的统治放在心上。不过，这一沉默不语的生命系统就潜伏在那里，一旦人类有所倦怠，它们便随时准备重新掌握世界；当阿齐兹等人在马拉巴尔山谷中行走时，作者亦表明，相比于死寂、怪异而巨大的山谷，人类显得如此脆弱，如此微不足道。望着那里的天空与崖壁，福斯特感叹说，在人类这一物种诞生之前，这个星球一定已经是这个样子了。④实际上，福斯特在其他作品中也表达过类似的反人类中心主

①　Plumwood, Val. *Feminism and the Mastery of Nature*. London and New York: Routledge, 1993, p. 4.

②　Forster, E. M. *A Passage to India*. London: Harcourt, Brace & World, 1952, p. 98.

③　Forster, E. M. *A Passage to India*. London: Harcourt, Brace & World, 1952, p. 114.

④　E. M. 福斯特:《印度之行》，冯涛译，上海，上海译文出版社，2016，第183页。

义立场。在名为《一处僻静之地》（"The Solitary Place"）的散文中，福斯特指出，人类洋洋自得于文明的胜利，自认为已经遥遥领先于其他生命形式，不允许花草蔓延到自己用机械清理过的地方。然而土地如此执着，只需要如此少量的泥土，便在数年之后呈现出非凡的植物秀。① 在小说中，福斯特浓墨重彩地追溯与描绘了印度半岛历经亿万年的壮观画卷以及地质变化过程：从早在印度斯坦诞生之前就存在于这里的汪洋大海，到见证了喜马拉雅山脉从海中升起的达罗毗荼高原，这片古老的土地在人类出现之前的亿万年前就已经存在，接受着太阳的照射，如今那无数的岩洞石窟仍然人迹罕至，亿万年后在海洋、河流、太阳、淤泥等的综合作用之下，这片陆地的地形又会发生更多未知而奇特的变化。不仅是印度大陆，就连整个地球系统都是被洛夫洛克定义为"盖娅"的庞大有机系统，包括地球上的生物圈、大气圈、海洋和土壤等，人类只是其中非常渺小而短暂的存在形式。

然而，作为后来者的人类，却在西方二元论主导观念的支配下，试图以自身的理性标准来为世界制定规范。例如，人类通过观察、分析、反思，达成对非人生命与物体的理解与把握，通过对事物进行概念化与命名来取得对其他物种的绝对统治权，通过残忍的手段大规模地控制并迫害其他动物，这样做仅仅是为了保护人类的利益。② 当然，正如前文所言，这种对动物的统治迫害跟英国殖民者对于印度的统治与掌控出于同一种理性主义殖民逻辑。小说中来自英国的人物大都已经习惯于以理性分析的方式看待周围的事物与事件，他们总是会对动物、植物等明确地分门别类，并给它们贴上标签。尤其是持有理性主义殖民思维的典型人物罗尼，他从来只信奉"消毒、杀菌"过的知识与真理，将科学之外的理解世界的方式

---

① Forster, E. M. *Pharos and Pharillon*. Edinburgh: R. & R. Clark, 1923, pp. 89-90.
② 雅克·德里达：《"故我在"的动物》，史安斌译，载《生产》第三辑，汪民安主编，桂林，广西师范大学出版社，2006，第 98 页。

一概否定。[①]而在福斯特看来，这种西方传统中将事物分门别类并加以概念化掌控的习惯性做法到了印度的土地上便问题重重，那种二元论的观点以及在人类与其他动物或物种之间划分界线的合法性也被反思与质问。在此基础上，福斯特在《印度之行》中表达了物质生态批评理论所提倡的生态观，即自然中所有物质组成部分之间相互构成、相互作用，并且普遍联系。这是一种囊括了人类与非人世界的生态共同体思维。在这一生态共同体中，非人似乎同人类一样，具有主观能动性，在冥冥之中左右着情节的发展与结局。

在西方人文主义和形而上学的个人主义思想传统中，"人"总是作为独立于周围万物的形象出现。他借助自己的感官认识世界，又在技术工具的帮助下分析、解读世界。同时，他又是与其他事物分离的个体，旁观与反思周围的外部事物。他是世界的中心。正是通过他，一切的认识结果才得以黏合与统一。然而，在福斯特所描写的印度大地上，人不再是处于中心地位的统治者，而是与植物、动物以及其他存在形式并无两样的物质身体。人类、自然界生物以及人造物品等都处于平等交融的状态中。当初来印度的莫尔夫人望着天上的明月，感到这月亮不像在英格兰时那般死板与疏离，而是跟地球以及其他星球一样被包裹在朦胧的夜色中，使人感到与所有宇宙天体形成和谐亲密的共同体。[②]在印度的动物没有任何室内还是室外的概念，黄蜂会悠然飞入房间里，把人们挂衣服的挂钩当作用来栖息的树枝。对于那些蝙蝠、老鼠、飞鸟或者昆虫来说，人类建造的房屋不过也是永恒存在的森林中自然生长出来的一个部分或空间而已，它们会若无其事地在屋内屋外酣睡与活动。在远处的平原上，胡狼充满渴望的狂吠之声跟人类敲鼓的咚咚声和谐地交织在一起。[③]在福斯特看来，人类和其他

① Forster, E. M. *A Passage to India*. London: Harcourt, Brace & World, 1952, p. 257.

② Forster, E. M. *A Passage to India*. London: Harcourt, Brace & World, 1952, p. 29.

③ Forster, E. M. *A Passage to India*. London: Harcourt, Brace & World, 1952, p. 35.

生命形式并非迥异、分离的存在。在听闻莫尔夫人的死讯时，作者指出，不仅仅只有人类会经受痛苦，动物、植物甚至石头也经受痛苦。[①] 他借年轻的传教士之口询问道，既然不论黑人白人都会受到神的保佑，那么，这神圣的仁爱之心是否也应该施与猴子、胡狼、橙子、仙人掌、水晶、泥浆，甚至体内的细菌呢？可见，跟前期作品中明显的人文主义倾向相比，福斯特在《印度之行》中已经在深刻地反省西方人文主义思想的局限，将"唯有联结"的范围不断扩展，从而扩大至非人世界的一切存在形式。这体现了一种后人文主义的生态观。

福斯特"万物在空间中紧密接触"[②] 的生态观契合了当代后人文主义生态批评，尤其是物质主义生态批评的思想倾向。物质主义生态批评认为，非人物质跟人类身体一样拥有自然倾向与积极作用，包括人类在内的"一切事物都是平等的"，"都能够以同一种力量开始存在并持续存在"。[③] 而且，物质拥有内在活力，具有作用于人和其他自然身体的影响力，以及外在于人类主体的独立性。小说提到，有一次奎斯蒂德小姐心事重重地坐在树荫下面，看到一只碧绿的小鸟正在瞅她。她被小鸟吸引了目光，仔细观察后发现，小鸟颜色鲜艳，形态可爱。但是，她被小鸟吸引住了，小鸟反而不屑地闭起眼睛，轻轻一跳，准备睡觉了。在散文《我的树林》（"My Wood"）中，福斯特也描写了类似的邂逅小鸟的场景。他在自己名下的一片树林中看到了一只可爱的小鸟，因而心生喜悦，并认为它是属于自己的鸟；然而小鸟似乎并没有产生与他相同的喜悦之情，它无视当时当地他们之间的产权关系和情感关系，而是径自飞走了。[④] 作者试图表明，小鸟也好，其他生命或者物质也罢，都具有独立于人类意义系统的属性，人类无

---

① Forster, E. M. *A Passage to India*. London: Harcourt, Brace & World, 1952, p. 247.

② E. M. 福斯特：《印度之行》，冯涛译，上海，上海译文出版社，2016，第 244 页。

③ Bennett, Jane. *Vibrant Matter: A Political Ecology of Things*. Durham and London: Duke University Press, 2010, p. 2.

④ Forster, E. M. *Abinger Harvest*. London: Edward Arnold & Co., 1946, p. 24.

法将其纳入自己的理性理解，或者无法使之与主体的意愿相一致。

从物质主义的角度来看，人也是一种物质，并被身边的物质所包围与影响。在小说中，福斯特试图表明，他感觉到了印度大地上人被种种物质包围、影响的状态。他以开放而敏锐的感知力觉察到了非人物质的内在活力，看到了非人物质与人类相互纠缠、相互渗透。福斯特笔下的印度，无论是旱季时的滚滚热浪、嗡嗡乱飞的虻蝇，还是雨季来临后饱含雨水的天空、星罗棋布的巨大水池，无论是自然存在的动物、植物、石窟、山河，还是人工制造的各类物品、宗教建筑，一律被赋予了极其关键而重要的内在活力与强大力量。例如，热浪会突然席卷人间，只消个把小时便使得街上空无一人，似乎人间经历了什么浩劫。人们只要到了户外就觉得无法思考，无法工作，就连他们所坐的车厢中也并不是空无一物，而是充满了某种无处不在的介质，挤压着他们的肉体。[1]因为紧挨着两人的眼睛猖獗舞动甚至直往其耳朵里爬的虻蝇，前去探望阿齐兹的菲尔丁先生变得浑身躁动、心神不安，不得不起身告辞。至于那充满了神秘感的马拉巴尔山，那些数量众多又难以区分彼此的洞窟、漆黑一片的洞内空间、光滑如镜的洞壁、单调嘈杂又可怕的回声、山中摇摇欲坠的巨型卵石以及超自然的静寂等，都在小说的整体场景塑造与故事发展中发挥了强大的力量，扮演了重要的作用。

二、人与非人的能动内在互动和双向构成

在某种程度上，小说中非人物质呈现出内在活力并展示出强大力量的现象契合了后现代的物质生态观，即人类生活的世界并不只是纯粹的外部世界，而是充斥着彼此交织、万古长存且不断变化的各种力量。这些力量共同为人与非人物质所拥有，由此，人和非人物质相互关联，彼此存在连续性。在这种生态观中，一种关系本体论被用来取代笛卡尔式的二元论自

---

[1] Forster, E. M. *A Passage to India*. London: Harcourt, Brace & World, 1952, p. 114.

然生态观，这种关系本体指向一种密集的关系网，网中各种处于能动状态的成分混合在一起，以内在互动的方式相互关联。[1] 在这个关系网中，人与非人、主体与客体、观察者与被观察者都是同一个整体实在中互相融合与渗透的不同方面。体现在小说中，即无论是印度本地人、英国统治者、自然界的生命，还是人造制品，都带着自身的能动性与作用力，且相互影响、相互塑造，构成了一个密集的整体关系网。用巴拉德的话来说，这是可以用来作为社会建构论替代方案的基于物质内在互动的能动实在论。能动实在论认为，对于世界万物的理解不应停留在寻找属于某物的固有内在属性，而应该强调万物之间动态转换和相互塑造的纠缠关系。作为能动实在论关键概念的"内在互动"，区别于通常意义上的"互动"（interaction）概念。互动概念预设了参与互动的是具有边界的、独立的分离个体能动者；而内在互动则意味着"并不存在先在的独立能动者，而是能动者通过它们的内在互动而涌现"[2]，相互纠缠、渗透的能动者是双向构成的关系。

如果从这一视角来解读小说中的关键事件与情节，就不难发现，物质的能动性被一再强调，小说故事情节的发展被呈现为基于物质与人类之间双向内在互动的结果。例如，作者在描写阿齐兹带领莫尔夫人、奎斯蒂德小姐等一行人前往马拉巴尔山期间的经历时，马拉巴尔山附近以及洞窟内外全面入侵人类感官体验的特征被浓墨重彩地加以描写。那里的天空病态地逼近悬崖的峰巅，除了炙热的花岗岩石块似乎别无他物，一切给人一种静悄悄的死寂之感。先前已被印度大地深刻影响的莫尔夫人直言，这里真是个令人窒息的可怕地方。[3] 那里的洞窟好像是张开的黑色大嘴，人们鱼贯而入的身影在洞口忽地一闪就消失不见，好像水被吸进了下水道，而

[1] Oppermann, Serpil. "Ecological Imperialism in British Colonial Fiction". *Journal of Faculty of Letters* 24.1 (2007): 22.

[2] Barad, Karen. *Meeting the Universe Halfway: Quantum Physics and the Entanglement of Matter and Meaning.* Durham & London: Duke University Press, 2007, p. 33.

[3] E. M. 福斯特:《印度之行》，冯涛译，上海，上海译文出版社，2016，第 176 页。

山洞打个饱嗝，人类又出现了。而更加恐怖的是令人印象深刻的单调而嘈杂的洞窟回声。作者在小说中借由莫尔夫人的心理活动，表达了对于洞窟回声物质性的反思。莫尔夫人暗自询问，在洞窟之中到底是什么在对她讲话？在她曾经走入的第一个洞窟中，到底是什么东西居住在那里？在物质性发挥强大能动力量的地方，人类的思想无法正常地被理性所控制，似乎进入了一种幻象。这种幻象正是物质作用于人类的"内在互动"的结果。在山谷与洞窟等物质的能动作用下，奎斯蒂德小姐突然第一次明白了，自己根本不爱自己的未婚夫罗尼，这引发了她和阿齐兹之间充满误解而失败的交谈，导致了两人单独前往洞窟时的分离，进而又发生了后面令人震惊的骚扰事件。

不仅如此，奎斯蒂德小姐起诉阿齐兹骚扰事件对于整部小说来说异常重要与关键，然而这件事情的真相从头至尾都未能大白。无论是当事人奎斯蒂德小姐，还是小说中所有在场或不在场的人物，甚至是作品中的叙事者，都未能给出确定的答案。这恰恰反映了后现代物理哲学中的不确定性原理，而后现代物理哲学被巴拉德用来作为支撑物质主义的论点。在巴拉德看来，正如物理学家尼尔斯·玻尔（Niels Bohr）指出的，"物并不具有内在确定的边界或属性，词语也不具有内在确定的意义"[1]。这是因为，现代量子物理学研究的成果告诉我们，主体与客体、观察者与被观察者并不具有内在的差异或确定的属性。这意味着，一方面，人类无法认识人类观念框架之外的真正客观的研究对象，即事物本身。另一方面，人类无法独立于物质而存在。从这一视角来看，奎斯蒂德小姐在洞窟中所经历的事件也不再是她单独的经历，而是在能动性物质作用下内在互动的结果。在她慌不择路、沿着生满密密麻麻的仙人掌的山路逃离之时，她的全身扎上了仙人掌之刺，这是物质与人类身体互相作用渗透的又一个显而易见的例

① Barad, Karen. *Meeting the Universe Halfway: Quantum Physics and the Entanglement of Matter and Meaning*. Durham & London: Duke University Press, 2007, p. 138.

证。死寂的山谷、炙烤的岩石、黑暗的洞窟、可怖的回声以及满身的仙人掌刺，这些物质与奎斯蒂德小姐的身体之间的内在互动使得她无法以离身的理性掌控自己，使她似乎处在幻象中。于是，跌跌撞撞返回的奎斯蒂德小姐第一时间告知他人，自己在洞窟中被阿齐兹骚扰。然而，那物质性的能动作用仍然持续存在。回到家后的奎斯蒂德小姐一再表明，她无法摆脱那洞中回声的影响。她觉得那洞中的嘈杂声从理性角度来看无足轻重，然而噪声却日益滋长、生发，不断地从她的生活表面冒出来。[①] 而且，虽然莫尔夫人拒绝针对此事发表意见，然而物质的力量使得奎斯蒂德小姐不断反思阿齐兹是否犯过骚扰自己的罪行。由此，她似乎跟莫尔夫人产生了超越语言层面的意识交流与互通，认为莫尔夫人好像在告诉她阿齐兹是无辜的。此时的主体意识并非只是人类的理性思考，而是"囊括了人和非人内部互联活动所产生的物质能动性与共同意识"[②]。此外，站在法庭上、面对睽睽众目的奎斯蒂德小姐感觉到一种全新而未知的力量在保护着她。她似乎又回到了那天的马拉巴尔山上，此时此刻，她既感到身临其境，又感到置身事外。随着当时的情景重现，她意识到阿齐兹并未尾随她进入洞窟。在某种力量的作用下，她再三确认了阿齐兹并未在场。[③] 可以看出，福斯特试图表明，在奎斯蒂德小姐经历、反思以及在法庭上处理洞窟骚扰事件的整个过程中，物质都发挥了巨大的能动性。奎斯蒂德小姐的选择与行动也并非由她个体单独决定，而是她自己作为人类身体与周围物质进行内在互动的结果。

持续不断地进行内在互动的物质流扮演着生成世界的能动者的角色，物质生态观反对本体论意义上的原子论形而上学，后者认为世界归根到底

---

① E. M. 福斯特：《印度之行》，冯涛译，上海，上海译文出版社，2016，第 246 页。

② Sultzbach, Kelly. *Ecocriticism in the Modernist Imagination: Forster, Woolf, and Auden.* Cambridge: Cambridge University Press, 2016, p. 72.

③ Forster, E. M. *A Passage to India*. London: Harcourt, Brace & World, 1952, pp. 227-228.

是由具有固有属性的个体构成的，而前者认为，"最基本的本体论单位并非某种具有固定边界与属性的独立物体，而是现象（phenomena）"①。在能动的内在互动的持续作用之下，世界的特定物质构型才展现为特定的物质现象。因此，结合上文对奎斯蒂德小姐的经历的分析，可以说，奎斯蒂德小姐与周围物质并非界限分明的独立个体，而她的所思、所言、所为以及所有经历都可谓是在持续的内在互动之流作用下显现出来的现象而已。通过持续不断的能动体互动之流，世界的一部分物质使自身区别于另一部分物质，而物质间的因果关系结构或者被巩固，或者被动摇。这种能动之流并非发生在时空之中，而是时空诞生本身，或许这也就是为什么福斯特借由莫尔夫人的所思所想告诉读者，那居住于马拉巴尔山洞窟之中的乃是"某种又古老又微小的物质，这种物质存在于任何时间与空间之前"②。

正是在内在互动的持续进行和特定物质构型表现为物质现象的过程中，世界上具有某种确定边界、属性、意义与身体性标志模式的特定因果结构得以显现。当我们看到显现出来的具有特定边界属性的事物并赋予其意义之时，不应该忘记那涌动于现象之下的一切相互纠缠渗透的内在互动之流，这在某种程度上体现了戴维·博姆（David Bohm）所说的隐含序和显明序。博姆指出，人们根据差异与相似法则得出的显明序只有在有限的领域内才是真实正确的。而在更深更广的层面上，显明序必然消解于隐含序中，表现为万事万物的整体性。在这种未分割的整体性隐含序中，一切事物都是暗中相互纠缠的。在隐含序中，存在的总体涉及每一个具体的时空领域。不论我们谈论什么抽象出来的要素、部分，它们都已经涉及总体，整体已经渗透于一切部分或方面中。③实际上，福斯特在《印度之行》

① Barad, Karen. *Meeting the Universe Halfway: Quantum Physics and the Entanglement of Matter and Meaning.* Durham & London: Duke University Press, 2007, p.139.

② Forster, E. M. *A Passage to India.* London: Harcourt, Brace & World, 1952, p. 208.

③ Bohm, David. *Wholeness and the Implicate Order.* London and New York: Routledge, 2002, p. 218.

中同样表达了万事万物相互勾连的整体观。就在阿齐兹被起诉骚扰并被羁押之后，身为朋友的菲尔丁先生仍十分坚信阿齐兹是被冤枉的。可是，鉴于当时所有英国统治阶层成员在愤慨之下都联合起来发誓要严惩阿齐兹，菲尔丁感到焦虑而无助。此时，印度的戈德博尔教授去他的办公室，想要为自己即将开办的学校取个名字。菲尔丁无心理会取名字这种无关紧要的事情，一心想着如何帮助阿齐兹。他问戈德博尔教授如何看待该事，阿齐兹到底做了还是没做，阿齐兹是否无辜等。面对菲尔丁急切的质询，戈德博尔的回答模棱两可，他表示，做了和没做、善与恶根本就是相互纠缠的一回事。菲尔丁表示无法理解，但作者显然借戈德博尔教授之口告诉我们那隐于一切事物现象之下的整体性法则。戈德博尔教授告诉菲尔丁，按照印度的哲学来说，任何行为都不是孤立的。如果一件善事被做了，那是所有人与物作用的结果。若是一件罪行发生了，同样，所有的人和事都牵连其中，或者说，"无论是善还是恶，显现之时，它表现的是宇宙的整体性"①。戈德博尔教授还表明，他认为善与恶是神的不同方面。当神在其中一个方面显现，就会在另一方面消隐。然而，"消隐暗示着显现，消隐也并非意味着不存在"②。戈德博尔教授所说的神象征着宇宙的普遍法则，福斯特通过戈德博尔教授与菲尔丁先生的谈话，向读者传达了类似于量子物理学的整体性观念。在这种观念中，看待世界的方式体现为普遍的能动内在互动之流以及显明序不断消隐于更为深层也更为广泛的整体隐含序中的过程。在这种观念的指引下，福斯特试图表达对于人类存在问题以及万事万物本质问题的思考。我们不仅要超越与摆脱西方理性主义形而上传统的支配，更要深刻反思人类一贯的自我中心主义立场，并且从更为深层的物质流、过程与整体性出发，将人放置于和其他存在形式形成的共同体中，才有可能靠近事情的真相。

---

① Forster, E. M. *A Passage to India*. London: Harcourt, Brace & World, 1952, p. 178.

② Forster, E. M. *A Passage to India*. London: Harcourt, Brace & World, 1952, p.178.

在小说中，这种物质性、身体性、整体性与共同体意识尤其体现在福斯特对于印度教宗教仪式的描写中。前文提到，印度教宗教仪式全盘颠覆了西方传统中理性与秩序至上的观念，体现出对高贵文明与卑贱污秽二元双方的包容与连接。福斯特通过描写宗教仪式，还特别强调了物质性、身体性以及共同体观念。福斯特笔下的印度教宗教仪式并非像西方基督教仪式那样，试图表达一种超越肉体、尘世的圣性精神，而是充满了身体性、物质性的特质。文中以大量笔墨描述了仪式上喧嚣哗然、烟雾缭绕、鼓乐嘈杂、游戏舞动穿插始终的热闹气氛。现场并非一片庄严肃穆、事事井然，而是所有人都陷入热烈、欢快的沸腾状态。鼓乐声音来源众多，其和声随心所欲，加上雨声，汇成一片。人们或者快速地移动，翩然起舞，或者将香粉朝圣坛抛撒，或者拍手尖叫。在嬉戏中，人们或者把小块黄油放在额头上，等其融化后慢慢沿鼻梁滑进嘴里；或者选择一个孩子，双手把他举起，四处去接受人们的抚摸与祝福；或者用棍棒敲破装满米饭与牛奶的陶罐，大家一边抢着吃，一边互相往对方嘴里涂抹。通过身体密切参与、接触的场景描写，福斯特表明，在这种仪式上，无论是何种形式、何种情感都得到包容，"一切精神以及物质的东西都必须参与其中；禁止了任何事物，这种循环都将不完整"[1]。在人们以身体性的体验为基础获得顿悟的当下，似乎科学与历史都被抛之脑后。那一刻，似乎人与神已经同在。然而，一旦人开始以理性思考这件事，它又变为了历史，受到了时间法则的统治。[2] 福斯特试图表明，人们借由宗教形式所追寻的真理之道并不能凭借离身性的抽象理性获得，而应该在某种物质与身体性的基础上去体验、顿悟。此外，这种宗教仪式传达出万事万物相互纠缠、融为一体的共同体观念。随着宗教仪式的礼仪渐趋复杂、气氛愈发活跃，游行队伍手持火把，在雨中将主神座驾护送至湖边，准备将神像扔进暴风雨中。由黏

[1]　Forster, E. M. *A Passage to India*. London: Harcourt, Brace & World, 1952, p. 289.

[2]　Forster, E. M. *A Passage to India*. London: Harcourt, Brace & World, 1952, p. 288.

土制成的各个神像开始在雨水中溶化，并最终融为一体、不分彼此。此时，由于起诉事件而心存芥蒂的英方代表菲尔丁等人和印方代表阿齐兹乘坐的两艘船在水中撞在一起，船上四个人都挣扎着在水中站起身，却正好融入一片狂乱的喧闹之中。船桨、罗盘、信件等全都散落、漂浮在水面上，这一切又淹没在礼炮、象鸣、雷电之声中。①福斯特评论说，这便是高潮时刻，所有的一切都消融于喧嚣和雨水之中，难分彼此。在题为"神庙"的第三部分，福斯特对印度宗教与哲学的书写与论述贯穿始终，这种哲学取代了西方哲学二元分立的理性主义形而上传统，倡导一种万物交融合一的共同体观念。从某种意义上来说，福斯特在反思西方人类中心主义哲学局限的基础上，试图表明整体性的物质生态观的重要性。

在小说所塑造的英方公务人员中，菲尔丁是唯一心存平等交流、善意联结的愿望的人。虽然菲尔丁无条件地信任、帮助阿齐兹，但是，他似乎并未彻底反省自己一贯的理性主义殖民逻辑思维，也并未认识到万事万物相互纠缠、渗透的整体性。在某一个瞬间，他的心头涌起怀疑与不满之时，虽然愤懑，但他并不知道自己为何这样，也不知到底该追求什么。在离开印度、经由埃及返英的途中，他不禁为可怜的印度遗憾，认为印度毫无形式之美，只有一片混乱状态。自始至终，他都认为地中海文明才是人类文明的典范，唯有在充满形式之美与理性精神的欧洲大地上，他心中温柔浪漫的奇思妙想才能够如花绽放。②可以看到，菲尔丁虽然抱有联结英印文化甚至联结全世界人类的美好愿望，却无法跳脱于英式思维之外。他看不到西方理性主义思维的局限性，以及更深层的超越人类文明的生态共同体之存在，而是试图用自己所谓的先进文明去影响、改变印度，那么，这种做法的结果可想而知。在小说的结尾，菲尔丁先生再次访问印度。在跟阿齐兹两人策马出游之时，他满怀深情地询问阿齐兹，可否跟他做好朋

① Forster, E. M. *A Passage to India*. London: Harcourt, Brace & World, 1952, p. 315.

② Forster, E. M. *A Passage to India*. London: Harcourt, Brace & World, 1952, p. 282.

友，并说和阿齐兹做朋友是他的愿望。福斯特接着写道：

"但这不是马儿们想要的——它们分道扬镳；这也不是大地想要的，在它之上凸出块块岩石，使骑马者不得不各自穿行其中；寺庙、水池、监狱、宫殿、小鸟、腐肉、宾馆等从岩石的缝隙中浮现出来，并俯瞰着马乌小镇：这也不是它们想要的。无数声音异口同声地喊道：'不，还不到时候！'天空则应和道：'不，不在这里！'"①

作为整部小说的结尾，这段对话表达了作者对于英印两国与其文化之间关系的看法。作者从超越人类文明的视角表明，联结问题不仅仅是两国之间或者人类社会之内的事情。国家关系、人类存在等问题都无法仅在人类文明之内找到答案。当我们思考这些问题的时候，还应当一并考虑到马儿、鸟儿、寺庙、水池、监狱、宫殿、腐肉，或许还有前文提及的黄蜂、石头、仙人掌和细菌等，因为人和非人物质构成一个相互交织、渗透的共同体。在某种意义上，小说中的菲尔丁最终未能实现与阿齐兹联结的愿望，正是由于英国的菲尔丁未能考虑到一种整体性的生态共同体的重要性和不可或缺性。福斯特以此表明，整体性的生态共同体哲学应当被作为探究世界本质、人类存在以及任何社会问题的前提与基础。

---

① Forster, E. M. *A Passage to India*. London: Harcourt, Brace & World, 1952, p. 322.

第五章

结　语

在《霍华德庄园》中，当伦纳德对着海伦感慨说，真实的东西只有金钱，其余的一切都不过是虚幻的梦时，海伦纠正道："你还是错了，你忘记了死亡这回事。"如果没有死亡的话，那么贪婪地追逐金钱就成了真实，然而死亡是金钱的敌人，提醒人们关注那不可见的无形的东西，因此，"死亡摧毁人，但对死亡的思考拯救人"①。死亡的悬临使人们在忙碌庸常的生活中保持清醒，去思考精神性的东西，去思考何为本真的存在。在每一部小说中，福斯特都将由死亡所催发的对精神性的思考寄托于山水、地方之中。他认为，正如希腊神话中每一个山谷都有潘神的身影一样，周围世界的每一处地方都与精神、神性相连，而完整真实的人也应当拥有可以找回本真状态的栖身之所。总而言之，这是一种对于本真存在或者生态共同体的思考，这也是隐含在作者每一部作品中的关键主题。本书从浪漫主义生态维度、扎根地方维度以及解域化后人文主义维度三个方面，对福斯特

---

① Forster, E. M. *Howards End*. London: Edward Arnold, 1973, pp. 235-236.

的生态共同体书写进行解读，并深入挖掘了这种生态书写所承载的文学思想的独特性与深刻性。

　　生态共同体观念的第一个维度体现在从古希腊罗马田园诗到浪漫主义文学的生态观中。从古希腊诗人忒奥克里托斯诗集中悠闲宁静的放牧场景，到古罗马诗人维吉尔《牧歌》中诗情画意的阿卡迪亚，它们似乎都被赋予了"黄金时代"的神秘意义，呈现了大地尚未遭到人类技术与文明改造、破坏之前的原初富庶丰饶图景，对隐遁乡村、融入自然共同体的回望与怀旧也成了持久影响文坛的田园诗传统。在某种程度上，一切指向乡村与城市之间的并置、对比的文学作品都可以被视为田园诗，隐遁到世外之所的消极逃避性和回归城市、针对社会现实的批判性构成了田园诗内在的持久张力与魅力。从这一视角来看，往昔绿色乡村和现代工业文明城市之间的对比贯穿了福斯特的大部分小说。福斯特深受田园诗传统的影响，批判城镇化、工业化所导致的人类疏离大地的异化生存处境，并表达了对人与大地原初统一一体丧失的惋惜和对恢复生态共同体的憧憬与想象。本书第二章以福斯特早期的《短篇小说集》为中心，解读福斯特对现代工业化社会中技术发展、进步观念的商业化扩张和英式理性主义的反省与批评。《机器停转》以机器全面接管人类生活并最终停转导致人类灭亡的工业极权主义的故事情节，表现了作者对在现代技术统治的时代，人类反被自己的创造物所奴役这个重要问题的反思。一直横亘于人类和自然之间的机器的停转，不仅终止了生活在机器中的人们脱离自然、身体接触和情感的苍白生活，也暗示了某种希望。那些在机器之外、隐藏于地球表面的薄雾和蕨草之中的人会重返自然，回归大地共同体的怀抱。《树篱的另一面》等故事则揭示，已成为西方社会关键性和常识性组成部分的科技进步与发展观念并非中立、客观的术语。在进步观念、资本与权力相结合的社会模式下，大自然被过度开发与剥削以服务于人类，而人类自身也在以理性目标为指引不断前进的道路上，陷入了苍白枯燥、人性受到压抑的生存状态。

《永恒的瞬间》中的沃塔村由于旅游业的商业化发展而被纳入资本主义经济模式之中，自此村民长久以来依赖大地的谋生方式、乡村共同体时代的美德与感情、原本单纯热情的人心都荡然无存。在《看得见风景的房间》等小说中，作者将原始野性的意大利文化跟理性主义的英式文化进行并置对比，并指出与身体感性体验相脱节的智性主义追求源于理性优先身体、社会高于自然的西方二元对立观念系统，从而强调了摆脱理性主义文明牢笼、回归自然与身体性的重要性。在这些作品中，福斯特批评现代工业资本主义文明割裂了人和自然之间的亲密纽带，表达了对人融于大地共同体的前现代田园世界的怀旧与哀悼。

浪漫派作家承袭了源于古希腊田园诗中人与自然和谐交融的共同体生态观。他们关注人类与自然之间相互依赖的关系和整体性，强调由自然美所激发的渗入人类情感中的思想性。他们哀叹启蒙运动中兴起的理性征服观念压倒直觉情感，导致自然共同体的丧失。他们试图以荒野、花园等意象重新唤起人类心灵的宁静平和以及人与自然的亲密感。浪漫主义生态观认为，自然万物都处于某种隐蔽的普遍力量的驱动中，宇宙中存在着贯穿于一切物质之中的能量之流或者内在统一的有机生命，这种普遍的能量之流既存在于部分中，也存在于整体中。浪漫主义者试图颠覆将分析性、抽象性的既定科学话语视为真理的观念系统，而是为直觉、情感、整体性辩护。他们频频回望理想化的希腊，将其视为已失落的整体完满存在的状态。无论是希腊主义还是浪漫人文主义，都对福斯特的创作产生了深远的影响。充满希腊元素的浪漫主义生态观是福斯特生态思想中的重要组成部分。《惊恐记》和《最漫长的旅程》等作品引入了希腊神话中田园的庇护之神潘神的意象。作为万物普遍之灵的象征，潘神的形式与功能可以扩展至包括天地、海洋、大地在内的整个宇宙自然，背后隐含了福斯特对整体自然或宇宙全一性的想象。通过贯穿于多部作品的潘神主题，福斯特强调渗透于自然风景中的潘神精神对人类的重要性。与此同时，他在小说中塑造了渗透着潘神精神或者作为潘神栖息地的自然场景，比如《最漫长的旅程》中英格兰威尔特郡的费格斯伯里圆环阵地，《莫瑞斯》和部分短篇小说中可供隐遁的茂密绿林和林中散发着颓败气息的庄园等。这些场景被赋予了超出物质环境的神秘性，文中人物在其中领悟到自然对于主体精神层面的深远意义，感受到人类作为一个组成部分跟广阔宏观的地球有机体之间的亲密联系。在与自然身心交融的场景中，人类释放了被社会文明压抑的部分自我，又经由自然而然的感觉、与生俱来的直觉以及超越日常生活的想象力，领悟到人与万物乃至宇宙的统一性。在这一时期的创作中，福斯特将自然作为回归身体性的重要象征和获得精神顿悟的源泉。通过自然书写和希腊主义元素的结合运用，小说展现出一种超验的、整体性的浪漫主义生态共同体思想。但是，浪漫主义生态观的局限也显而易见。它强烈的主观主义、唯心主义色彩难免会使思想走向神秘化和理想化，该时期的小说和故事也多以脱离现实社会为结局。而在《霍华德庄园》这部小说中，福斯特的思想发生了转向，其生态书写更加关注现代城市中的社会现实。

本书以小说《霍华德庄园》为例，分析了福斯特生态书写的第二个维度，即扎根地方的生态共同体。在工业化与城镇化普遍蔓延的现代社会，那种在一定程度上脱离现实的浪漫主义生态观显然不足以应对城市人群处境中的实际问题。除了超验的浪漫派书写背后所隐含的意识形态问题，就连"自然"的存在本身也饱受质问。于是，生态批评理论试图更加关注城市环境、社会成员的集体现实处境以及后殖民环境正义等问题。强调"地方感"与"直接体验"等概念的人文主义文化地理学理论借鉴现象学的哲学方法，试图强调主体嵌入情境的重要性，强调环境对于主体的基于身体感知体验的情感与生存论意义。在某种程度上，这正是一种主体与所扎根"地方"的共同体的思想。"地方"与"空间"是一组对比使用的批评概念。空间是基于地图符号、抽象数据与理性开发用途的均质化和量化的商业化生产资料，而地方则强调对周围环境的感官知觉体验和情景式认识，与生活在其中的人们的归属感、地方感、认同感等都紧密交织在一起。扎根地方就意味着人与这一特定地方产生亲密的互动关系，形成共同体式的心理联系。依附于"地方"对人们的日常生活而言意义重大，是自我认同和集体认同感不可或缺的组成部分。扎根地方以形成生态共同体，能够满足人类情感与精神上的归属需求，也在很大程度上呼应了海德格尔的本真存在方式。

在《霍华德庄园》中，福斯特将目光聚焦于被汹涌的现代资本主义工业化、城镇化浪潮冲击的伦敦城，关注商业化的城市空间以及城市里的阶级鸿沟与生存境况，这在很大程度上超越了之前生态书写中的浪漫主义倾向。在这部小说中，福斯特并非一味地沉湎于理想化的田园理想，而是以社会底层成员伦纳德的悲剧揭示了田园梦想的主观性、对社会现实的遮蔽性以及真实自然背后的危险性与残酷性。此外，通过将理性规划与生产下的流动城市空间跟关联个体情感、体验、记忆的地方进行并置与对比，福斯特表达了对空间／地方和本真存在／主体认同之间关系的深入思考。小说中的伦敦城市空间已经被资本和技术支配，到处都在拆迁与重建，到处都有大同小异的公寓楼拔地而起。显然，这是按照理性主义逻辑对土地进行功能、效率的设计，将整齐划一的秩序强加于土地的做法，其结果是抹除了源于自然、历史、性别、身体等的差异，以再生产的形式不断产生重复性、均质化的抽象空间。以威尔考科斯父子为代表的人们把追求效率和利润当作首要目标的同时，选择了以流动性为特征的生活方式。他们对于住所等空间的考察也是以价值、效用等理性指标为标准的，并以自我的意志为权威，任意改造、毁坏周围的生态。这种基于抽象空间的控制与生产的方式不断制造出非人格化的现代城市景观，却因切断人与周围生态的联系而不断导致道德、审美、情感与精神上的危机。与之相对比，"地方"概念强调人与大地的直接交互体验，以及周围环境与人类的想象、精神、情感等层面的联系与意义。扎根地方的生活方式能够缓解现代人因丧失与地方的亲密联系而产生的异化感、孤独感，因而是更加接近本真性的存在方式。福斯特将两任威尔考科斯太太栖身于霍华德庄园的生活方式塑造成更接近本真存在状态的生活方式。霍华德庄园坐落在由各种动植物形成和谐生态圈的幽静乡村，威尔考科斯太太跟庄园深度融合，将其视为自我认同的一部分，至死也不愿与之分离。在这种情况下，长期居住于庄园的人和以庄园为中心的生态圈产生了心理、精神等方面的紧密联系。一方面，长期居住于熟悉的庄园，直接的感知与体验满足了人内心深处的情感依恋和归属感；另一方面，人守护、照管庄园周围的生态环境，顺应其他生命的存在方式，不把它们当作客观对象而随意控制与改变它们。由此，人和所熟悉的庄园或"地方"形成了局部范围的生态共同体，这也是实现"栖居"的人类的本真存在方式。

强调扎根性与地方重要性的生态共同体观念对于保持地方生态与民族文化的异质多元性意义重大，也有助于人们领悟存在的本真状态。只是，基于全球风险一体化的现代状况，扎根性的生态共同体应当与解域化后人文主义的生态共同体相互补充，以应对星球规模的挑战与危机。生态共同体的第三个维度呼应生态批评理论的第三波浪潮，在承认地方与民族特殊性的基础上不断扩展视野，在全球范围与更普遍的层面上认识人类与非人的一体性，树立更广泛的生态关联意识。后人文主义的生态批评理论反思与批判人类中心主义的观念系统，从超越人类社会的高度思考星球范围的整体性或一体性，同时又试图摆脱浪漫派唯心式、神秘化的整体联系思维，因此往往吸收物理哲学等理论成果，以服务于在科学层面对整体联系论进行的合法化论证。例如，洛夫洛克的盖娅假说和博姆的量子理论试图从物理学的角度说明，地球是一个星球规模的复杂有机共同体，无论是作为观察主体的人类，还是作为客体的其他存在形式，都处于相互构成的总体性中，整个宇宙也处于显明序和隐含序的循环交织纠缠中。莫顿和巴拉德的物质生态批评理论，以及奈斯的深层生态学，同样试图批判传统形而上思维，颠覆这种思维背后的主动主体与被动客体的二元对立基础，从而论证共同体观念的合理性。

福斯特在《印度之行》中展现了他生态书写的第三个维度，即解域化后人文主义的生态共同体。在小说中，他从超越西方文明甚至整个人类文明的宏观视角思索联结与存在问题，将包括人类与非人的生态系统作为思考该问题的重要前提与情境。在印度大地生活的体验与经历，使福斯特深刻反省以西方理性主义思维将世界概念化并对其进行殖民掌控的做法，揭示了二分法思维中二元双方之间毗邻、联结和原本的一体性关系。理性主义殖民逻辑是以人类语言和逻各斯为基础的，人类运用语言对生态系统中的万物进行命名、分类，将其纳入认识与掌握的等级性系统，这正是导致生态问题的根源之一。不过，在印度生态图景中，语言与逻辑似乎处于失效的状态，无数的生命和非生命存在形式都处于西方理性思维之外的不可被规定的未知领域。福斯特以此表示，只有摆脱了理性主义逻各斯的诗意道说，才能使人们实现与大地融合的真正栖居。同时，这种对语言和逻辑的怀疑，也有助于人们反思人类中心主义观念。福斯特在《印度之行》中清晰地表明了反人类中心主义立场，并指出，人类只是地球生态系统中极为渺小的一个组成部分，而那些非人的存在形式似乎跟人一样具有能动性，冥冥之中左右着故事情节的走向与发展。无论是作者对阿齐兹、奎斯蒂德小姐等人马拉巴尔洞窟之行的描写，还是作为小说高潮的庭审阿齐兹事件以及对印度教庆典的描述，小说的情节都在某种程度上体现了巴拉德的能动实在论，非人物质和人类具有相互交错勾连的纠缠性与渗透性，时刻在动态的内在互动中实现彼此的双向构成。无论是人类、自然界的生物、无机环境，还是人工制品，其自身都不再是先在的独立者，而是处在一个密集的整体关系网中，组成一种广泛意义上的生态共同体。福斯特以生态书写表明共同体式的整体性思维至关重要，人们应该将整体性哲学作为探究世界本质与人类存在问题的前提与基础。

生态问题的研究不能脱离生产、科技、经济等社会问题，但生态批评则是试图考察文学与生态的密切关系，从而挖掘生态危机背后的思想、文化根源，其同样具有指导性意义。考察福斯特作品中的生态共同体书写有利于反思当代社会中的文明模式和人类生存现状，拷问人类在生态问题中扮演的角色和责任，探索建立更为理想的人类群体存在形式，因此无疑有着非常重要的社会现实意义。

作为中国的研究者，我们要看到，西方的生态批评理论广泛吸收文学批评、哲学、地理学、生物学、社会学、物理学等多种学科的学术理论资源，更加深刻、全面地看待人与自然的关系，也广泛运用与时俱进的方法为人类当前所处的生态困境寻求解决方案，这无疑能够带给我们很多启示。本研究运用西方浪漫主义、生态马克思主义、现象学哲学、后人文主义物质批评、物理学等多种生态批评理论资源，对福斯特的作品进行解读和分析，在分析文本的同时，也试图将目光投向现代现实社会中的诸多现象和问题。人与自然深度融合的共同体是福斯特作品中永恒的主题，与此同时，几乎所有的生态批评理论都试图指出人与其他万物之间相互依存的紧密联系。在生态环境不断恶化的当代世界，人和万物早已成为命运一体化的生态共同体。不过，对于生态共同体的思考不应停留于界限分明的名词性定义，而是应当将其视为一种看待事物的方法和视角。这样，它就可以进入各种各样的学科领域，最终在大众文化领域得到广泛普及。

在看到西方生态批评理论的优势和价值的同时，站在中国研究者的立场，我们仍然需要注意到这些理论的局限，分析亟待解决和推进的问题。首先，西方的许多生态批评理论虽然以前所未有的深度和颠覆性视角批判人类生产对于自然的破坏，但是，过于生态中心主义的激进观点反而将自己的立场放置在了人类社会活动的对立面。如果不能进入人类社会内部，那么它就会失去批判的力度。如果沿着那种理论的思路走下去，便只能退回到前工业的浪漫主义之地。研究一旦脱离社会现实，就会失去实际意义。因此，对于生态问题的思考，尤其是对生态共同体的思考，应当立足于当前社会的物质生产实践，中国的生态研究更要立足于中国的特定现实。虽然前文已经提到，不受人类活动影响的荒野或自然并不存在，自然本身就是人类生产活动的产物，但是，考虑到当前历史阶段中资本主义工业化无限扩张的后果，生态与自然应当受到重视和优待。我们不应该空洞地反对生产活动，而应当对特定历史阶段中的资本主义生产方式和生产关系展开反思和批判，而且还要考虑到区域生产发展的不均衡性。实际上，国内的学者已经积极运用诸如生态马克思主义等理论来批判资本主义生产方式的无节制扩张，揭露环境问题和资本的本质联系，并且试图用其解决实际社会问题。同时，对于中国的现实来说，是否可以利用生产关系和制度的优势，将生态共同体的概念应用于政策的制定和导向，从而在寻求生产发展的同时，遏制甚至解决生态恶化问题？这些似乎已经超出了本研究的范围，却也是非常值得思考和探索的问题。其次，虽然我们不能在脱离物质生产基础的情况下抽象地谈论生态价值观等文化层面的变革，但我们要看到，文化价值领域对于大众的观念、常识等有着深刻的影响，大众观念的变化又会引发政治、经济领域的变化。因此，我们同样要重视文化价值领域的变革。正如霍尔所说："一种话语的统一实际上是不同的、相异的要素的接合，这些要素可以通过不同的方式重新被接合，因为它们并无必然的'归属'关系"①。如果是这样，那么，我们就必须重视这种可能性，并试图把占支配地位的、盲目地以经济为导向的观念跟社会各项经济、政治政策解除接合，而将生态共同体式的价值观念跟当下的经济、政治政策和实践接合。这将引导我们思考更多的问题，比如，生态共同体是否有更好的定义与阐释？如何在文学批评以及其他社会科学学科中更好地进行与之相关的研究？如何将生态共同体的学术研究跟大众常识观念领域进行接

---

① Hall, Stuart. *Cultural Studies 1983: A Theoretical History*. Durham and London: Duke University Press, 2016, p. 121.

合？这种价值观领域的变革又如何跟社会的操作实践进行联系？

生态的问题总是跟政治、经济、科技、军事、文化等领域有着相互交织的复杂联系。正如莱斯所指出的那样，科学控制自然的背景是"世界范围的社会集团之间的斗争"，体现在国与国的政治冲突和科学技术进步这两方面，"每一方面都同时是另一方面的原因和结果"。[1] 而且，人所"控制的真正对象不是自然，而是人"[2]。我们要看到，自然的控制与人的控制的同一性。我们要看到生态问题同时也是政治问题、经济问题等其他问题，还要看到目前世界上的多数民族国家以经济增长目标来指导国家的各方面工作与政策，并支配了文化领域。我们还要看到，在这样的社会中，"表现对抗性形态的文学必定站在前线的位置"，以想象的对抗性形态鼓励读者以新的方式思考社会组织的问题，"不断提供被视为理所应当的商业化模式的替代性方案"。[3] 无论是文学层面的想象、哲学层面的探讨，还是在社会实际操作层面的提问，生态共同体的概念都会对社会生态问题的解决发挥渗透性、指导性的作用。因此，它也是我们需要重视和继续研究的领域。囿于笔者的视野，本研究必然存在着诸多局限，在结语的地方也留下了许多疑问，有待在以后的研究中进一步改善和充实。

[1]　威廉·莱斯：《自然的控制》，岳长龄、李建华译，重庆，重庆出版社，1996，第104页。

[2]　威廉·莱斯：《自然的控制》，岳长龄、李建华译，重庆，重庆出版社，1996，第108页。

[3]　Murphy, Patrick D. *Ecocritical Explorations in Literary and Cultural Studies: Fences, Boundaries, and Fields.* Lanham and Plymouth: Lexington Books, 2009, p. 35.

参考文献

Abram, David. *The Spell of the Sensuous: Perception and Language in a More-Than-Human World*. New York: Vintage Books, 1996.

Adamson, Joni and Scott Slovic. "Guest Editors' Introduction: The Shoulders We Stand on: An Introduction to Ethnicity and Ecocriticism". *MELUS* 34. 2 (2009): 5-24.

Adorno, Theodor W. *Aesthetic Theory*. Trans. Robert Hullot-Kentor. New York: Contimuum, 1997.

Al-Abdulkareem, Yomna. "*A Passage to India:* An Ecocritical Reading". *Words for a Small Planet: Ecocritical Views*. Ed. Nanette Norris. Lanham: Lexington Books, 2013: 93-101.

Alley, Henry. "To the Greenwood: Forster's Literary Life to Come after *A Passage to India*". *Papers on Language & Literature* 46.3 (2010): 291-314.

Ardis, Ann. "Hellenism and the Lure of Italy". *The Cambridge Companion to E.M. Forster*. Ed. David Bradshaw. Cambridge: Cambridge University Press, 2007: 62-76.

Babbitt, Irving. *Rousseau and Romanticism*. Cleveland and New York: The World Publishing Company, 1966.

Bachelard, G. *The Poetics of Space*. Trans. Maria Jolas. New York: The Orion Press, 1964.

Baggott, Jim. *Quantum Space: Loop Quantum Gravity and the Search for the Structure of Space, Time and the Universe*. Oxford: Oxford University Press, 2018.

Barad, Karen. *Meeting the Universe Halfway: Quantum Physics and the Entanglement of Matter and Meaning*. Durham and London: Duke University Press, 2007.

Bate, Jonathan. *Romantic Ecology: Wordsworth and the Environmental Tradition*. London and New York: Routledge, 1991.

Bennett, Jane. *Vibrant Matter: A Political Ecology of Things*. Durham and London: Duke University Press, 2010.

Bentwich, Norman. *Hellenism*. Skokie: Varda Books, 2001.

Bohm, David. *Wholeness and the Implicate Order*. London and New York: Routledge, 2002.

Bookchin, Murray. *The Ecology of Freedom: The Emergence and Dissolution of Hierarchy*. Palo Alto: Cheshire Books, 1982.

Borgeaud, Philippe. *The Cult of Pan in Ancient Greece*. Trans. Kathleen Atlass and James Redfield. Chicago and London: The University of Chicago Press, 1988.

Born, Daniel. "Private Gardens, Public Swamps: *Howards End* and the Revaluation of Liberal Guilt". *Novel: A Forum on Fiction* 25. 2 (1992): 141-159.

Bradshaw, David. "Howards End". *The Cambridge Companion to E. M. Forster*. Cambridge: Cambridge University Press: 2007, 151-172.

Buell, Lawrence. *The Environmental Imagination: Thoreau, Nature Writing, and the Formation of American Culture*. Cambridge: The Belknap Press of Harvard University Press, 1995.

Buell, Lawrence. *The Future of Environmental Criticism: Environmental Crisis and Literary Imagination*. Oxford: Blackwell Publishing, 2005.

Bullard, Robert D. *Dumping in Dixie: Race, Class and Environmental Quality*. Boulder: Westview Press, 2000.

Capra, Fritjof. *The Tao of Physics: An Exploration of the Parallels Between Modern Physics and Eastern Mysticism*. Boulder: Shambhala Publications, 1975.

Carson, Rachel. *Silent Spring*. Beijing: Science Press, 2007.

Childs, Peter. *A Routledge Literary Sourcebook on E. M. Forster's A Passage to India*. London: Routledge, 2002.

Clark, Timothy. *The Cambridge Introduction to Literature and the Environment*. New York: Cambridge University Press, 2011.

Clark, Timothy. "Nature, Post Nature". *The Cambridge Companion to Literature and the Environment*. Ed. Louise Westling. Cambridge: Cambridge University Press, 2014: 75-89.

Coleridge, Samuel Taylor. *The Rime of the Ancient Mariner*. New York: Dover Publications, 1970.

Cresswell, Tim. *Place: A Short Introduction*. Malden: Blackwell Publishing, 2004.

Crutzen, Paul J. and Eugene F. Stoermer. "The Anthropocene". *Global Change Newsletter* 41 (2000): 17-18.

Crutzen, Paul J. "Geology of Mankind". *Nature* 415.3 (2002): 23.

Davis, Peter. *Ecomuseums: A Sense of Place*. New York: Continuum, 2011.

Davis, William S. *Romanticism, Hellenism and the Philosophy of Nature*. New York: Palgrave Macmillan, 2018.

Delany, Paul. " 'Islands of Money': Rentier Culture in *Howards End*". *English Literature in Transition, 1880—1920*. 31.3 (1988): 284-296.

DeLoughrey, Elizabeth and George B. Handley. *Postcolonial Ecologies: Literature of the Environment*. Oxford: Oxford University Press, 2011.

Emerson, Ralph Waldo. *The Complete Essays and Other Writings of Ralph*

Waldo Emerson. New York: Random House, 1950.

Esposito, Roberto. *Communitas: The Origin and Destiny of Community*. Stanford: Stanford University Press, 2010.

Evernden, Neil. "Beyond Ecology: Self, Place and the Pathetic Fallacy". *The Ecocriticism Reader: Landmarks in Literary Ecology*. Eds. Cheryll Glotfelty and Harold Fromm. Athens and London: University of Georgia Press, 1996: 92-104.

Finch, Jason. *E. M. Forster and English Place: A Literary Topography*. Abo: Abo Akademi University Press, 2011.

Forster, E. M. *Pharos and Pharillon*. Edinburgh: R. & R. Clark, 1923.

Forster, E. M. *Abinger Harvest*. London: Edward Arnold & Co., 1946.

Forster, E. M. *A Passage to India*. London: Harcourt, Brace & World, 1952.

Forster, E. M. *Where Angels Fear to Tread*. Harmondsworth: Penguin Books,1965.

Forster, E. M. *Maurice: A Novel*. New York: W. W. Norton & Company, 1971.

Forster, E. M. *Two Cheers for Democracy*. London: Edward Arnold, 1972.

Forster, E. M. *Howards End*. London: Edward Arnold, 1973.

Forster, E. M. *A Room with a View*. Middlesex and New York: Penguin Books, 1978.

Forster, E. M. *Collected Short Stories*. Harmondsworth: Penguin Books , 1980.

Forster, E. M. *The Longest Journey*. Middlesex and New York: Penguin Books, 1982.

Foster, John Bellamy. *Marx's Ecology: Materialism and Nature*. New York: Monthly Review Press, 2000.

Fromm, Erich. *To Have or to Be*. London: Continuum Publishing, 1976.

Fromm, Erich. *Escape from Freedom*. New York: Avon Books, 1969.

Furbank, P. N. *E. M. Forster: A Life*. Vol. II. London: Oxford University Press, 1979.

Giddens, Anthony. *The Consequences of Modernity*. Cambridge: Polity Press, 1991.

Gifford, Terry. *Pastoral*. London and New York: Routledge, 1999.

Gillespie, Stuart. "Literary History and Critical Historicism: Reading Wordsworth's Juvenal". *Romans and Romantics*. Eds. Timothy Saunders et al. Oxford: Oxford University Press, 2012: 127-144.

Goodbody, Axel. "Ecocritical Theory: Romantic Roots and Impulses from Twentieth-Century European Thinkers". *The Cambridge Companion to Literature and the Environment*. Ed. Louise Westling. New York: Cambridge University Press, 2014: 61-74.

Grosz, Elizabeth. "Bodies and Knowledges: Feminism and the Crisis of Reason". *Feminist Epistemologies*. Eds. Linda Alcoff and Elizabeth Potter. New York and London: Routledge, 1993: 187-216.

Guthrie, W. K. C. *Orpheus and Greek Religion: A Study of the Orphic Movement*. Princeton: Princeton University Press, 1993.

Hall, Stuart. *Cultural Studies 1983: A Theoretical History*. Durham and London: Duke University Press, 2016.

Harvey, David. *Justice, Nature and the Geography of Difference*. Cambridge: Blackwell Publishers, 1996.

Heacox, Thomas L. " 'Idealized through Greece': Hellenism and Homoeroticism in Works by Wilde, Symonds, Mann, and Forster". *Sexuality & Culture* 8.2 (2004): 52-59.

Head, Dominic. "Forster and the Short Story". *The Cambridge Companion to E. M. Forster*. Ed. David Bradshaw. Cambridge: Cambridge University Press, 2007: 77-91.

Heidegger, Martin. *The Question of Being*. Trans. Jean T. Wilde. New York: Twayne Publishers, 1958.

Heise, Ursula K. *Sense of Place and Sense of Planet: The Environmental*

Imagination of the Global. New York: Oxford University Press, 2008.

Herz, Judith Scherer. "Listening to Language". *A Passage to India: Essays in Interpretation*. Ed. John Beer. New York: Palgrave Macmillan, 1985: 59-70.

Herz, Judith Scherer. *The Short Narratives of E. M. Forster*. Hampshire and London: Macmillan Press, 1988.

Hinchliffe, Steve. "Nature/Culture". *Cultural Geography: A Critical Dictionary of Key Concepts*. London and New York: I. B. Tauris, 2005: 194-199.

Hossain, Muhammed Elham. "The Colonial Encounter in *A Passage to India*". *ASA University Review* 6.1 (2012): 305-318.

Hubbard, Phil. "Space/Place". *Cultural Geography: A Critical Dictionary of Key Concepts*. Ed. David Atkinson. London and New York: I.B. Tauris, 2005: 41-48.

Iovino, Serenella and Serpil Oppermann. *Material Ecocriticism*. Bloomington: Indiana University Press, 2014.

Jameson, Fredric. "Modernism and Imperialism". *The Modernist Papers*. Ed. Fredric Jameson. London and New York: Verso, 2007: 152-169.

Jung, C. G. *Contributions to Analytical Psychology*. Trans. H. G. and Cary F. Baynes. New York: Harcourt, Brace, 1928.

Kennedy, Greg. *An Ontology of Trash*. Albany: State University of New York Press, 2007.

Kern, Stephen. *The Culture of Time and Space:1880—1918*. Cambridge, MA: Harvard University Press, 1983.

Kovel, Joel. *The Enemy of Nature: The End of Capitalism or the End of the World*. London and New York: Zed Books, 2007.

Leopold, Aldo. *A Sand Country Almanac*. New York: Oxford University Press, 1968.

Lovelock, James. *Gaia: A New Look at Life on Earth*. Oxford: Oxford

University Press, 2000.

Luke, Timothy W. *Ecocritique: Contesting the Politics of Nature, Economy, and Culture*. Minneapolis: University of Minnesota Press, 1997.

Malpas, J. E. *Place and Experience: A Philosophical Topography*. Cambridge: Cambridge University Press, 1999.

Marcuse, Herbert. *One-Dimensional Man: Studies in the Ideology of Advanced Industrial Society*. London and New York: Routledge, 1964.

Marx, Karl. *Capital: A Critique of Political Economy*. Vol. I. Harmondsworth: Penguin Books, 1976.

Marx, Leo. *The Machine in the Garden*. New York: Oxford University Press, 1964.

Masterman, C. F. G. *The Condition of England*. London: Methuen & Co., 1910.

McKibben, Bill. *The End of Nature*. London: Bloomsbury Publishing, 2003.

McKusick, James C. *Green Writing: Romanticism and Ecology*. New York: Palgrave Macmillan, 2010.

Merchant, Carolyn. *The Death of Nature: Women, Ecology, and the Scientific Revolution*. New York: Harper & Row, 1989.

Meredith, George. *The Ordeal of Richard Feverel: A History of a Father and Son*. New York: Charles Scribner's Sons, 1917.

Merivale, Patricia. *Pan the Goat-God: His Myth in Modern Times*. Cambridge: Harvard University Press, 1969.

Merleau-Ponty, Maurice. *Phenomenology of Perception*. Trans. Colin Smith. London and New York: Routledge, 1958.

Merleau-Ponty, Maurice. *The Visible and the Invisible*. Trans. Alphonso Lingis. Evanston: Northwestern University Press, 1968.

Miller, J. Hillis. *The Conflagration of Community: Fiction before and after Auschwitz*. Chicago: The University of Chicago Press, 2011.

Moffat, Wendy. *A Great Unrecorded History: A New Life of E. M. Forster*. New

York: Farrar, Straus and Giroux, 2010.

Morton, Timothy. *Ecology Without Nature: Rethinking Environmental Aesthetics*. Cambridge: Harvard University Press, 2007.

Mulhall, Stephen. *Heidegger and Being and Time*. London and New York: Routledge, 2005.

Murphy, Patrick D. *Ecocritical Explorations in Literary and Cultural Studies: Fences, Boundaries, and Fields*. Lanham and Plymouth: Lexington Books, 2009.

Naess, Arne. *Ecology, Community and Lifestyle: Outline of an Ecosophy*. Trans. David Rothenberg. Cambridge: Cambridge University Press, 1989.

Naess, Arne. "The Deep Ecological Movement: Some Philosophical Aspects". *Deep Ecology for the Twenty-First Century*. Ed. George Sessions. Boston: Shambhala Publications Inc., 1995: 64-84.

Nancy, Jean-Luc. *The Inoperative Community*. Minneapolis: University of Minnesota Press, 1991.

Nietzsche, Friedrich. *Philosophy and Truth: Selections from Nietzsche's Notebooks of the Early 1870s*. Trans. Daniel Breazeale. Amherst: Humanity Books, 1993.

Oppermann, Serpil. "Ecological Imperialism in British Colonial Fiction". *Journal of Faculty of Letters* 24.1 (2007): 179-194.

Orange, Michael. "Language and Silence in *A Passage to India*". *E. M. Forster: A Human Exploration*. Eds. G. K. Das and John Beer. Hampshire and London: Macmillan Press, 1979: 142-160.

Outka, Elizabeth. "Buying Time: *Howards End* and Commodified Nostalgia". *Novel: A Forum on Fiction* 36.3 (2003): 330-350.

Parry, Benita. "Materiality and Mystification in *A Passage to India*". *Novel: A Forum on Fiction* 31.2 (1998): 174-194.

Plumwood, Val. *Environmental Culture: The Ecological Crisis of Reason*.

London and New York: Routledge, 2002.

Plumwood, Val. *Feminism and the Mastery of Nature*. London and New York: Routledge, 1993.

Poland, Michelle. "Walking with the Goat-God: Gothic Ecology in Algernon Blackwood's *Pan's Garden: A Volume of Nature Stories*". *Critical Survey* 29.1 (2017): 53-69.

Pratt, Mary Louise. *Imperial Eyes: Travel Writing and Transculturation*. London: Routledge, 1992.

Relph, E. C. *Place and Placelessness*. London: Pion Limited, 1976.

Riley, Robert B. "Attachment to the Ordinary Landscape". *Place Attachment*. Eds. Irwin Altman and Setha M. Low. New York and London: Plenum Press, 1992: 13-36.

Robertson, Roland. "Glocalization: Time-Space and Homogeneity-Heterogeneity". *Global Modernities*. Eds. Mike Featherstone, Scott Lash and Roland Robertson. London: Sage Publications, 1995: 25-44.

Ruskin, John. *The Complete Works*. Vol. 4. New York: The Kelmscott Society Publishers, 1900.

Sacido-Romero, Jorge. "The Voice in Twentieth-Century English Short Fiction: E. M. Forster, V. S. Pritchett and Muriel Spark". *DQR Studies in Literature* 59 (2015): 185-214.

Sartre, Jean Paul. *Being and Nothingness: A Phenomenological Essay on Ontology*. New York: Pocket Books, 1978.

Seabury, Marcia Bundy. "Images of a Networked Society: E. M. Forster's 'The Machine Stops'". *Studies in Short Fiction* 34 (1997): 61-71.

Shaheen, Mohammad. *E. M. Forster and the Politics of Imperialism*. London: Palgrave Macmillan, 2004.

Simondon, Gilbert. *On the Mode of Existence of Technical Objects*. Trans. Cecile Malaspina and John Rogove. Minneapolis: Univocal Publishing,

2017.

Simpson, J. A. & E. S. C. Weiner. *The Oxford English Dictionary* (Second Edition). Vol. III. Oxford: Clarendon, 1989.

Soper, Kate. "The Idea of Nature". *The Green Studies Reader: From Romanticism to Ecocriticism*. Ed. Laurence Coupe. London and New York: Routledge, 2000: 123-126.

Soule, Michael E. and Gary Lease. *Reinventing Nature: Responses to Postmodern Deconstruction*. Washington: Island Press, 1995.

Stape, J. H. "Comparing Mythologies: Forster's Maurice and Pater's Marius". *English Literature in Transition, 1880—1920*. 33.2 (1990): 141-153.

Stevens, Anthony. *Jung: A Very Short Introduction*. New York: Oxford University Press, 1994.

Stevenson, Robert Louis. *The Works of Robert Louis Stevenson*. Vol. 2. London: Chatto & Windus, 1911.

Stone, Wilfred H. "Forster, the Environmentalist". *Seeing Double: Revisioning Edwardian and Modernist Literature*. Eds. Carola M. Kaplan and Anne B. Simpson. New York: St. Martin's Press, 1996: 171-192.

Stone, Wilfred H. *The Cave and the Mountain: A Study of E. M. Forster*. Stanford: Stanford University Press, 1966.

Storey, M. L. "Forster's 'The Road from Colonus'". *Explicator* 49.3 (1991): 170-173.

Sultzbach, Kelly. *Ecocriticism in the Modernist Imagination: Forster, Woolf, and Auden*. Cambridge: Cambridge University Press, 2016.

Synder, Gary. "Language Goes Two Ways". *The Green Studies Reader: From Romanticism to Ecocriticism*. Ed. Laurence Coupe. London and New York: Routledge, 2000. 127-131.

Synder, Gary. "Ecology, Literature, and the New World Disorder". *ISLE: Interdisciplinary Studies in Literature & Environment* 11.1 (2004): 1-13.

Taft, Michael. *Greek Gods and Goddesses*. New York: Britannica Educational Publishing, 2014.

Tambling, Jeremy. *E. M. Forster*. New York: St. Martin's, 1995.

Taylor, Thomas. *The Hymns of Orpheus*. London: Philosophical Research Society, 1981.

Thacker, Andrew. "E. M. Forster and the Motor Car". *Literature & History* 11.1 (2000): 37-52.

Thomson, George H. "Where was 'the Road from Colonus'?". *E. M. Forster: A Human Exploration*. Eds. G. K. Das and John Beer. London: Macmillan, 1979: 28-31.

Thoreau, Henry David. *Walden*. Princeton and Oxford: Princeton University Press, 2004.

Tuan, Yi-Fu. *Space and Place: The Perspective of Experience*. Minneapolis: University of Minnesota Press, 1977.

Virgil. *Georgics*. Trans. Peter Fallon. Oxford: Oxford University Press, 2006.

Vycinas, Vincent. *Earth and Gods: An Introduction to the Philosophy of Martin Heidegger*. Hague: Martinus Nijhoff, 1969.

Weil, Simone. *The Need for Roots*. Trans. Arthur Wills. London and New York: Routledge, 2002.

Wellek, Rene. *Concepts of Criticism*. New Haven: Yale University Press, 1963.

Westling, Louise. *The Cambridge Companion to Literature and the Environment*. New York: Cambridge University Press, 2014.

Wiessman, Judith. "*Howards End*: Gasoline and Goddesses". *Howards End*. Ed. Alistair M. Duckworth. Boston: Bedford Books, 1997: 432-446.

Williams, Raymond. *The Country and the City*. New York: Oxford University Press, 1975.

Williams, Raymond. *Culture and Materialism*. London and New York: Verso, 2005.

Williams, Raymond. *Keywords: A Vocabulary of Culture and Society*. Oxford: Oxford University Press, 2015.

Wordsworth, William and Samuel Coleridge. *Lyrical Ballads: 1798 and 1800*. Peterborough: Broadview Press, 2008.

Worster, Donald. *Nature's Economy: A History of Ecological Ideas*. New York: Cambridge University Press, 1994.

吉奥乔·阿甘本:《神圣人:至高权力与赤裸生命》,吴冠军译,北京,中央编译出版社,2016。

本尼迪克特·安德森:《想象的共同体:民族主义的起源与散布》,吴叡人译,上海,上海人民出版社,2005。

奥维德:《变形记》,杨周翰译,北京,人民文学出版社,1984。

巴赫金:《巴赫金全集》第三卷,白春仁、晓河译,石家庄,河北教育出版社,1998。

柏拉图:《理想国》,郭斌和、张竹明译,北京,商务印书馆,1986。

居伊·德波:《景观社会》,张新木译,南京:南京大学出版社,2017。

雅克·德里达:《"故我在"的动物》,史安斌译,载《生产》第三辑,汪民安主编,桂林,广西师范大学出版社,2006,第 69—32 页。

笛卡尔:《第一哲学沉思集》,庞景仁译,北京,商务印书馆,1986。

段义孚:《恋地情结》,志丞、刘苏译,北京,商务印书馆,2018。

R. P. 费曼,R. B. 莱登,M. 桑兹:《费曼物理学讲义》第三卷,上海,上海科学技术出版社,1989。

福柯:《词与物:人文科学考古学》,莫伟民译,上海,上海三联书店,2002。

E. M. 福斯特:《福斯特短篇小说集》,谷启楠译,北京,人民文学出版社,2009。

E. M. 福斯特:《霍华德庄园》,苏福忠译,上海,上海译文出版社,2016。

E. M. 福斯特:《看得见风景的房间》,巫漪云译,上海,上海译文出版社,2016。

E. M. 福斯特:《莫瑞斯》,文洁若译,上海,上海译文出版社,2016。

E. M. 福斯特:《天使不敢涉足的地方》,马爱农译,上海,上海译文出版社,2016。

E. M. 福斯特:《印度之行》,冯涛译,上海,上海译文出版社,2016

E. M. 福斯特:《最漫长的旅程》,苏福忠译,上海,上海译文出版社,2016。

戴维·哈维:《正义、自然和差异地理学》,胡大平译,上海,上海人民出版社,2015。

海德格尔:《存在与时间》,陈嘉映、王庆节译,北京,生活·读书·新知三联书店,1987。

海德格尔:《在通向语言的途中》,孙周兴译,北京,商务印书馆,2004。

海德格尔:《演讲与论文集》,孙周兴译,北京,生活·读书·新知三联书店,2005。

海德格尔:《哲学论稿:从本有而来》,孙周兴译,北京,商务印书馆,2012。

荷马:《奥德赛》,王焕生译,北京,人民文学出版社,2003。

赫西俄德:《工作与时日·神谱》,张竹明、蒋平译,北京,商务印书馆,2009。

马克斯·霍克海默,西奥多·阿道尔诺:《启蒙辩证法——哲学断片》,渠敬东、曹卫东译,上海,上海人民出版社,2006。

托马斯·卡莱尔:《文明的忧思》,宁小银译,北京,中国档案出版社,1999。

J. 贝尔德·卡利科特:《众生家园:捍卫大地伦理与生态文明》,薛富兴译,北京,中国人民大学出版社,2019。

马泰·卡林内斯库:《现代性的五副面孔》,顾爱彬、李瑞华译,北京,商务印书馆,2002。

迈克·克朗:《文化地理学》,杨淑华、宋慧敏译,南京,南京大学出版社,2003。

朱莉娅·克里斯蒂瓦:《恐怖的权力:论卑贱》,张新木译,北京,商务印书馆,2018。

米兰·昆德拉:《生命中不能承受之轻》,韩少功、韩刚译,长春,时代文艺出版社,2002。

威廉·莱斯:《自然的控制》,岳长龄、李建华译,重庆,重庆出版社,1996。

李明明:《西方文论关键词:媚俗》,《外国文学》2014年第5期,第111—122页。

利奥塔尔:《后现代状态:关于知识的报告》,车槿山译,北京,生活·读书·新知三联书店,1997。

列斐伏尔:《现代性与空间的生产》,包亚明主编,上海,上海教育出版社,2003。

卢卡奇:《历史与阶级意识——关于马克思主义辩证法的研究》,杜章智、任立、燕宏远译,北京,商务印书馆,1996。

卢梭:《论人类不平等的起源和基础》,李常山译,北京,商务印书馆,1962。

霍尔姆斯·罗尔斯顿Ⅲ:《哲学走向荒野》,刘耳、叶平译,长春,吉林人民出版社,2000。

马尔库塞:《现代文明与人的困境》,李小兵等译,上海,上海三联书店,1989。

马克思:《资本论》第一卷,中共中央马克思恩格斯列宁斯大林著作编译局译,北京,人民出版社,1975。

马克思:《资本论》第三卷,中共中央马克思恩格斯列宁斯大林著作编译局译,北京,人民出版社,1975。

马克思、恩格斯:《共产党宣言》,中共中央马克思恩格斯列宁斯大林著作编译局译,北京,人民出版社,1997。

马克思、恩格斯:《马克思恩格斯全集》第二版,第四十二卷,中共中央马克思恩格斯列宁斯大林著作编译局译,北京,人民出版社,1979。

符拉基米尔·纳博科夫:《尼古拉·果戈理》,刘佳林译,桂林,广西师范大学出版社,2010。

荣格:《心理学与文学》,冯川、苏克译,南京,译林出版社,2011。

汉斯·萨克塞:《生态哲学》,文韬、佩云译,北京,东方出版社,1991。

斐迪南·滕尼斯:《共同体与社会:纯粹社会学的基本概念》,林荣远译,北京,商务印书馆,1999。

雷蒙·威廉斯:《关键词:文化与社会的词汇》,刘建基译,北京,生活·读书·新知三联书店,2005。

维吉尔:《牧歌》,党晟译注,桂林,广西师范大学出版社,2016。

弗吉尼亚·伍尔夫:《论小说与小说家》,瞿世镜译,上海,上海译文出版社,2009。

殷企平:《西方文论关键词:共同体》,《外国文学》2016年第2期,第70—79页。

张嘉如:《全球环境想象:中西生态批评实践》,镇江,江苏大学出版社,2013。

周敏:《共同体的美学再现——米勒〈小说中的共同体〉简评》,《外国文学》2019年第1期,第162—168页。

图书在版编目（CIP）数据

E.M.福斯特作品中的生态共同体书写 / 程孟利著.
杭州：浙江大学出版社，2025.1. -- ISBN 978-7-308-
25689-6

Ⅰ. I561.06

中国国家版本馆CIP数据核字第2024Y15K63号

E.M.福斯特作品中的生态共同体书写

程孟利　著

策　　　划	包灵灵
责任编辑	田　慧
责任校对	闻晓虹
封面设计	周　灵
出版发行	浙江大学出版社
	（杭州市天目山路148号　邮政编码310007）
	（网址：http://www.zjupress.com）
排　　版	杭州林智广告有限公司
印　　刷	广东虎彩云印刷有限公司绍兴分公司
开　　本	710mm×1000mm　1/16
印　　张	13.75
字　　数	200千
版 印 次	2025年1月第1版　2025年1月第1次印刷
书　　号	ISBN 978-7-308-25689-6
定　　价	68.00元